Flug der Feder

Teil 1

Am Fluss des Bunten Vogels

Mit einem dicken DANKE an

meine Großmutter, den Weißen Bären
meine Mutter, die Morgenröte
meinen Vater, den Adler
meine Schwester Michaela und ihren Töchtern
meinen Mann Martin, einst Jerome
meinem Sohn Daniel , einst Marco und Marcel
meinem Sohn Nico, einst Lächeln des Mondes
meine Freundin Heidi, einst Maria, und ihren Töchtern
Nina, einst Claudine

und all die, denen ich begegnen durfte…

Vorwort

Vor vielen tausend Jahren…
Mein erstes Leben auf dieser Welt.
Nanu?
Es ist dunkel, kalt, feucht. Gedanken? Keine! Ich grabe und grabe, bei Tag und bei Nacht, ohne deren Unterschied überhaupt wahrzunehmen, ohne zu wissen, warum. Rückblickend muss ich sagen, ich vermute, dass Regenwürmer gar kein Hirn haben. Aber jeder fängt mal klein an.
Immer wieder ging ich zurück, denn man ist ja von Natur aus lernbegierig. Aber ich möchte dich nun nicht damit langweilen, in welchen Gestalten und wie oft, da gibt es nämlich nicht allzu viel zu erzählen, außer dass ich dazulernte, Fehler machte, immer wieder lebte, immer wieder starb und mich nach Möglichkeit weiterentwickelte, was wohl jedermanns Bestreben ist.
Eigentlich erzählen möchte ich von einem Leben voller Wunder, na ja, alles Leben ist ein Wunder, aber das Leben, das ich einst leben durfte, war voller Wunder, die heutzutage fast vergessen sind und damals für uns so selbstverständlich waren.
Ich will dich entführen in eine andere Welt, in eine andere Zeit und dich daran erinnern wie wertvoll, wie wunderbar, einzigartig und besonders du bist.
Dich an deine Ziele erinnern, an deine Träume und Wünsche, daran dass dir alle Möglichkeiten offen stehen und du viel mehr Kraft in dir hast, als du wahrhaben willst.
Jeder Tag ist ein Geschenk.

Kapitel 1

Es war kurz vor Tagesanbruch, als er die Augen öffnete. Er hörte die ersten Vögel des Tages zwitschern, den leisen Wind, der das Laub sanft zum Rascheln brachte. Das ruhige Rauschen des Flusses. Leise erhob er sich, dennoch öffnete sie die Augen.

„Schlaf weiter, Liebes." Zärtlich streichelte er über ihren gewölbten Leib, nicht mehr lange… Wie wunderschön sie war.

Sie lächelten einander zu, voller Liebe und Zärtlichkeit und voll des Glücks und der Erfüllung, die wohl nur werdenden Eltern zuteilwird. Er gab ihr einen sanften Kuss. „Bis später."
Dann erhob er sich endgültig, verließ die Hütte und begab sich zum Treffpunkt.
Vier der neun Jäger warteten bereits, er war der fünfte. Sicher würden die anderen auch gleich kommen. Sie unterhielten sich leise über das Wetter und was sie heute wohl für den Stamm zu essen nach Hause bringen würden, während die anderen nach und nach eintrafen.
„He Adler," es war sein Freund Großer Baum, der mal wieder als letztes aus dem Bett gefallen war, „wetten, dass ich dich auch heute wieder schlage?"
Adler lachte. „Das werden wir sehen, ich hab so das Gefühl, dass ich heute mehr Glück habe."
Sie drückten sich kurz.
„Los geht´s, wir wollen ja hier keine Wurzeln schlagen."

„Ja ja, als Letzter kommen und es dann eilig haben!" Adler schmunzelte.

Er hängte seinen Bogen um und ergriff seinen Speer. Die Jäger verstreuten sich, gingen auf Beutezug, blieben jedoch einander in einer Entfernung, in der sie die anderen notfalls rufen hören konnten. Adler sah Großer Baum nach, wie sich seine riesige Gestalt entfernte, breit wie ein Baum, muskelbepackt. Er trug seinen Namen zu Recht.

Adler selbst war eher mittelgroß und schmaler, doch auch kräftig, sehnig, sehr ausdauernd. Er hatte die Gabe, Geräusche viel eher wahrzunehmen als die anderen, er sah Dinge, bevor andere sie sahen und er war schnell. Seine rote Haut glänzte in der Sonne, die mittlerweile aufgegangen war und sein schwarzes Haar, das ihm bis über die Schultern fiel, band er nun zusammen, es würde wieder ein heißer Tag werden.

Aufmerksam beschritt er den Busch. Dichtes Geäst und Blätter streiften seine Haut. Dennoch verursachte er kaum ein Geräusch. Er liebte den Dschungel und er liebte die einsame Jagd. Am Abend freute er sich dann aufs nach Hause kommen, wenn die Frauen Schüsseln mit Maisbrei vorbereitet hatten, frische Früchte parat lagen und das Lagerfeuer loderte, um das sich dann der ganze Stamm versammeln würde zum Essen, zum Erzählen, zum Singen, zum Tanzen.

Als es gegen Mittag ging, hatte er bereits ein paar kleinere Tiere erlegt, die er sich an einem Seil um die Hüfte gebunden hatte.

Weiter schlich er durch das Gestrüpp, als er ein Geräusch hörte, kaum wahrnehmbar und von den vielen

Dschungelgeräuschen kaum herauszuhören, aber er wusste, er musste auf der Hut sein. Er blieb stehen und nahm lautlos Pfeil und Bogen zur Hand. Vielleicht konnte er Großer Baum heute wirklich schlagen und etwas Größeres erlegen.
Mit zusammengekniffenen Augen durchsuchte er seine Umgebung in der Hoffnung auf gute Beute, als plötzlich ein schmerzhaftes Brennen im Rücken ihn aufschreien ließ.
Sein fürchterlicher Schrei vermischte sich mit dem siegessicheren Gebrüll des Jaguars, der ihn von einem großen Ast aus angesprungen hatte und erfüllte den Dschungel mit Schrecken und schien alle anderen Geräusche zum Verstummen zu bringen.
Bevor er sich zur Wehr setzen konnte, hatte ihm das Tier die Kehle durchbissen. Ein letzter Gedanke an seine Frau und sein ungeborenes Kind, dann trennte sich seine Seele vom irdischen Diesseits und machte sich auf den Weg ins Land ohne Übel.

Großer Baum traf als Erster an der Unglücksstelle ein und sah seine schlimmsten Befürchtungen bestätigt. Mit einem gezielten Schuss seines Pfeils erlegte er das Tier, das über Adler gebeugt stand und an ihm herumriss, dann eilte er zu dem leblosen Körper. Er kniete sich neben seinen Freund, es war zu spät. Der Boden war von Blut bedeckt, Adler übel zugerichtet. Er sah schrecklich aus, kaum wieder zu erkennen. Die anderen Jäger, die mittlerweile auch angekommen waren, umringten sie und lange standen sie so, die traurigen, geschockten Blicke auf Adler und Großer Baum gerichtet.
Großer Baum schloss die Augen, seine Schultern bebten.

Mit zitternder Stimme stimmte er sein Klagelied an, in das die anderen mit einfielen und all der Schmerz und die Trauer schwangen mit und schienen emporzusteigen, hinauf über die Baumwipfel, hinauf zum Himmel.

Eine Ewigkeit schien vergangen, die Geräusche des Urwalds schienen zurückzukehren: das Zwitschern der Vögel, weiter weg war wohl ein Rudel Wildschweine unterwegs, das Rascheln der Blätter und das leise Plätschern des Flusses.
Großer Baum blickte auf und schaute in die Runde. Wortlos und scheinbar ohne jede Kraftanstrengung hob er Adlers Körper auf und lief schweigend los, die anderen folgten ihm. So machte sich der Trauerzug auf den Weg zurück zum Lager, vorbei an blühenden Akazien, Palmen, Lapachos und Weiden, durch Dickicht und durch Präriegras.
Als Großer Baum von der letzten Anhöhe aus das Lager erblickte, blieb er kurz stehen. Die Kinder spielten auf dem freien Platz zwischen denen im Kreis aufgestellten Hütten, die mit Leder bespannt und Fellen behängt waren.
Die Frauen saßen beisammen und erzählten, lachten miteinander, während sie Essen zubereiteten. Früchte, Maisbrei, Kartoffeln mit Bohnen, er konnte es schon riechen. Das Lagerfeuer brannte, die Alten saßen schon darum und plauderten. Auch Weißer Bär, der Schamane, saß dabei, doch unterhielt er sich nicht, er starrte ins Feuer und schien ganz woanders zu sein.
Großer Baum setzte seinen Weg fort, gefolgt von den anderen Jägern. Sogleich wurden sie bemerkt und ein von irgendjemandem ausgestoßener Aufschrei machte die anderen darauf aufmerksam, dass etwas passiert war.

Innerhalb kürzester Zeit waren im Halbkreis alle auf dem Platz versammelt.

Großer Baum trat vor und legte Adler vorsichtig auf den Boden. Und wieder schien eine unnatürliche Stille die Luft zu durchschneiden. Morgenröte, Adlers Frau, trat heran, starrte ungläubig auf Adlers toten Leib, sah auf, direkt in Großer Baums gerötete Augen, dann wanderte ihr Blick wieder zu ihrem Mann.

Das konnte doch unmöglich sein. Dieses blutige Fleischbündel konnte unmöglich Adler sein, ihr Mann, der sie heute Morgen noch geküsst und über ihren Bauch gestreichelt hatte.

Bei der Erinnerung daran legte sie ihre Hände auf den Bauch und sackte ohne einen Laut in sich zusammen.

Sie hatten Adler auf dem Platz aufgebahrt. Das Lagerfeuer warf lange Schatten in der Dunkelheit und ließ die ernsten Gesichter der Menschen wie Masken erscheinen. Sie tanzten mit ihren Rasseln ums Feuer, sangen, wehklagten.

Morgenröte saß nur da, starrte ins Feuer, völlig regungslos. Als wäre sie selber tot. Nichts verriet ihre Gefühle oder was sie dachte. Weißer Bär hatte sie die ganze Zeit beobachtet. Er wollte ihr einen Trank verabreichen der sie beruhigen sollte, aber sie verweigerte. Selbst als er sie um des Kindes willen bat.

Er betrat nun den Kreis der ums Feuer Tanzenden und sofort blieben alle stehen und verstummten. Der Schamane blickte zum Himmel und reckte die Arme empor und begann sein Lied, begleitet von den Rasseln und Stampfrohren:

"Vater, hier sind deine Söhne,
hier sind deine Töchter,
hier ist dein Ort,
einer deiner Söhne ist von uns gegangen,
seine Seele hat seinen Leib verlassen,
lass unseren Bruder ankommen
mit seinem Wesen,
mit dem Licht des Blitzes,
mit dem Licht der Flammen,
zusammen mit unserem gesungenen Gebet,
lass ihn betreten deinen Tanzplatz,
zusammen mit unseren beseelten Worten,
lass ihn ankommen an der Himmelsöffnung des Hüters aller Dinge,
am Begrüßungsort deiner Söhne und Töchter.

Hier sind wir,
wir verbeugen uns vor dir,
ehrfürchtig bitten wir dich,
lass ihn ankommen."

Weißer Bär verstummte und mit ihm die Rasseln und die Stampfrohre. Großer Baum und Falke, ebenfalls einer der Jäger, nahmen die Bahre auf und liefen los, gefolgt vom ganzen Stamm. Sie liefen zum Heiligen Berg, ein Hügel, der sich vor dem Urwald erstreckte. Das Loch war bereits gegraben, in welches sie Adler nun betteten.
Alle Toten begruben sie hier, schon immer. Und so hatte sich bereits ein kleiner Hügel auf dem großen Hügel, dem Heiligen Berg, gebildet.

Man hatte Adler gewaschen und ihm seine beste Kleidung angezogen. Sie legten ihm seine Waffen mit ins Grab. Weißer Bär betete, während Großer Baum und Falke das Loch wieder schlossen.
Morgenröte wurde von zwei Frauen gestützt, noch immer war ihr Gesicht völlig ausdruckslos.

Am nächsten Morgen betrat Kleine Wolke, eine Freundin Morgenrötes, ihre Hütte, aber Morgenröte war nicht da. So lief Kleine Wolke zum Heiligen Berg, wo sie Morgenröte fand.
Sie lag bäuchlings mit ausgestreckten Armen auf dem frischen Grab, die Erde noch feucht.
Kleine Wolke kniete sich neben sie und legte ihre Hand sanft auf ihrer Freundin Schulter.
„Seit wann bist du hier?" Doch sie erhielt keine Antwort.
„Etwa schon die ganze Nacht? Komm schon, ich mache dir Frühstück."
Doch Morgenröte war nicht zum Fortgehen zu bewegen. Schließlich gab Kleine Wolke auf und lief zurück.
Nach einer Weile kam sie wieder mit frischen Früchten, Maisbrei und Mate Tee. Doch konnte sie die Schwangere weder zum Essen noch zum Trinken überreden und so ließ sie alles bei ihr stehen und lief zurück um nachzusehen, ob ihr Baby schon aufgewacht wäre und in der Hoffnung, dass Morgenröte vielleicht etwas zu sich nehmen würde, wenn sie alleine wäre.
Gegen Mittag kam sie zurück. Morgenröte lag noch genauso, wie Kleine Wolke sie am Morgen gefunden und

auch verlassen hatte. Wieder kniete sich Kleine Wolke neben sie und streichelte ihr den Rücken.

Sie versuchte es mit guten Worten, dann schimpfte sie mit ihr, doch zeigte sie keinerlei Reaktion. Wieder kehrte Kleine Wolke unverrichteter Dinge zurück zu ihrem Kind.

Als der Abend hereinbrach, lief sie wieder zu der Trauernden hin. Alles unverändert. Und weil sie befürchtet hatte, dass sie wieder nichts erreichen konnte, hatte sie vorsorglich eine Decke mitgebracht, mit der sie Morgenröte nun liebevoll zudeckte. Essen und Trinken verweigerte sie weiterhin, nach wie vor sprach sie kein Wort.

Eine Weile legte sich Kleine Wolke daneben und legte ihren Arm schützend um sie. Doch des Nachts musste sie wiederum zurück zu ihrem Kind, weil es bald erwachen würde und nach ihrer Brust verlangte.

Am nächsten Morgen eilte sie sogleich wieder zum Heiligen Berg, um nach der Freundin zu sehen, bewaffnet mit frischem Tee und frischen Früchten.

Wieder sah sie Morgenröte so liegen wie am Tag zuvor. Doch als sie sich neben sie kniete, um sie sanft zu wecken, sah sie das Blut und erschrak. Morgenrötes Arme und Gesicht waren übersät mit Schnittwunden.

"Warum hast du das getan?" fragte sie mit weinerlicher Stimme und Tränen rannen ihr über die Wangen. Doch Morgenröte antwortete nur mit über alle Maßen traurigem, leblosem Blick.

Kleine Wolke rannte zurück ins Lager und holte Großer Baum, der das verwundete Menschenkind nachhause trug, so wie kurz vorher ihren Mann. Er brachte sie in ihre Bambushütte und bettete sie sorgsam.

Kleine Wolke betrat mit Weißer Bär die Hütte. Mit sorgenvollem Gesicht machte er sich daran, ihre Wunden mit Kräuterumschlägen zu verarzten, doch als er ihr einen stärkenden Trank einflößen wollte, verweigerte sie wieder. Sie schlug ihm den Becher aus der Hand und Ihr Arm sank kraftlos wieder zurück.

Weißer Bär hieß zwei von den älteren Frauen bei ihr Wache zu halten und in der Nacht wurde er geweckt. Morgenröte verlor Blut, da wo Leben kommen sollte. Er legte seine Hände auf ihren Bauch und fühlte, dass es nicht gut war.

Die beiden Alten hatten schon vielen Kindern auf die Welt geholfen, doch auch ihren Gesichtern waren Angst und Sorge anzusehen.

Stunden vergingen, Morgenröte stöhnte vor Schmerzen und lehnte weiterhin jede medizinische Hilfe ab. Kurz vor Anbruch des neuen Tages lag Morgenröte plötzlich ganz still da.

Die müden Gesichter der beiden Alten wurden plötzlich wieder wach und untersuchten sie. Morgenrötes Atem war schwach und das Kind noch immer nicht in Sicht.

Weißer Bär trat nun heran und flößte Morgenröte etwas ziemlich Übelriechendes ein, sich zu wehren war sie nun zu schwach. Doch hatte er wenig Hoffnung ihr noch helfen zu können, zu viel Blut hatte sie verloren.

Es verging noch eine Stunde, als ihr schwacher Atem plötzlich verebbte. Eilig fühlte Weißer Bär ihren Puls, dann nahm er sein Messer und schnitt ihren Bauch auf. Die beiden Alten drehten sich weg, weil der Anblick ihnen Übelkeit verursachte.

Weißer Bär entriss das Kind Morgenrötes totem Leib und

hielt es eine Weile in den Armen. Plötzlich vernahm man in der Hütte ein leises Wimmern. Die beiden Frauen sahen sich an und drehten sich erstaunt wieder um.
„Nennt ihn Feder." sagte Weißer Bär, legte das Kind einer der Frauen in den Arm, auf dass sie es versorgen sollte und verließ ohne ein weiteres Wort die Hütte.
Da komme ich also ins Spiel. Irgendjemand entriss mich brutal dem kuschelig warmen Leib meiner Mutter. Da wollte ich eigentlich gleich wieder zurück nach Hause.
Wer will das schon, auf so widerliche Weise geweckt werden und dann ist es plötzlich hell und kalt.
Doch dann lag ich in großen, starken Armen und die Hand, die meinen Kopf hielt, schien mir eine unglaubliche Energie einzuflößen.
Ich fühlte mich plötzlich so erfüllt von Wärme und Liebe, dass ich beschloss doch zu bleiben und mal zu sehen, was dieses Leben wohl zu bieten hätte.
Dann gab er mir meinen Namen und legte mich in andere gute Hände.
Wenn ein Neugeborenes zur Welt kam, besuchte der Schamane das Kind, berührte es.
Er konnte erfühlen, was für ein Menschlein hier zur Welt gekommen war. Die hervorstechendsten Eigenschaften, körperliche Merkmale, besondere Fähigkeiten, oder auch die Tierseele, so wie es bei meinem Vater Adler gewesen war.
Mich nannte er nun Feder.
Doch nicht etwa, weil ich zu klein und zu leicht war?! Frechheit! Aber was soll's, ich würde schon noch dahinterkommen.

Die Alte jedenfalls brachte mich zu Kleine Wolke, die ich auf Anhieb mochte. Kleine Wolke blickte uns mit fragenden Augen entgegen, die Alte nickte mit ernstem Gesicht. Kleine Wolke weinte, doch Ihre Arme nahmen mich voller Liebe und Wärme auf.
Sie drückte mich an sich, als wäre ich ihr Kind und nährte mich zusammen mit Leuchtender Stern, die nun meine Schwester war, an ihrer Brust. In jeder Hütte war ich zu Hause, der ganze Stamm war meine Familie.
Wir Kinder durften überall sein, wir durften spielen, mit den Frauen mitgehen und beim Sammeln von Früchten und Beeren helfen, oder bei der Zubereitung des Essens. Wir hatten eine wunderbare Kindheit, voller Liebe, Schönheit, Geborgenheit und das Gefühl der Zusammengehörigkeit. Wir alle waren eine Einheit. Wir lebten mit einer solchen Sorglosigkeit und Leichtigkeit, wie sie heute für die meisten unerschlossen bleibt.

Mutter Erde bot in reichlicher Fülle, was wir brauchten. Doch nie wurde ein Baum mehr gefällt, ein Tier mehr erlegt oder eine Pflanze mehr geerntet als benötigt.
Wir liebten und respektierten die Natur und alle Lebewesen, die in ihr wohnten, wir liebten uns selbst. Und allein dieses Wissen, dass in allem das Göttliche wohnt, konnte all den Respekt und die Liebe bewirken, derer wir fähig waren.
Ich war sechs Jahre alt, als ich dennoch begann, mich auf gewisse Weise abzusondern. Die anderen Kinder waren alle so unbeschwert, so... so kindlich und laut.

Ich jedoch begann, mir über alle möglichen Dinge Gedanken zu machen. Wo war mein Vater jetzt? Wo war meine Mutter? Wie musste ich mir das Jenseits vorstellen, von welchem aus sie über mich wachten? Warum hatte der Ewige Vater sie mir überhaupt genommen?

Ich fragte mich verzweifelt nach dem Sinn des Lebens, ob ein Grund dahinter stecken konnte, der den Ewigen Vater dazu bewog, meine Eltern von mir zu nehmen bevor ich sie kennenlernen konnte. Wenn ja, welchen???

Dieses Wissen würde es mir um so vieles leichter machen den Verlust zu überwinden, mir die Last von den Schultern nehmen, das Gefühl, am Tod meiner Mutter schuldig zu sein.

Großer Baum und Kleine Wolke erahnten wohl zumindest einen Teil meiner Gedanken und wann immer ich einem von beiden mit traurigem Gesicht über den Weg lief, erzählten sie mir von meinem Vater, welch guter Jäger, wie gutaussehend, sanftmütig und herzlich er war. Wie schön meine Mutter war, wie gerne sie lachte und dann zwei süße Wangengrübchen sichtbar geworden waren, sie für jeden stets freundliche Worte und helfende Hände hatte, ohne dass man sie hätte bitten müssen. Wie glücklich die beiden miteinander waren und die Erwartung auf mich ihr Glück vollkommen gemacht hatte.

Großer Baum und Kleine Wolke gaben sich wirklich besonders viel Mühe mit mir und erzählten, welch große Freundschaft sie jeweils mit meinem Vater, beziehungsweise meiner Mutter verband.

All die lieben und gutgemeinten Worte bedeuteten mir viel und halfen mir auch immer, jedoch stets nur vorübergehend. Dann versank ich wieder in meine eigenen Gedanken und stellte meine eigenen Fragen, die mir wohl niemand würde beantworten können.

Manchmal nahm Großer Baum mich mit zum Fischfang und erzählte allerlei lustige Geschichten, die er mit seinem Freund Adler erlebt hatte. Er versprach mir, dass er mich mitnehmen würde, sobald ich alt genug wäre und mir dann alles beibringen würde.

„Ich werde dich zum größten Jäger des Dschungels machen, mein Junge!", lachte er dann voller Vorfreude und legte seinen Arm um mich.

Aber ich war mir nicht sicher, ob ich Jäger werden wollte. Auch wenn es wohl auf der Hand gelegen hätte. Großer Baum sprach in bester Absicht und ich wollte ihn nicht enttäuschen, aber die Vorstellung, jeden Tag in den Dschungel zu ziehen und Tiere zu töten war irgendwie nicht mein Ding.

Im Gegenteil: Mit der Zeit aß ich immer weniger Fleisch, bis ich dann ganz damit aufhörte, weil ich bei jedem Stück Fleisch, das ich sah, das noch lebende, zugehörige Tier sehen konnte, wie es durch den Wald lief, auf der Suche nach Futter, vielleicht für seine Jungen. Diese Bilder machten mir das Fleischessen unmöglich.

Also wieder etwas, was mich von den anderen Kindern unterschied und meine stetige Ernsthaftigkeit qualifizierte mich wohl auch nicht gerade zum unterhaltsamsten Spielkameraden.

Der einzige Nichtfleischessende im Stamm außer mir war

Weißer Bär, aber der war mir sowieso nicht ganz geheuer. Keine seiner Gesten oder Gesichtsausdrücke verrieten je einen seiner Gedanken. Manchmal verschwand er tagelang oder verbrachte jede Menge Zeit in seiner Hütte, ohne sich blicken zu lassen. Dann saß er abends plötzlich am Lagerfeuer, ohne dass ihn jemand hätte kommen sehen und starrte ins Feuer und seine Augen schienen weit, weit weg. Der Mann war mir unheimlich und zugleich ging eine starke Faszination von ihm aus.

Es war nicht so, dass mich je jemand ausgelacht oder man mich ausgegrenzt hätte. Vielmehr war ich es selbst, der sich immer öfter zurückzog, während die anderen spielten und lachten.
Ich streifte umher auf der Suche nach besonders schönen Plätzen, die mich anzogen. Dort konnte ich dann ewig sitzen, eine besondere Aussicht genießen, ein besonderes Tier beobachten oder eine besondere Pflanze betrachten.
Manchmal dachte ich selber, dass ich wohl ein Sonderling wäre.
Aber ich genoss diese Zeit allein, ich brauchte sie, sie half mir, etwas zur Ruhe zu kommen.
Die einzige kindliche Gesellschaft, die ich genoss, war die von Leuchtender Stern. Sie war meine Freundin. Manchmal streifte sie mit mir umher und ich zeigte ihr meine Entdeckungen, manchmal erzählten wir miteinander, manchmal saßen wir nebeneinander ohne zu reden. Mit ihr hatte ich nie das Gefühl, seltsam zu sein. Und gleichzeitig war sie so anpassungsfähig und konnte so lustig sein. Es gab wohl niemanden, der sie nicht mochte, überall war sie sehr

beliebt und ständig wurde nach ihrer Gesellschaft verlangt und sie zum Spielen gerufen. Wo sie war, war Licht. Bei ihr durfte ich der sein, der ich war.

Ab und zu versuchte ich deshalb immer wieder mal, den Anschluss zu den anderen Kindern zu finden. Ich mischte mich dann unter sie, fühlte mich dabei aber dennoch alleine und konnte mich einfach nicht so unbeschwert und ausgelassen geben wie sie.

So stand ich oft nur dabei oder daneben... War ich sonderbar oder alle anderen? Ich zweifelte an mir. Gleichzeitig fragte ich mich aber: war ich schlechter? Nein, wohl nicht. Zumindest dieses Zugeständnis musste ich mir machen.

Weißer Bär war manchmal draußen und weil ich ja nicht richtig mit den anderen Kindern bei der Sache war, bemerkte ich, dass er uns manchmal beobachtete.

Oft sogar konnte ich seinen Blick im Rücken spüren, da er mir einen Schauer verursachte. Wenn er gelächelt hätte bei der Beobachtung der spielenden Kinder, oder mal etwas zugerufen hätte, so wie die anderen Männer und Frauen manchmal, hätte ich mir gar nichts dabei gedacht.

Aber nie zeigte er eine Gefühlsregung oder ließ ein Wort fallen und manchmal fragte ich mich, was hinter diesem strengen Gesicht wohl verborgen lag, hinter diesen unergründlichen Augen. Wie gesagt, irgendwie fürchtete ich ihn und gleichzeitig faszinierte er mich, so als wenn ich einen toten Vogel fand und Angst hatte genauer hinzusehen, es dann aber doch tat.

Eines Tages, nach einem wiederholten Integrationsversuch in die spielende Meute, den ich unternommen hatte, nur um

wieder festzustellen, dass ich einfach irgendwie anders war, überkam mich eine solche Traurigkeit und ein so starkes Gefühl der Einsamkeit, dass ich gesenkten Hauptes zu Kleine Wolke in die Hütte schlich.
Als sie mich hörte, sah sie von ihrer Arbeit auf und ihr Blick wurde ernst.
„Komm her mein Junge, " sagte sie und streckte ihre glatten, schlanken Arme nach mir aus.
Ich war zwar eigentlich schon zu alt, aber dankbar krabbelte ich auf ihren Schoß. Sie legte tröstend ihre Arme um mich und zog mich an sich. Für einen Moment durfte ich mich wieder wie ein Baby fühlen, in Sicherheit, fern aller bedrückenden Gedanken, nur im Hier und Jetzt, im Schoß, der die Welt bedeutete.
„Soll ich dir eine Geschichte erzählen?" Müde nickte ich.
Sie wiegte mich und begann:
„Vor langer Zeit lebte eine junge Familie glücklich in ihrem Stamm. Das Kind war noch nicht alt und hatte noch keine Zähne, doch aus ihrer Brust wollte keine Milch mehr fließen.
So band sich die Mutter das Kind um und ging in den Wald, um frische Früchte zu sammeln, da sie dem Kleinen einen Brei bereiten wollte.
Der Vater war indes unterwegs auf der Jagd.
Stunden vergingen, doch die Frau kam nicht zurück. Die Frauen des Stammes begannen sich zu wundern. Beunruhigt zogen sie los, um Mutter und Kind zu suchen.
Als der Abend anbrach, kehrten die Jäger zurück, alle, außer dem Mann der Vermissten.
Die Männer wunderten sich und zogen los, ihn zu suchen.

Erst als der Morgen anbrach, hörte man das laute Rufen einer der Frauen und alle liefen hin, um zu sehen, was los war.

Einige weinten, einige rieben sich die Augen, weil sie nicht glauben konnten, was sie sahen, andere standen sprachlos mit aufgerissenen Augen.

Der Mann lag tot am Boden, getötet von einer Wildkatze, seine Frau, die ihn wohl gefunden hatte, lag über ihm, auch sie tödlich verletzt durch den Biss des Panthers.

Das Baby war nicht da, sicherlich mitgenommen von dem mordenden Untier, um es den eigenen Jungen zum Fraße vorzuwerfen...

Neben den Leichen war eine Pflanze gewachsen, anzusehen wie ein großer, runder, grüner Korb, nach oben hin geschlossen hatten sich die dicken, festen Blätter vereint.

Eine derartige Pflanze hatte noch nie zuvor jemand gesehen.

Und plötzlich war ein Wimmern zu hören, erst ganz leise und kaum wahrnehmbar, doch es wurde lauter und ging in klägliches Weinen über.

Aufgeregt liefen alle durcheinander und suchten das Kind.

Schließlich fanden sie es, eingebettet in die Pflanze, die es wie mit schützenden Armen umfing. So stark waren die Blätter, dass die Männer sie mit einem Messer abschlagen mussten, um an das Kind zu kommen. Das kleine Bündel war wie durch ein Wunder völlig unversehrt.

Abends im Lager diskutierte man darüber, wie dies möglich war und kam einzig zu dem Schluss, dass die Pflanze um das am Boden gelegene Kind gewachsen sein musste, um es zu beschützen.

Sie fanden heraus, dass die Blätter der Pflanze, die

unversehens überall zu wachsen begann, besonders nahrhaft waren und eine milchige Flüssigkeit beinhalteten, mit der man Säuglinge nähren konnte.
Sie war das Vermächtnis der verstorbenen Eltern an ihr Kind."

Kleine Wolke wuschelte mir lächelnd durchs Haar.
„Siehst du, Feder, alles Geschehen auf der Welt ist wie ein Kreis. Du bist die Pflanze, durch die dein Vater und deine Mutter weiterleben."

Kapitel 2

Als ich wieder mal allein auf Streifzug war, bestieg ich den Heiligen Berg. Oben angelangt, fand ich ein besonders schönes Plätzchen. Ich setzte mich auf einen kleinen Felsen und die Aussicht war einfach gigantisch! In welch wunderbarem Land wir lebten, wie reich an so vielen herrlichen Pflanzen, diese Farbenvielfalt! Ich konnte die ganze Ebene überschauen und unten konnte ich den großen Fluss des Bunten Vogels fließen sehen, wie er sich lang und breit in harmonischer Schlangenlinie seinen Weg bahnte. Ja, alles ist ein Fluss, das ganze Leben.

So saß ich eine ganze Weile, dieser Ort hatte eine ungeheuer beruhigende Wirkung auf mich. Der Berg unserer Ahnen. Träge sah ich auf zum Himmel. Am Horizont berührte die Sonne gerade eine Bergkuppe und tauchte sie in sanftes Rosa, als wolle sie sie streicheln. Es würde nicht mehr allzu lange dauern, bis sie untergeht. Schon bald würde ich mich auf den Heimweg machen müssen.
Über mir sah ich einen Adler kreisen. Welch erhabene Tiere! Ich stellte mir vor, wie es wohl sei ein Adler zu sein. Frei schwebt er durch die Luft, frei von jeglichem Ballast, frei.
Seine Kreise wurden enger, dann blieb er über mir in der Luft stehen, als beobachte er mich. „Nein," lächelte ich, „ich bin kein Futter für dich."
Ungeachtet dieser Tatsache setzte er zur Landung an. Welch unvergleichliches Bild bot sich mir, als er sich, seine breiten Flügel majestätisch ausgebreitet, etwa zwanzig Meter von

mir entfernt niederließ und mich ansah.

Er strahlte eine in ihm ruhende Macht aus. Keiner von uns bewegte sich und wir blickten uns in die Augen, bis es begann zu dämmern und ich mich beeilen musste, vor der Dunkelheit im Lager zu sein. Beschwingten Schrittes ging ich den Weg, erfüllt von innerer Ruhe und ohne das Gefühl, allein zu sein.

Merkwürdig war, dass dieser Adler mir von da an immer wieder begegnete, so, als würde er mich beobachten. Immer wieder sah ich ihn über mir kreisen oder konnte ihn irgendwo in meiner Nähe sitzen sehen.

Wahrscheinlich war hier einfach nur sein Jagdrevier und ich hielt mich zufällig öfter in seiner Nähe auf.

Als ich im Lager angekommen war, bemerkte ich eine gewisse Unruhe. Ich lief eine Weile unauffällig herum und spitzte die Ohren. Nach einer Weile hatte ich in Erfahrung gebracht, dass Singender Wind, einer der Jäger, Wassermond, einer der jungen, ledigen Frauen, schöne Augen gemacht hatte und seine Frau Tautropfen, die sein Kind unter ihrer Brust trug, war so böse auf ihren Mann, dass sie ihn verlassen und zurück in die Hütte ihrer Eltern ziehen wollte.

Es wurde Abend und das Feuer wurde entzündet. Alle saßen oder standen plaudernd im Kreis, die Stimmung war leicht bedrückt. Singender Wind stand mit gesenktem Haupt und Tautropfen ziemlich steif an der gegenüberliegenden Seite des Kreises.

Dunkler Rauch, schon alt und aufgrund seiner Weisheit von allen respektiert, wurde bei allen Fragen den Stamm betreffend um Rat gefragt. So stand er auf und die Gespräche verstummten.

Er ergriff von selbst das Wort:

„Tautropfen war heute Nachmittag bei mir und hat mir ihr Leid geklagt. Tautropfen, erzähl uns doch, was dich bedrückt."

Tautropfen trat vor und begann zu erzählen, zuerst traurig und mit rotem Kopf, doch langsam strafften sich ihre Schultern und je länger sie erzählte, desto lauter wurde ihre Stimme und sie verlieh ihrem Zorn vollen Ausdruck, indem sie Tränen der Wut und Enttäuschung vergoss.

Nach einer Weile wurde ihre Stimme wieder leiser und nahm einen kläglichen, verzweifelten Ton an. Sie erklärte wie verletzt sie war, wie gedemütigt sie sich fühlte. Dann trat sie wieder zurück in den Kreis und auch Dunkler Rauch setzte sich wieder auf seinen Platz. Singender Wind war sehr beschämt.

Gleich darauf fingen alle anderen an, munter darauf los zu plaudern, als wäre alles wie immer. Man erzählte sich, was man am Tag erlebt hatte und es wurde viel gelacht. Überall hörte man alte Geschichten einfließen, von Ahnen, die Ehestreit gehabt hatten, was doch gegen die gute Sitte war, und wie sie sich wieder versöhnten. Als gerade wieder eine dieser Geschichten geendet hatte- es war schon spät- erhob sich Dunkler Rauch, streckte sich und gähnte und erwähnte ganz beiläufig, wie schön es doch sei, wenn ein Paar sich wieder vertrage und damit die Ahnen erfreuen und die Götter zum Lachen bringen würde. Mit diesen Worten verabschiedete er sich und ging in seine Hütte, um zu schlafen.

Singender Wind hob erstmals den Kopf und suchte den Blick seiner Frau.

„Das ist wahr.", sagte er und sah ihr fest in die Augen.

„Ich habe verstanden und es tut mir leid." Sein Blick unterstrich die Ernsthaftigkeit seiner ehrlich gemeinten Worte.

Tautropfen lächelte schüchtern und ging in beider Hütte.

So gingen die Jahre und mittlerweile war ich elf. Ich hatte gelernt, mich einfach so anzunehmen wie ich war und versuchte nicht mehr, irgendetwas zu erzwingen. Und da auch alle anderen mich so nahmen und Kleine Wolke, Großer Baum, Leuchtender Stern und auch mein Freund der Adler nach wie vor für mich da waren, fühlte ich mich sehr wohl.

Großer Baum hatte seinen Plan, mich zum Jäger auszubilden, verschoben. Er hatte gemerkt, dass es nicht das war, was ich mochte und so begnügte er sich vorab damit, mich im Fischfang und Fallenstellen zu unterrichten. So hatte ich trotz der mir nun erteilten Aufgaben genügend Zeit für mich alleine.

Eines Morgens hielt ich mich am Waldrand auf, stellte Fallen und legte Schlingen, um Kleintiere damit zu fangen. Am späten Nachmittag würde ich herkommen, um die Beute abzuholen. Ich war in Gedanken schon am Fluss beim Fischfang, freute mich auf die Sonne auf meiner Haut und das kühlende Wasser um meine Füße.

Da hörte ich einen Schrei aus der Luft. Ich schaute lächelnd nach oben und begrüßte winkend meinen Nähe nieder, doch merkwürdigerweise näher als sonst. Anstatt sich ruhig hinzusetzen und mich zu beobachten, gebärdete er sich wild, kreischte und schlug mit seinen gewaltigen Flügeln.

Verwundert beobachtete ich sein Gebaren. Nach einer Weile erhob er sich und flog in Richtung Dschungel, kam zurück, flog wieder in die gleiche Richtung, kam wieder zurück. Wollte er, dass ich ihm folgte?

Achselzuckend lief ich in die Richtung, in die er geflogen war. Er flog immer ein Stück voraus und wartete dann auf irgendeinem Ast auf mich. Mittlerweile waren wir schon ein gutes Stück im wilden Dschungel, dennoch hatte ich aber keine Angst, ich fühlte mich sicher in der Gegenwart meines Freundes.

Irgendwann suchte ich den Adler in den Bäumen, sah ihn aber nirgendwo. Ich rief nach ihm. Sein Schrei wies mich an, nach unten zu sehen. Und dann gefror mir das Blut in den Adern.

Der Adler saß auf dem Waldboden neben einem Menschenkörper, der leblos daneben lag. Ich eilte zu ihm hin. Es war Großer Baum. „Oh nein!", schluchzte ich, den Schreck in den Gliedern. Ich fand einen Schlangenbiss an seinem rechten Bein.

„Was soll ich denn bloß tun? Vater, hilf mir!", weinte ich völlig aufgelöst.

Verzweifelt beugte ich mich über die Wunde und versuchte, mit meinem Mund möglichst viel von dem Gift herauszuziehen, das ich in Etappen wieder ausspuckte. Hilflos und voller Panik blickte ich hinüber zu dem Adler. Dieser erwiderte meinen Blick und eine Weile tauchte ich ein in seine ruhigen, wissenden Augen.

Dann ging er einen Schritt auf mich zu, als wolle er etwas

sagen und ließ Kot fallen. Dann wich er ein paar Meter zurück, ohne seine Augen von dem Kot zu wenden.
Erstaunt lief ich hin. Was wollte er mir sagen?
Der Adler, der große Schlangenjäger!
Etwa der Kot des Adlers?
Ich riss instinktiv ein Blatt von einem Busch ab, ohne zu wissen, welcher es war, wischte damit den Kot auf und legte das Ganze vorsichtig als Umschlag auf Großer Baums Wunde. Mehr konnte ich nicht tun.
Dann stand ich auf, legte die Hände um meinen Mund und rief in alle vier Himmelsrichtungen nach den Jägern, die sich hier irgendwo aufhalten mussten. Nach ein paar Minuten trafen drei von ihnen ein und hoben Großer Baum auf, um ihn ins Lager zu bringen. Ich schaute noch einmal zurück zu dem Adler, aber er war verschwunden und so folgte ich den anderen nach Hause, wo sie Großer Baum direkt in Weißer Bärs Hütte brachten.
Ich setzte mich neben den Eingang und wartete und wartete und wartete. Zwischendurch kam Leuchtender Stern, brachte mir Mate und Frucht. Sie setzte sich neben mich und legte tröstend den Arm um meine Schulter. Ich nahm ihren zarten Duft in mir auf, nahm die Zartheit ihrer Haut wahr. Ihre Nähe tat mir gut. Als es Zeit zum Schlafen wurde, verließ sie mich und ging in ihrer Eltern Hütte.
So saß ich die ganze Nacht, die Zeit schien endlos und ich spürte weder Kälte noch Müdigkeit. Und als der Morgen graute, trat Weißer Bär heraus.
Mit ängstlichem, fragendem Blick sah ich auf. Ohne eine Miene zu verziehen, schaute er zu mir herunter.
„Du kannst jetzt gehen, er schafft es. Woher wusstest du,

was zu tun war?" Verwundert zuckte ich die Schultern.

„Ich wusste es nicht.", antwortete ich kleinlaut.

„Geh jetzt.", befahl er in forschem Ton und ging wieder zurück.

So lief ich zur Hütte, in der Kleine Wolke gerade Feuer machte, ihr Mann war schon fort zur Jagd. Leuchtender Stern schlief noch und drehte mir den Rücken zu.

„Lebt er?", fragte Kleine Wolke.

„Ja, ", antwortete ich, „alles wird wieder gut."

Sie lächelte und umarmte mich. Dann legte ich mich in die andere Ecke der Hütte und schlief sofort ein.

Ich träumte wild durcheinander und erlebte das schreckliche Ereignis noch einmal. Doch an der Stelle, an der ich den Adler neben Großer Baum sitzend finde, verwandelt er sich in eine menschliche Gestalt, einen Mann- meinen Vater! Er sagt zu mir:

„Hilf meinem Freund."

Als ich aufwachte, war es schon Mittag und im ersten Moment war ich sehr verwirrt. Doch dann trat ich aus der Hütte, die Sonne strahlte am blauen Himmel und da sah ich Großer Baum sitzen. So tat ich es der Sonne gleich und strahlte über das ganze Gesicht, rannte zu ihm hin und fiel in seine starken Arme, die er mir schon lachend entgegenstreckte.

Großer Baum erholte sich rasch, bald schon war er wieder der stets gutgelaunte und immer lachende große Mann, der am Morgen zur Jagd ging und zumeist die größte Beute heimbrachte.

Abends saßen oder tanzten wir im Gebet ums Lagerfeuer, oft bis spät in die Nacht.

Ich beobachtete Leuchtender Stern, wie sie lächelnd dasaß, ihr schwarzes, glänzendes Haar fiel lang und glatt über ihre schmalen Schultern und das Feuer spiegelte sich in ihren Augen. Ich stand auf, um zu ihr hinüber zu gehen und mich zu ihr zu setzen.

Da sah ich Weißer Bär durchs Dickicht davongehen, ich erkannte die Gestalt sofort im Dunkeln.

Ohne darüber nachzudenken, machte ich mich unauffällig davon und folgte ihm. Es war reine Neugier und Abenteuerlust, die mich dazu anstachelten, etwas so Ungehöriges zu tun. Wo er wohl hinging mitten in der Nacht?

Vor lauter Angst, von ihm erwischt zu werden, ließ ich teilweise den Abstand so groß werden, dass ich ihn ein paar Mal fast verloren hätte, doch immer wieder fand ich den Anschluss.

Wir bestiegen den Heiligen Berg. Auf einem Felsvorsprung, ganz in der Nähe meines Lieblingsplätzchens, an dem ich den Adler zum ersten Mal traf, machte er schließlich halt. Gespenstisch hob sich seine Silhouette vom dunklen Nachthimmel ab.

Der Vollmond schien hell über ihm und ließ sein Gesicht erahnen, das er mit geschlossenen Augen gen Himmel hielt. Er streckte seine Arme empor, als wolle er eins werden mit dem Himmel. So schien er eine Ewigkeit zu stehen. Was machte er da bloß? Irgendwann ließ er sich langsam auf dem Felsvorsprung nieder und holte etwas aus seiner Tasche.

Ich konnte nicht gleich erkennen, was es war. Das ungleichmäßige Ding war etwa zwanzig Zentimeter im Durchmesser. Er legte es vorsichtig vor sich hin, ging in einen entspannten Schneidersitz über, blickte dann nochmal zum Mond und dann herunter auf- den Stein, tatsächlich betrachtete er einen Stein! Jetzt, da er auf dem Boden lag, konnte ich ihn deutlich sehen.

So einen Stein hatte ich noch nie gesehen, er schillerte im Mondlicht in allen Regenbogenfarben!

Fasziniert beobachtete ich das Schauspiel ohne jegliches Zeitgefühl, während Weißer Bär so saß, auf den Stein starrend, wie in Trance. Wahrscheinlich blinzelte er nicht einmal…

Doch plötzlich sauste sein Kopf hoch und er wandte mir direkt sein Gesicht zu, genau auf das Gebüsch, hinter dem ich stand.

Vor Schreck blieb mir fast das Herz stehen und ich vergaß zu atmen. Wie zur Salzsäule erstarrt wartete ich zitternd, was nun geschehen würde. Er konnte mich doch unmöglich sehen? Oder? Oder doch?

Er wandte seinen Blick wieder dem Stein zu und bewegte sich nicht mehr. Nach ein paar Minuten machte ich mich mit rasendem Herzen auf den Nachhauseweg.

Weißer Bär kam erst zwei Tage später zurück und ich ging ihm die darauffolgenden Tage tunlichst aus dem Weg.

Beim folgenden Vollmond machte er sich wieder auf und davon, ich wusste nun wohin, aber was er da eigentlich wirklich tat, hatte ich nicht verstanden. Ständig grübelte ich darüber, zu gerne hätte ich das Geheimnis gelüftet.

Und als ich am nächsten Morgen meine Fallen aufstellte, hatte ich eine Blitzidee! Ich könnte mich doch des Nachts in seine Hütte schleichen und mich mal etwas umsehen, denn sein Heiligtum durfte ich noch niemals betreten. Vielleicht würde meine Neugier gestillt werden.
Gleich darauf verwarf ich den Gedanken wieder, denn das war völlig gegen die gute Sitte! Aber er ließ mich nicht mehr los. Wie es darin wohl aussah? Was er dort wohl aufbewahrte? Ich konnte nur noch daran denken und machte nur halbherzig meine Arbeit. Am Abend am Lagerfeuer musste ich mich zwingen, nicht dauernd zu seiner Hütte zu schauen.
Des Nachts ging ich irgendwann zu Bett und versuchte, mich zum Einschlafen zu zwingen, aber es ging nicht.
„Was wär schon dabei?" rief die eine Stimme in mir.
„Du willst ja nichts stehlen oder kaputtmachen!"
„Nein!" widersprach die andere Stimme.
„Das gehört sich nun ganz und gar nicht!" So ging es stundenlang.
Ich hörte, wie sich auch die Letzten in ihre Hütten zurückzogen und nach einer Weile war nur noch das Knistern des Feuers zu hören.
„Jetzt oder nie!", dachte ich und stand entschlossen auf. Leise schlich ich mich aus der Hütte und blickte mich um. Friedliche Stille über dem ganzen Lager, nur das Rascheln der Blätter im Wind, das leise Plätschern des Flusses. Ich entzündete über dem Feuer einen Stock, um in der dunklen Hütte sehen zu können.
Auf leisen Sohlen bewegte ich mich zu seiner Hütte. Als ich davor stand, sah ich mich noch einmal nach allen Seiten um,

aber alles war ruhig.

Ich trat ein.

Ganz hinten in der Ecke war sein Bettlager. Überall standen Schalen mit irgendwelchen getrockneten, fein zerriebenen Blättern, von oben herab hingen Büschel von irgendwelchen getrockneten Pflanzen. Überall zerstreut lagen irgendwelche Wurzeln herum und kleinere Steine. Ich war enttäuscht.

Dennoch lief ich leise in der Hütte herum, nicht gewillt davonzuziehen, ohne irgendetwas Besonderes entdeckt zu haben. Und da sah ich ihn! Vor mir lag der geheimnisvolle Stein. Ich hielt meine Flamme näher. Er war unglaublich! Wunderschön in seinem Farbenspiel von orange, rot, lila, gelb, grün, rosa, blau… Ich mochte meine Augen gar nicht mehr von ihm abwenden und plötzlich spürte ich den unwiderstehlichen Drang, ihn zu berühren.

Zitternd streckte ich meine Hand aus, doch kurz bevor meine Hand den Stein berührt hätte, hielt ich inne.

„Feder, das ist nicht recht!", ermahnte ich mich.

Doch ich konnte nicht anders! Sachte legte ich meine Hand auf den Stein und ich fühlte eine ungekannte Kraft…

Und dann … eine andere ungekannte Kraft. Plötzlich packte mich jemand von hinten an der Schulter. Zu Tode erschrocken fuhr ich herum und ließ dabei den Stock fallen. Ich sah mich direkt Weißer Bär gegenüber, der mich mit unbewegter Miene anstarrte.

Ich weiß nicht, was ich in diesem Moment erwartete, Schläge, dass er mich anschrie, dass er mich rausschmiss. Doch sein Gesicht war ausdruckslos wie immer und in seinem üblichen Ton befahl er mir:

„Bei Morgengrauen erwarte ich dich!" Dann schob er mich

sanft aus seiner Hütte.
Ich ging zurück und legte mich auf mein Bettlager. Tausend Gedanken gingen mir durch den Kopf. Was wird er mit mir machen? Wird er mich vor allen bloß stellen als gemeiner Einbrecher? Was, wenn sie mich fortschicken, weg von meinem Stamm, raus aus dem Lager? Hätte ich das doch bloß nicht gemacht! Tränen der Scham und Wut über mich selbst liefen mir über die Wangen und als der Morgen graute, schlich ich mich aus der Hütte noch bevor die anderen wach wurden, damit sie mich so nicht sahen.
Mit gesenktem Haupt und hängenden Schultern machte ich mich auf den Weg. Weißer Bär stand schon vor seiner Hütte und erwartete mich.
Ich war auf alles gefasst, nur nicht auf das, was dann geschah und mein ganzes Leben verändern würde…

Er hieß mich einzutreten und folgte mir.
„Setz dich."
Ich gehorchte, wagte kaum aufzusehen. Im Schneidersitz ließ er sich mir gegenüber nieder.
„Ich habe dich auf diese Welt gebracht und ich gab dir deinen Namen. Seitdem beobachte ich dich, Feder." Er machte eine bedeutungsvolle Pause.
Mein Kopf schwirrte. Langsam sah ich auf. Warum hatte er mich beobachtet? Hatte ich mir das also doch nicht eingebildet. Was hatte das zu bedeuten und was hatte er jetzt mit mir vor?
Unbeirrt fuhr er fort: „Von Anbeginn habe ich deinen Geist gespürt und die Jahre haben mein Gefühl bestätigt. Und jetzt ist die Zeit gekommen."

Okay, das war's. Er hat mich also von Anfang an durchschaut und jetzt ist die Zeit gekommen. Er wird mich verbannen. Sollte ich einfach aufstehen und gehen?
Er zeigte auf ein Büschel getrockneter Blätter.
„Das hier sind Blätter der Avocado. Aus ihnen ein Tee gekocht hilft er gegen Fieber, Durchfall und Erkältung. Machst du aus den zerstoßenen Blättern einen Umschlag, hilft er bei Kopfschmerzen und Verstauchungen."
Hä????
Er zeigte auf eine Schale mit Rindenstücken.
„Diese Rinde stammt vom Cinchona-Baum. Sie beinhaltet etwas, was gegen den Stich der bösen Mücke hilft, die Fieber bringt. Und das hier", er zeigte auf eine andere Schale, „sind Stängel und Blätter der Feige. Ihr Saft hilft gegen Zahnschmerzen, Rückenschmerzen, Eiterbeulen und Hautpilz."
Er redete und redete und ich verbrachte den ganzen Tag in seiner Hütte, in der er mir alles Mögliche zeigte und erklärte. Als die Dämmerung hereinbrach entließ er mich mit der Anweisung, morgen bei Tagesanbruch wiederzukommen.
Ich begab mich nicht ans Lagerfeuer, sondern lief zu meinem Lieblingsplatz. In meinem Kopf drehte sich alles und ich war kaum in der Lage klar zu denken.
Nach einer Weile hörte ich den Adler. Er hatte sich ganz in meiner Nähe niedergelassen. Zusammen blickten wir zum Horizont und langsam beruhigte ich mich.

Am nächsten Morgen trat ich wie geheißen wieder bei Weißer Bär an und wie am Vortag erklärte er mir wieder

den ganzen Tag verschiedene Pflanzen, deren Wirkung und wie sie anzuwenden waren.
So wurde ich vom Fischfänger und Fallensteller zum Lehrling des Schamanen.
Ich brauchte lange, um das zu begreifen. Bei den anderen kam kurze Verwunderung auf, die sich aber schnell wieder legte. Niemand wagte es, was zu sagen. Nur Großer Baum sah man anfangs Traurigkeit und Enttäuschung an. Weißer Bär hatte mich ihm weggenommen. Aber er akzeptierte es und nach einer Weile löste sich sein Kummer auf und Stolz auf mich machte sich breit.
Von da an also verbrachte ich jeden Tag mit Weißer Bär. Wir machten Streifzüge durch die Wälder, wo er mir Tiere und Pflanzen zeigte und erklärte. Er zeigte mir Steine und wie man sie zum Heilen oder zur Unterstützung einsetzen konnte. Wir verbrachten Tage in seiner Hütte ohne herauszukommen, weil uns gerade die Zubereitungen und das Ausprobieren irgendwelcher neuen Mischungen in ihren Bann zogen.
Mit der Zeit verlor ich einen Teil meiner Scheu vor ihm, aber niemals ganz und nie den Respekt.
So wurde ich sein gelehriger Schüler, der alles wissen wollte und alles fragte und er war der Lehrer, der des Erklärens und des Antwortens nie überdrüssig wurde. Immer öffnete er mir neue Türen und lüftete neue Geheimnisse für mich. Dieses Gebiet faszinierte mich und ich konnte gar nicht genug bekommen.
Das war es, das war mein Ding!
Wir arbeiteten zusammen, wir aßen zusammen, wir sangen und beteten miteinander, ich schlief in seiner Hütte.

Ich fühlte mich nicht mehr einsam und ich fühlte mich auch nicht mehr als Sonderling. All diese unrealen Gefühle entsprangen nur dem Unwissen meiner Bestimmung.

Nun, da Weißer Bär mir den Weg gezeigt hatte und ihn mit mir beschritt, war die Welt in Ordnung. Alles war, wie es sein sollte.

Kapitel 3

Ich näherte mich meinem zwölften Geburtstag und somit zusammen mit drei anderen Stammesbrüdern der Zeit des Erwachsenwerdens, beziehungsweise des Erwachsenseins, in der Regel das wichtigste Ereignis bei uns Jungen. Unter den Dreien war auch Dunkler Rauchs Sohn, Mutiger Falke, dabei. Er war nur etwas älter als ich, aber leider viel größer und sein Körper wirkte schon viel männlicher als meiner. In seinen Oberarmen hatten sich schon schöne Muskeln herausgebildet. Ich blickte an mir hinunter und fragte mich, ob mein Körper auch noch so werden würde und vor allem, ob ich noch entsprechend wuchs. Denn leider war ich noch immer eher klein und schmal. Ob ich das noch aufholte?
Das Fest des zum Mannwerden ist ein religiöses Ritual, das über mehrere Wochen dauert.
Dunkler Rauch rief den Stamm dazu auf, eine große Hütte neben seiner zu erbauen. Wir halfen alle zusammen und als sie fertig war, stand ich davor und bewunderte das Werk, erfüllt von aufgeregter Spannung und Vorfreude. Hier also würden wir, die drei Jungs und ich, die nächsten zwei Monate verbringen.
Wir bezogen die Hütte ohne irgendwelchen Aufwand, das heißt, ohne überhaupt etwas mitzunehmen, denn in dieser Zeit würden wir spartanisch und auf Diät leben, uns nur auf das Ritual des Erwachsenwerdens konzentrieren, darauf, woher wir kommen und wer wir sind. Keine Spiele, kein Herumstreifen, keine Arbeit, ausschließlich eine Zeit der Besinnung und des Gebets.
Wir richteten uns jeder einen Schlafplatz ein, setzten uns

und warteten. Bald darauf betrat Dunkler Rauch die Hütte.
„Ihr seid nun keine Kinder mehr. Zeit für euch, die guten Sitten, unsere religiösen Rituale, Tänze und Gebete zu lernen, damit ihr gute Männer seid, die aufrecht durch ihr Leben gehen und stolz auf sich sein können, weil sie wissen, was gut und recht ist. Wir gehen von nun an des Morgens und des Abends zum Fluss des Bunten Vogels, wo ihr eure Körper reinigt. Wir wollen die Götter, mit denen ihr nun viel sprechen werdet, nicht mit eurem schmutzigen Anblick verärgern, ", er blinzelte uns lächelnd zu, „sondern sie mit eurem Antlitz erfreuen. Wir werden also eure Körper und eure Geister reinigen, auf dass sie reinen Herzens zum Ewigen Vater aufschauen können. Wenn ihr diese Hütte wieder verlasst, werdet ihr Männer unseres Stammes sein."
Wir gingen also hinunter zum Fluss, wo wir, aufgekratzt wie wir waren, übermütig herumtollten. Als wir zurück zu unserer Hütte kamen, wartete Weißer Bär auf uns.
Er überreichte jedem eine Rassel, unsere eigene Rassel!
„Ich lehre euch jetzt unseren Kreistanz, der euch den Göttern beim Gebet näher bringen wird."
Wir stellten uns im Kreis auf. Er setzte den rechten Fuß nach vorne, zog den linken nach, hielt kurz inne und machte dann einen Schritt nach rechts. Wir machten es ihm nach und nach einer Weile hatten wir den Schritt heraus, ohne uns noch darauf konzentrieren zu müssen, immer schön im Kreis herum. Als Weißer Bär sich von unserer Tanzbegabung überzeugt hatte, fing er an zu singen. Er dankte dem Ewigen Vater für alles, was er uns gibt und alles, was wir erleben dürfen. Wir versuchten, unseren Schritt seinem Gesang anzupassen.

Nach dem zweiten Vers begann er, sich mit seiner Rassel rhythmisch zu begleiten. Wir hörten eine Weile zu und tanzten dabei immer weiter. Nach ein paar Strophen hatte ich das Gefühl, eins mit der Musik zu sein, mein Körper eins im Tanz mit den anderen, eins mit der Rassel. So erhob ich meine Rassel und stimmte in die Begleitung mit ein. Einer nach dem anderen tat mir gleich und ich empfand die Musik, den Tanz, das Gebet, das Zusammensein als wunderschön und ergreifend.

Ich fühlte mich dem Ewigen Vater so nah, meinen Eltern so nah, all meinen Stammesbrüdern und -schwestern so nah. Ich hatte das Gefühl, nur noch aus Liebe und Vertrauen zu bestehen, fühlte mich so leicht.

Nur ganz am Rande nahm ich wahr, dass die Mütter der anderen Jungs sich mittlerweile mit Stampfrohren dazugesellt hatten- auch Kleine Wolke! Mein Herz wurde warm und noch leichter. Sie stimmten musikalisch mit in unser Lied ein, immer leichter wurden meine Beine, sie bewegten sich von selbst.

Ich nahm nun nichts mehr weiter wahr als die Musik, meine Seele schien zu schweben voller Freude.

Ein paar kleinere Jungs reihten sich mit ein und vergrößerten unseren Kreis, lachend und klatschend tanzten sie mit.

Nach über zwei Stunden kam Weißer Bär zum Ende, er verlangsamte den Rhythmus und verstummte. Er schaute mir in die Augen. Dann hieß er uns in unsere Hütte zu gehen.

Wir waren so ergriffen und müde, dass wir uns jeder gleich auf seinen Schlafplatz legten, keiner hatte das Bedürfnis, sich zu unterhalten. Nur Wendiger Panther, der ein sehr unauffälliger, nicht sonderlich gesprächiger Junge war, stand nochmal auf, um unsere Rasseln miteinander zu vergleichen. Mutiger Falke und ich wechselten einen verwunderten Blick miteinander.

Nachdem Wendiger Panther die vier Rasseln ausgiebig begutachtet hatte, legte er sich mit einem zufriedenen Lächeln zurück auf sein Lager, anscheinend hatte er die eigene als die Schönste erkannt.

Ich selbst konnte nicht wirklich irgendwelche Unterschiede erkennen, aber jedem das Seine...

Nur Mutiger Falke schüttelte fast unmerklich den Kopf über das sonderbare Verhalten, doch weiter dachten wir nicht darüber nach, dazu waren wir viel zu erschöpft.

Ich hatte das Gefühl gerade erst eingeschlafen zu sein, als Dunkler Rauch die Hütte betrat. Müde setzte ich mich auf und blinzelte.

„Ihr werdet nun jeden Tag nach eurem Bad des Morgens und des Abends den Kreistanz tanzen. Des Nachts wird euch immer einer eurer Stammesbrüder Gesellschaft leisten, um euch zu unterrichten in unseren Gesängen, Traditionen, getanzten Gebeten, den guten Sitten und unseren Mythen. Ich mache heute den Anfang."

Er setzte sich entspannt auf den Boden.

„Ich will euch heute die Geschichte der Entstehung unserer Welt erzählen, damit ihr wisst, woher ihr kommt, denn so fällt es euch leichter die Entscheidung zu treffen, wohin ihr gehen wollt. Um etwas zu entscheiden oder zu beurteilen, muss man immer den Ursprung oder die Ursache hinterfragen. Wenn man sich diese dann bewusst macht, gibt es keine Unsicherheit mehr." Er machte eine Pause und betrachtete uns der Reihe nach, ob wir seine Worte auch verstanden hätten und fuhr dann fort: „Der Wahrhafte Vater ließ aus dem unteren Ende des Stabes der Macht in seiner Hand die Erde sich ausdehnen und ließ eine blaue Palme sich im zukünftigen Mittelpunkt der Erde entfalten, eine im Osten, am Wohnsitz des Gottes Karai, eine im Westen, am Wohnsitz des Gottes Tupa, eine im Süden, am Ursprungsort der alten Zeit. Insgesamt ließ er fünf blaue Palmen sich entfalten, auf denen die Erde ruht und befestigt ist..."

Und er erzählte uns die Geschichte, wie der Ewige Vater die Sprache und die Hauptgötter erschuf, die Entstehung der ersten Erde, der Tiere und der Pflanzen, der Elemente, des Tages und der Nacht und dann von Mann und Frau.

Wie die Menschen gegen die guten Sitten verstießen und so die Ewigkeit mit einer Sintflut ihr Ende fand. Einzig der Sünder überlebte und da es nur den Göttern erlaubt ist, sich mit gutem Gewissen gegen die Ordnung zu widersetzen, wurde er durch den Regelverstoß zu Gott erhoben. Daraufhin wurden der Menschheit die Ewigkeit und das ewige Leben genommen und noch heute suchten sie nach dem Ort, an dem sie ihr ewiges Leben wiedererlangen könnten.

Dunkler Rauch stand auf und streckte sich. „Ich leg mich nun etwas hin." Er grinste schelmisch. „Und für euch wird es Zeit für euer Bad, der Morgen graut."

Er verließ uns und wir machten uns müde auf den Weg zum Fluss.

„Oh weh" , seufzte Mutiger Falke, „das kann ja heiter werden."

Nach dem Bad tanzten wir wieder über zwei Stunden lang unseren Kreistanz, dann gingen wir in unsere Hütte, wo frische Früchte und Mate für uns bereitstanden. Hungrig stürzten wir uns darauf, um dann todmüde auf unsere Schlafplätze zu fallen. Fleisch gab es keins, denn während dieser Wochen war Diät angesagt, aber mich belangte das ja nicht.

Am Nachmittag kam Weißer Bär und lehrte uns den Heilungsgesang, bis es wieder Zeit für unser Bad war und danach ging es wieder auf zum Kreistanz.

Der Tanz und die Begleitung mit der Rassel fielen immer leichter, immer schneller fanden wir den Rhythmus und ließen unsere Seelen mit der Musik emporsteigen. Immer mehr empfand ich, wie schön das Leben war, die tiefe Dankbarkeit und das Vertrauen in den Ewigen Vater. Immer tiefer wurde unser Glaube und mit ihm stärkte sich das Gefühl der Geborgenheit.

In den folgenden Nächten kam Singender Wind, um uns das Spiel auf der kleinen Flöte beizubringen, die man spielte, um leichter in Kontakt mit der Geisterwelt zu kommen.

Wir gingen so auf in unserem Glauben, dass wir schon bald nachmittags in unserer Hütte saßen und auch alleine über die Götter und das Leben sprachen, Gesänge übten, die Flöte spielten und beteten. Wir schliefen kaum noch.

Eines Abends tanzten wir den Kreistanz. Weißer Bär sang und wir alle begleiteten ihn mit der Rassel, die Mütter und Kleine Wolke mit dem Stampfrohr. Wir waren schon ganz vertieft, als Weißer Bär nach einem Vers eine Pause machte und ohne nachzudenken übernahm ich den Gesang:

„All ihr verlorenen Seelen, kommt nach Haus, kommt nach Haus.
Hier werdet ihr nicht finden was ihr sucht, kommt nach Haus.
Zuhause könnt ihr sehen,
von dort aus könnt ihr helfen,
hier werdet ihr verstehen, kommt nach Haus.
Seht nach oben,
seht das Licht, das euch geleitet,
in aller Liebe, kommt nach Haus."

Plötzlich verstummten die Rasseln und die Stampfrohre, alle blieben stehen und verwundert hielt auch ich inne und sah mich erstaunt um.
Weißer Bär trat zu mir.
„Woher hast du den Gesang?"
„Ich weiß nicht, den hab ich geträumt." Beschämt blickte ich in die Runde und musste feststellen, dass während meines Gesangs alle möglichen Leute zusammengelaufen waren. Mir war gar nicht richtig bewusst gewesen, dass ich gesungen hatte. Ich war Weißer Bär gegenüber respektlos gewesen.
Weißer Bär räusperte sich.
„Es ist eine große Ehre, wenn die Geister jemandem einen Gesang lehren. Es ist ein ganz besonderes Privileg, halte deinen Gesang in Ehren und höre nicht auf zu träumen."
Er legte mir die Hand auf die Schulter und drückte sie. Dann ging er davon und beendete für heute den Tanz.

Als wir wieder in der Hütte waren, setzte ich mich auf

meinen Schlafplatz und meditierte, während die anderen sich über die Früchte hermachten. Mir war nicht klar gewesen, dass ich etwas Besonderes getan, beziehungsweise erfahren hatte. Ich bedankte mich bei den Göttern und machte mir Gedanken über meinen Text, den ich noch nicht so recht verstanden hatte. Was wollten die Geister mir damit sagen? Oder sollte ich anderen etwas damit sagen?

Später setzte sich Mutiger Falke neben mich und legte seinen Arm auf meine Schulter. Mir fiel auf, dass er abgenommen hatte. Sein Gesicht war schmaler geworden, die Arme und die Beine dünner. Seine Augen hatten einen entrückten Ausdruck angenommen.

„Du bist anders, Feder. Irgendeine besondere Aufgabe halten die Götter wohl für dich bereit und ich bin stolz darauf, dich zu kennen."

Nun war ich völlig aufgewühlt und an Schlaf war nicht mehr zu denken.

Die Wochen vergingen wie im Flug und mittlerweile aßen wir nur noch Bananen und Mais.

Manchmal betrachtete ich die anderen Jungen und sie erschienen mir fast durchsichtig und ihre Augen nicht von dieser Welt.

Das große Fest stand vor der Tür und die Frauen und die Alten vollauf mit den Vorbereitungen beschäftigt, wie jede Menge Maisbier zu brauen und Zuckerrohrsaft zu pressen, mit dem das Bier für uns Jungen gemischt wurde. Im Lager herrschte Hochstimmung, überall hörte man ausgelassenes Geplauder und Gelächter und das Toben der aufgeregten Kinder.

Wir saßen in unserer Hütte. Die Stimmung war eine Mischung aus Feierlichkeit, Aufregung, Bedächtigkeit. Wir gingen alle noch einmal in uns, ließen das große Erlebnis, das große Abenteuer noch einmal Revue passieren. Uns war klar, dass wir nicht mehr dieselben waren, die die Hütte vor einigen Wochen betreten hatten.
Die Sonne schickte die ersten Strahlen und wir machten uns auf zum Fluss um zu baden. Ich dachte an unser erstes Bad, bei dem wir noch außer Rand und Band herumgetobt hatten, nun war es ein heiliges Ritual geworden, bei dem wir unsere Körper reinigten, damit man auch den Geist reinigen konnte.
Als wir zurückkamen, ging auf jeden von uns einer der jungen Männer zu. Sie schmückten uns mit Federn und bemalten unsere Wangen mit zerstoßenen roten Samen.
Dann kamen die Mütter, zu mir Kleine Wolke. Ihre Augen waren voller Liebe und Stolz. Lächelnd legte sie mir ein Federarmband an, das sie für mich gemacht hatte. Mein Herz war so voll von Dankbarkeit, dass ich meinte, es müsse gleich zerspringen. Ich umarmte sie und sie ging wieder fort.
Nach einer Weile kam Dunkler Rauch mit den anderen Vätern und - Großer Baum! Jeder von ihnen trug einen selbst gehauenen kleinen Hocker. Sie stellten die kleinen Hocker in einer Reihe vor uns auf. Dunkler Rauch lächelte uns reihum an und sein Blick blieb auf seinem Sohn Mutiger Falke haften.
„Diese Schemel haben wir für euch gebaut, wir, eure Väter, die wir verantwortlich waren für euren Körper und euren Geist. Nun ist die Zeit gekommen, da ihr selbst verantwortlich seid für den Sitz eurer Seele und dafür steht dieses Symbol. Für den Sitz eurer Seele, den wir euch bisher

gesichert haben, geben wir euch nun noch den Hocker mit, als symbolische Hilfe."

Wir waren so ergriffen, dass wir noch nicht einmal aufsehen konnten. Nun waren wir also wirklich Männer!

Ich warf nochmal einen Blick auf den Platz, auf dem Weißer Bär uns den Kreistanz lehrte. Der Boden war im Kreis von unseren Füßen platt getreten. Aber ich wusste, auch darüber würde wieder Gras wachsen, so wie über alles im Leben. Eine Erfahrung, die selbst ich schon gemacht hatte.

Weißer Bär winkte uns in unsere Hütte. Die Männer standen mit ihren Rasseln auf der einen Seite in einer Reihe und die Frauen gegenüber mit ihren Stampfrohren. In der Mitte stand das Bier, das für uns gedacht war. Weißer Bär segnete es. Dann begann er zu singen und die Männer und Frauen wiederholten jeden Vers, begleitet von ihren Instrumenten.

Die vier jungen Männer holten uns in die Mitte. Wir setzten uns und sie schenkten uns von dem Maisbier ein. Ich probierte. Hm, gar nicht schlecht! Mein erstes Bier!

Eine Stunde später war die Feier in vollem Gange. Alle tanzten, lachten, tranken und sangen. Immer wieder schenkte man uns Bier nach und durch die lange Fastenzeit und die Tatsache, dass wir sowieso kein Bier gewohnt waren, waren wir bald volltrunken. Wir lachten, alberten herum. Wir hatten das Gefühl zu fliegen! Mutiger Falke und ich hatten uns die Arme um die Schultern gelegt und versuchten, im Takt der Musik zu tanzen, was völlig misslang. Wir fielen fast über unsere eigenen Füße und ließen uns schließlich auf den Boden fallen, wo uns gleich das nächste Bier gereicht wurde.

Als der Morgen graute, hob mich Großer Baum mit seinen

starken Armen auf und trug mich in die Hütte Weißer Bärs. Er legte mich auf meinen Schlafplatz, den ich nun über zwei Monate nicht gesehen hatte. In meinem Kopf drehte sich alles und übergangslos fiel ich ins Land der Träume.
Ich träumte von meinem Vater. Er saß neben mir und streichelte mir lächelnd über die Wange.
Er sagte: „Nun bist du ein Mann, mein Sohn, ich bin sehr stolz auf dich. Wisse, dass ich dich liebe und immer bei dir sein werde."
Dann verwandelte er sich in einen Adler und ließ sich auf meinem Hocker nieder, den Großer Baum für mich gebaut hatte.
„Ja, Vater, ", murmelte ich glücklich im Schlaf, „jetzt bin ich ein Mann."

Übrigens ertappte ich am nächsten Tag Wendiger Panther dabei, wie er die Hocker inspizierte, so wie er es schon mit den Rasseln getan hatte. Dabei machte er ein höchst unzufriedenes Gesicht. Ich hatte für dieses kindische Verhalten nur ein Grinsen übrig, zumal... den schönsten Hocker hatte ich!

Kapitel 4

„Feder, was ist Glück für dich?", fragte mich Weißer Bär.
Wir behandelten gerade Singender Wind, der sich am Bein durch einen streifenden Ast eine Wunde zugezogen hatte. Sie hatte sich entzündet und er hatte nun eine große, eitrige Beule vorzuweisen. Er hatte schlimme Schmerzen, ließ sich aber nicht viel anmerken.
„Glück?", fragte ich verwundert.
„Ich weiß nicht." Weißer Bär ließ mir Zeit zum Nachdenken.
„Ich hab Glück, dass ich hier bei euch leben darf, dass ich gesund bin, dass du das gute Wissen mit mir teilst. Ich habe Glück, so viele gute Menschen um mich zu haben, die sich alle um mich kümmern. Vor allem Kleine Wolke und Großer Baum. Ich bin glücklich, wenn ich dir helfen kann zu heilen, wenn wir abends am Feuer sitzen und singen. Wenn ich durch den Wald streife und den Adler sehe. Es macht mich glücklich zu wissen, dass ich nie alleine bin."
„Denke stets daran, dass niemand für dein Glück verantwortlich sein kann. Glück ist ein Gefühl aus deinem Inneren, das nur du selbst steuern kannst. Wenn du dich mal unglücklich fühlst, erinnere dich daran und singe, denn im Gespräch mit unserem Ewigen Vater wirst du stets Trost finden."
Ich dachte über seine Worte nach. Er hatte wohl recht. Was *ihn* wohl glücklich machte? Ob *er* jemals unglücklich war?
Singender Wind machte daraufhin seinem Namen Ehre und begann zu singen. Wir lachten, dann sangen wir mit ihm das Lied der Heilung.

Plötzlich ergriff Weißer Bär meine Hand und legte sie auf die Wunde. Dann legte er seine Hand auf meine und ich spürte eine Wärme hindurch strömen, die anders war. Ich schloss die Augen und dennoch war es hell. Ruhe und Liebe durchliefen meinen ganzen Körper und ich fühlte sie in Singender Winds Bein hineinfließen.
Irgendwie kam es mir vor, als hätte ich das schon mal gefühlt, aber ich konnte mich nicht erinnern.
Singender Wind hörte auf zu singen, doch Weißer Bär und ich ließen unsere Hände liegen und sangen das Lied zu Ende. Als wir fertig waren, öffnete ich meine Augen und sah, dass Singender Wind nun völlig entspannt dalag. Er ruhte sich noch eine Weile aus und verließ dann unsere Hütte, er humpelte jetzt nicht mehr.
„Was war das?", fragte ich.
„Die Liebe des Ewigen Vaters", antwortete er.
„Wie machst du das?", wollte ich wissen.
Doch er sagte nur: „Alles zu seiner Zeit!"

Es war wahnsinnig heiß an diesem Tag und so entließ er mich für heute. Dankbar machte ich mich auf zum Fluss und setzte mich ans Ufer.
Das Wasser war heute von einem unglaublichen Blau und so klar, dass man bis auf den Grund sehen konnte. Ich konnte die Fische beobachten, in allen Größen, lange dünne, kleine runde, winzige und welche, die für drei Männer zur Mahlzeit gereicht hätten, wie sie träge vorbeischwammen oder auch an einer Stelle ruhten.
Die Landschaft schien wie ausgestorben, kein Grashalm und kein Blatt bewegten sich, auch die Vögel schienen zu müde

ihr Lied zu singen und die Luft stand still. Die Sonne brannte und ich gähnte.

Ich streckte mich auf dem hohen Gras aus und ließ die Füße ins Wasser baumeln. So daliegend blickte ich in den Himmel und sah den Adler über mir kreisen. Ich freute mich sehr ihn zu sehen und winkte ihm zu. Er schrie einen Gruß. Ich lächelte und schlief ein.

Ich verlor jegliches Zeitgefühl und hatte keine Ahnung, wie lange ich geschlafen hatte, aber geweckt wurde ich von plätscherndem Wasser und Gekicher. Ich blinzelte verschlafen und hob mit großer Überwindung den Kopf.

Ich sah Leuchtender Stern im Wasser stehen- völlig nackt! Sofort war ich hellwach. Ihre Freundin stand noch am Ufer und Leuchtender Stern spritzte sie nass. Sie hatten mich nicht gesehen, das Gras war zu hoch. Sie glaubten sich völlig unbeobachtet.

„Komm schon, stell dich nicht so an! Das Wasser ist herrlich!" lachte Leuchtender Stern und bespritzte ihre Freundin wieder.

Diese lief nun auch ins kühle Nass und jauchzend tobten sie im Wasser. Ich traute mich nicht aufzustehen und wegzugehen, denn dann hätten sie mich sicher gesehen und es wäre ihnen peinlich gewesen - und mir auch!

Nachdem sie sich ausgetobt hatten, schwammen sie ein paar Runden und setzten sich dann ganz in meiner Nähe ans Ufer.

Ich betrachtete Leuchtender Stern. Sie war so schön! Ihr Körper war einfach makellos. Sie hatte eine unglaublich schlanke Taille und die Rundung ihrer Hüfte stand in weichem Kontrast dazu. Ihre Beine waren wohlgeformt, lang und schlank. Die Schultern schmal und ihre Arme so zart. Sie hatte wunderschöne, dunkle, große Augen mit endlos lang erscheinenden Wimpern und ihre Augenbrauen waren schön geschwungen. Ihr herzförmiges Gesicht mit den vollen Lippen so lieblich, und ihr Busen - wie? Wann hatte sie denn den bekommen? Wunderschöne, kleine, feste Brüste. Ich war total hingerissen, ich konnte gar nicht wegschauen.

Ich spürte eine mir unbekannte Sehnsucht, die sich wie eine Blume in mir entfaltete und von meinem Herzen Besitz ergriff.

So gerne hätte ich mich ganz nah neben sie gesetzt, ihre zarte Haut berührt, sie geküsst.

Ein paar Minuten später erhoben sie sich. Sie zogen sich wieder an und gingen zurück zum Lager.

Ich war maßlos enttäuscht und fühlte mich plötzlich so alleine. Andererseits war ich erleichtert, dass sie gegangen waren, nun konnte auch ich zurückgehen. Ich stand auf und rieb meinen steifen Nacken.

Kapitel 5

„Heute arbeiten wir auswärts.", sagte Weißer Bär, nahm einen großen Lederbeutel, hängte ihn sich um und verließ die Hütte. Ohne jemandem ein Wort zu sagen gingen wir davon.

In freudiger Erwartung, ein weiteres seiner Geheimnisse zu erfahren, folgte ich ihm.

Wir bestiegen den Heiligen Berg und tatsächlich führte uns der Weg zu dem Felsvorsprung. Mit schlechtem Gewissen dachte ich an die Nacht, in der ich ihm gefolgt war und ihn beobachtet hatte. Bis heute wusste ich nicht, ob er mich damals wahrgenommen hatte, aber ich konnte ihn wohl schlecht fragen…

Er legte den Beutel auf den Boden, setzte sich und bedeutete mir, es ihm gleich zu tun. Der Stein, auf dem wir saßen, fühlte sich ganz warm an und ich war sehr gespannt, was er nun mit mir vorhatte.

Aber wir saßen einfach nur da, bewunderten die schöne, weite Aussicht, so wie ich früher an meinem Lieblingsplatz, der ganz in der Nähe war. Anfangs war ich enttäuscht. Ich weiß nicht, was ich erwartet hatte.

Aber nach ein paar Stunden des Schweigens ließ meine Aufregung nach und auch ich starrte einfach nur in die Ferne und erlag ebenfalls wieder der Schönheit unserer Mutter Erde.

Ich wurde mit der Zeit ganz träge und nahm kaum wahr, dass meine Augen halb geschlossen waren.

Ich spürte die Anwesenheit des Adlers, ohne dass ich ihn gesehen hätte. Ich wusste einfach, dass er ganz in meiner

Nähe war.

Ich fühlte mich schwer, ruhig, schläfrig, ohne wirklich müde zu sein und hatte längst aufgehört, darüber nachzudenken, was wir hier eigentlich arbeiteten, eigentlich dachte ich über gar nichts mehr nach.

Ich registrierte Weißer Bär nicht mehr, das ganze Außenherum nicht, irgendwann *sah* ich eigentlich gar nichts mehr, sondern *fühlte* nur noch. Fühlte den leichten Wind, die Sonne, die Wärme des Steins, fühlte Adler, der mir sagte, dass ich nie allein war, dass er stolz auf mich war und dass er mich liebte. Ich konnte es fühlen. Ich fühlte die anderen Tiere, fühlte die Bäume, die Steine, den Fluss…

Unerwartet sprach Weißer Bär: „Feder, was bedeutet das Glück der anderen für dich?" Er riss mich abrupt aus meiner, ja, meiner was? Trance? Jedenfalls erschrak ich und musste mich erst einmal sammeln. Verwundert registrierte ich, dass die Sonne bereits untergegangen war und sich Dunkelheit breitmachte.

Ich sah den Mond und stellte fest, dass er mal wieder voll am Himmel stand.

Die Frage, ob Weißer Bär mich damals bemerkt hätte, hatte sich nun auch erübrigt, hatte ich doch selbst alles fühlen können. Ich errötete. Aber hatte er mich nicht etwas gefragt? Mist!

„Entschuldigung, ", stammelte ich verwirrt, „was hast du gesagt?"

Unbeeindruckt wiederholte er seine Frage: „Was bedeutet dir das Glück der anderen?"

„Na ja, ", begann ich zögernd. Welche Antwort erwartete er?

„Ohne die anderen wäre ich selbst nicht glücklich. Wir brauchen andere Menschen, so wie die meisten Tiere ihr Rudel. Wäre mein Rudel nicht glücklich, wäre ich es also auch nicht. Merke ich, dass jemand unglücklich ist, versuche ich ihm zu helfen und ich weiß, auch ich bin nie allein und immer wird mir Hilfe zuteil, wenn ich welche brauche. Es ist ein Geben und ein Nehmen, so überleben wir. Ja, es ist mir wichtig, dass die anderen auch glücklich sind."
„Wie wichtig?" Er verwirrte mich zunehmend.
„Sehr wichtig!" erwiderte ich und meinte es ehrlich.
„Wichtiger als dein Leben? Würdest du dein Leben, deine Existenz opfern, wenn das Glück der anderen davon abhinge?"
„Ja!" antwortete ich ohne zu überlegen.
Das war keine Frage, über die ich hätte nachdenken müssen und die Antwort kam aus meinem tiefsten Herzen.
„Ja, wenn das Glück der anderen davon abhinge, würde ich alles geben!"
Weißer Bär nickte kurz und wie immer verriet seine Miene nichts über seine Gedanken.
Er griff nach seinem Lederbeutel und entnahm ihm den Stein, diesen wunderbaren Stein. Er legte ihn vor sich hin und dieses Mal durfte ich ihn aus nächster Nähe bewundern, wie er im Vollmond glänzte, sein schillerndes Farbenspiel jedem Regenbogen konkurrierte. Ich hob meinen Blick und beobachtete Weißer Bär. Er schien hinein zu starren, als würde er etwas darin sehen, er war in tiefer Trance, und so versuchte auch ich in dem Stein zu sehen und wir saßen so die ganze Nacht.
Als wir uns am nächsten Morgen schweigend auf den

Heimweg machten glaubte ich zum ersten Mal, seinem Gesicht eine Gefühlsregung entnehmen zu können: Sorge! Und das beunruhigte mich zutiefst. Doch sprach er nicht und ich traute mich nicht, nachzufragen…

Kapitel 6

„Pst!" Jemand schüttelte mich sanft an der Schulter.
„Feder, wach auf!" drang die flüsternde Stimme an mein Ohr. Ich blinzelte. Es war noch stockdunkel. Erschrocken fuhr ich hoch.
„Ist was passiert?"
„Nein!" wisperte die Stimme belustigt. „Ich wollt dich fragen, ob du Lust hast, mit mir fischen zu gehen."
Ich versuchte, den Schlaf abzuschütteln und rieb mir die Augen. Langsam erkannte ich die Gestalt.
„Mutiger Falke!" flüsterte ich erstaunt. „Was machst du denn hier?"
Er lachte leise. „Okay, noch mal: Ich wollt dich fragen, ob du Lust hast mit mir fischen zu gehen?"
Mutiger Falke fragte mich, ob ich was mit ihm unternehmen mochte? Ich war ganz baff. Mutiger Falke, einer der beliebtesten Jungs! Wow! Es dauerte ein paar Sekunden, dann machte die Verwunderung meiner Freude Platz und ich grinste.
„Warte, ich muss erst Weißer Bär fragen!" Ich stand auf und ging zu ihm hinüber. „Weißer Bär", sprach ich ihn leise an. Er war schon wach.
„Darf ich mit Mutiger Falke fischen gehen?"
„Meinetwegen", brummelte er verschlafen und drehte sich auf die andere Seite. „Aber nicht zu lang, wir haben zu tun!"
Gemächlich schlenderten wir Seite an Seite hinunter zum Fluss, es war immer noch ganz dunkel, doch die ersten Vögel begannen ihr Lied.
Eine ganze Weile schon standen wir regungslos in trauter

Zweisamkeit im Wasser und spähten halbherzig nach Fischen, als Mutiger Falke das Schweigen brach: „Weißt du Feder, dass ich dich immer bewundert habe?"
Ich runzelte die Stirn. Das meinte er doch nicht ernst, oder?
„Wieso?"
„Na ja, du warst schon immer etwas besonderes, du warst einfach immer du selbst. Du hast nie die anderen gebraucht, bist immer deinen eigenen Weg gegangen. Du hast dir die Freiheit genommen, das zu tun was du mochtest, egal wie die anderen reagierten oder von dir dachten. Wie ein Vogel, der sich gegen den Wind dreht."
„Hm", ich dachte über seine Worte nach, „weißt du, Mutiger Falke, so hab ich das nie gesehen. Ich litt früher oft darunter, mich als Außenseiter zu fühlen, obwohl ich wusste, dass es an mir lag."
Mutiger Falke lächelte. „Für mich warst du immer ein Geheimnis. Ich hätte oft gerne gewusst, was in dir vorging. Oder wo du warst und was du machtest, wenn du stundenlang einfach verschollen warst. Ein paar Mal war ich sogar in Versuchung, dir zu folgen." Er grinste frech.
„Keine Angst, ich hab´s mir jedes Mal verkniffen!"
Ach du liebe Zeit! So sahen mich die anderen? Dann war ich ja noch mehr Sonderling, als ich dachte!
Dann... dann... dann sahen sie mich, wie ich Weißer Bär gesehen hatte! Ach du meine Güte!
Ich erzählte Mutiger Falke meine Gedanken, erzählte ihm, wie ich Weißer Bär damals gefolgt war und mich fast zu Tode erschrocken hatte. Erzählte zum ersten Mal, wie ich sozusagen in seine Hütte eingebrochen war und er mich erwischt hatte, von den Ängsten, die ich damals ausstand.

Und wie es dann weiter gegangen war. Ich beschönigte nichts.

Er hatte wie gebannt gelauscht und als ich fertig war, fing er an zu lachen und lachte und lachte.

Und er hatte recht! Jetzt im Nachhinein, da ich es so erzählt hatte, fand ich es selber komisch!

Ich fiel mit ein, wir stapften aus dem Wasser, er legte seinen Arm um meine Schulter und ich meinen um seine und wir lachten, dass uns die Tränen liefen, kugelten uns zusammen auf dem Boden und hielten uns die Bäuche.

Irgendwann beruhigten wir uns, mittlerweile spitzelte die Sonne über dem Hügel hervor und tauchte den Horizont in sanftes, rotes Licht.

Arm in Arm liefen wir zurück. Ich musste zu Weißer Bär und Mutiger Falke zum Treffen der Jäger. Hin und wieder kicherten wir.

Mit leichten Herzen begannen wir unseren Arbeitstag, ich hatte einen Vertrauten, ich hatte einen *Freund* gefunden, beziehungsweise er mich. Ein Bund war geschlossen.

Von da an holte Mutiger Falke mich regelmäßig zum Fischen ab.

Es ging uns gar nicht darum, unbedingt einen Fang zu machen. Es war einfach schön, vor Tagesanbruch am Fluss zu sein, sich leise zu unterhalten, Gedanken auszutauschen oder einfach die stille Zweisamkeit zu genießen. Zu verfolgen, wie die Magie der Nacht langsam dem Treiben des Tages wich, Schritt für Schritt scheinbar alles erst zum Leben erwachte, Tag für Tag ein Neuanfang, jeder Tag ein Geschenk…

Eines Abends saßen wir wie stets alle gemeinsam am Feuer. Es war ein wunderschöner Abend! Alles war friedlich, die Welt war schön!
Mutiger Falke und ich saßen beisammen, alberten ausgelassen herum und tranken Bier.
Weißer Bär holte sich auch eins und setzte sich zu uns. Darüber freute ich mich besonders, wo er doch früher immer für sich alleine sein wollte, selbst in Gesellschaft anderer.
Ich betrachtete ihn so aufmerksam wie ich es schon lange nicht mehr getan hatte und versuchte, mir sein altes Gesicht in Erinnerung zu rufen. Seine harten, markanten Züge, seinen stets messerscharfen Blick, seine geraden Brauen, die stets etwas zusammengezogen schienen, seine gerade Nase, die genau wie er weder groß noch klein war, seine hohe Stirn, die hohen Wangenknochen und sein kräftiges, markantes Kinn.
Ja, er hatte sich verändert. Eine Veränderung, die wahrscheinlich außer mir niemand wahrnahm. Er war weicher geworden, wenn auch auf ganz diskrete Weise.
Wir unterhielten uns ganz ungezwungen. Weißer Bär erzählte von verschiedenen Heilungen, die er vollzogen hatte. Mutiger Falke erzählte lustige Anekdoten aus seiner Jägertätigkeit und irgendwann redeten wir alle drei durcheinander und fühlten uns einfach glücklich.
Es war schon recht spät und wir waren etwas angetrunken, als ich bemerkte, dass Leuchtender Stern zu uns herüberschaute. Ich hob die Hand und sie lächelte. Sie lächelte ihr bezauberndes, reizendes, mir-fehlen-die-Worte-Lächeln. Wir sahen uns eine Weile in die Augen, dann sprach eines der anderen Mädchen sie an und sie wandte

sich mir wieder ab.

Tagelang konnte ich an fast nichts anderes denken, als an ihren Blick, der in meinem versunken gewesen war. Sie ging mir nicht mehr aus dem Sinn. Entsprechend war ich bei der Arbeit nicht ganz so bei der Sache wie sonst, doch Weißer Bär ließ sich nichts anmerken. Ob er wohl wusste, wie es in mir aussah?
Dann kam ich zu dem Schluss, dass ich wohl etwas unternehmen müsste. Ich sollte ihr vielleicht sagen, was ich für sie empfand. Wer nicht wagt, der nicht gewinnt, tritt dem Tiger auf den Schwanz!
Wenn ich an meiner unglücklichen Gefühlslage etwas ändern wollte, musste ich sie umwerben. Aber wie?
Ich begann zu dichten. Das fiel mir ganz leicht, ich brauchte nur an sie zu denken. Das sah dann zum Beispiel so aus (bitte nicht lachen…):

Tochter der Kleinen Wolke, Leuchtender Stern,
die du mir eine Schwester warst für lange Zeit,
ich muss dir nun sagen, ich hab dich mehr als gern,
es ist gewagt, doch bin ich bereit,
dir zu sagen, dass mein Herz für dich schlägt,
meine Gedanken stets bei dir sind,
mein Herz dein Antlitz in sich trägt,
ich dich brauche, wie der Vogel den Wind.

Für immer will ich mit dir sein,
an deiner Seite, Hand in Hand,
dein Mann, dein Liebster, nie mehr allein,

mit dem Herzen, meiner Seele, meinem Verstand.
Leuchtender Stern, ich flehe dich an,
werd meine Frau, in Liebe, dein Mann.

Okay, ich kann´s auch noch mal überarbeiten.
Oder mir was anderes einfallen lassen.
Aber das waren so die Gedanken, die mich beschäftigten und mich von allem anderen ablenkten…
Wenn ich sie auf einen Spaziergang ausführen würde, vielleicht zu meinem Lieblingsplatz, mich vor sie hinknien würde, ihre Hand nehmen und ihr mein Gedicht vortrüge?
Meinen romantischen Fantasien waren keine Grenzen gesetzt.
Ich beschloss also, die Sache in Angriff zu nehmen. Mit zitternden Knien lief ich durchs Lager und suchte sie. Ich fand sie unter einem Baum sitzend mit ihrer Freundin. Sie flochten Körbe.
Mein Herz drohte zu zerspringen und Panik überkam mich, eine unsichtbare Hand griff nach meinem Hals und nahm mir die Luft.
Und sie war nicht allein.
Und ich traute mich nicht.
Und ich drehte mich um.
Und ich lief zurück.
Und ich hatte einen dicken, fetten Kloß im Hals sitzen, der sich nicht herunterschlucken ließ.
Ich lief zum Fluss, setzte mich ans Ufer, rieb mir das Gesicht mit kaltem Wasser ab und atmete erst einmal tief durch.
So hatte mich also im letzten Moment der Mut verlassen.

Ich ärgerte mich plötzlich maßlos über mich selbst. Wie konnte man bloß so feige sein?!
Als ich mich wieder beruhigt hatte, versuchte ich mich zu trösten mit Gedanken wie: Was soll´s? Wir sind jung, wir haben noch jede Menge Zeit und ich würde noch tausende, bessere Gelegenheiten haben, ihr meine Liebe zu gestehen…
Es würde sich schon ergeben, denn wir gehörten doch zusammen und ich wusste, dass sie mich mochte.
Und ich konzentrierte mich wieder auf die Arbeit mit Weißer Bär…

Kapitel 7

Die Zeit verging wie im Flug. Ich war mittlerweile vierzehn.
„Feder", sprach Weißer Bär, „nun warst du drei volle Jahre in meiner Obhut und du warst mir ein gelehriger Schüler."
So hatte er noch nie mit mir gesprochen. Meine Brust schwoll an vor Stolz auf dieses Lob, das erste, das er mir gab und ich wusste nicht recht, wie ich mich verhalten oder was ich sagen sollte.
Er räusperte sich. „Ich würde fast so weit gehen zu behaupten, dass du mir ans Herz gewachsen bist wie ein eigener Sohn."
Nun wurde ich rot vor lauter Stolz und Freude und am liebsten hätte ich ihn umarmt.
„Ich denke, Feder, du bist nun so weit. Die Zeit ist gekommen! Heute Nacht ist Vollmond, halte dich bereit."
Hm, bereit wofür? Das war ja wieder typisch für ihn. Aber ich brauchte erst gar nicht fragen, ich kannte ihn

mittlerweile gut genug um zu wissen, dass ich keine Antwort bekäme. Ich musste mich also gedulden und der Dinge harren, die da kommen würden.

Wir machten vorab Feierabend und begaben uns ans Feuer. Mutiger Falke wartete schon mit zwei Bieren auf uns.

„Na endlich! Ihr arbeitet zu viel." Lachend hob er mir den Becher entgegen und ich griff danach, doch Weißer Bär packte mich am Arm und hielt mich zurück: „Heute nicht!"

Na toll, wieder keine weitere Erklärung. Dann ließ ich es eben.

Mutiger Falke blickte verdutzt von einem zum anderen, zuckte dann mit der Schulter und stellte die beiden Becher beiseite.

Wir setzten uns und unterhielten uns über belanglose Dinge. Als es später wurde, begannen wir ums Feuer zu tanzen und zu singen, dankten dem Ewigen Vater für seine Barmherzigkeit.

Gegen Mitternacht gab Weißer Bär mir ein Zeichen und ich folgte ihm. Mutiger Falke schaute uns fragend hinterher, ich hob nur die Schultern, um ihm zu verstehen zu geben, dass ich selbst nichts Genaues wusste.

So bestiegen wir wortlos wieder den Heiligen Berg und begaben uns zu dem Felsvorsprung. Noch immer hatte ich keinen Schimmer, was Weißer Bär vorhatte.

„Setz dich."

Wir setzten uns nebeneinander auf den Felsen, doch dieses Mal war er kühl, überhaupt war es heute Nacht nicht gerade sonderlich angenehm. Ich fror und konnte nur hoffen, dass wir nicht die ganze Nacht hier verbrachten. Ich freute mich, als ich ganz in meiner Nähe den Adler sitzen sah, der uns wohl beobachtete.

„Weißt du noch, wie wir Singender Wind geheilt haben und ich meine Hand auf deine gelegt hatte?"

„Natürlich weiß ich das noch, es war unglaublich. Ich hatte dich gefragt, wie du das gemacht hast, aber du hast es mir nicht verraten."

„Genau, alles zu seiner Zeit, sagte ich zu dir. Und nun ist die Zeit gekommen."

Voll freudiger Erwartung wagte ich kaum zu atmen, als er fortfuhr: „Erinnerst du dich auch an unser Gespräch in dem ich dich fragte, was dir das Glück der anderen wert ist?"

„Natürlich."

Es entstand eine kleine Pause, dann atmete er schwer durch und fragte:

„Ist das noch so, oder hat sich etwas geändert?"

„Nein, ich würde mich selbst opfern, wenn das Glück der anderen davon abhinge." Ich schluckte schwer, denn ich meinte es völlig ernst, es war mir völlig bewusst, was ich da sagte. Auch wenn ich mir keine genaue Vorstellung der möglichen Konsequenzen machen konnte.

„Dann knie dich nun hin in Demut und bitte den Ewigen Vater um seine unendliche Liebe!"

Ich kniete mich auf den harten, kalten Stein und senkte den Kopf.

Weißer Bär stellte sich vor mich hin, hob sein Gesicht zum Mond und streckte seine Arme nach oben. Leise hörte ich ihn beten um die Gnade, die Liebe und die gute Gabe.

Doch dann hörte ich nicht mehr zu, ich bat den Ewigen Vater um seine unendliche Liebe.

Irgendwann spürte ich warme Hände auf meiner Schulter.

Ich sah auf. Ich war erfüllt von Liebe, Demut und Dankbarkeit.

Weißer Bär stand vor mir, seine Hände ruhten auf meinen Schultern, er sah mir in die Augen. Dann schloss er sie und plötzlich schienen seine Hände eine Hitze auszustrahlen, die meinen ganzen Körper zu durchströmen begann.

Ich machte die Augen zu und dennoch wurde langsam alles hell. Ungläubig riss ich die Augen auf und da sah ich es!

Das Unglaublichste und Schönste, was ich jemals gesehen hatte! Mir blieb vor lauter Staunen der Mund offenstehen. Überall war plötzlich Licht, es kam von oben, von allen Seiten, floss durch Weißer Bär hindurch und in mich hinein.

Es war ein unbeschreibliches Gefühl, so warm, so gut, so unendlich liebevoll!

„Was ist das?", fragte ich flüsternd und meine Stimme zitterte vor Ehrfurcht.

„Die unendliche Liebe des Ewigen Vaters, die alles vermag."

Ich wünschte, dieses Erlebnis würde niemals enden.

Er nahm die Hände von meinen Schultern und langsam, ganz langsam, machte sich das Licht wieder unsichtbar.

Stundenlang saßen wir nebeneinander, ich war völlig ergriffen und von Ehrfurcht erfüllt, bis ich irgendwann meine Stimme wiederfand.

„Kann ich das nun auch? Die Sache mit den Händen?"

„Feder, nicht nur das. Du bist nun auch in der Lage, deine große Aufgabe zu erfüllen."

„Welche große Aufgabe?"

„Alles zu seiner Zeit!"

Von da an hatte ich nie mehr kalte Hände…

Zwei Tage später weckte mich Mutiger Falke, um mich zum Fischen abzuholen. Leise schlichen wir uns davon.
Als wir außer Hörweite waren, sagte ich: „Du warst uns gefolgt, nicht wahr? Ich konnte dich spüren."
Erschrocken fuhr er zusammen. Dann sprudelte es ganz aufgeregt aus ihm heraus: „Das war unglaublich! Was war das? Was habt ihr da gemacht?"
„Konntest du es auch sehen?" fragte ich nun, von seiner Aufregung angesteckt.
„Das war nicht zu übersehen, es war taghell da oben!"
Wir waren am Ufer angelangt, doch statt zu fischen setzten wir uns und lehnten uns an einen großen Baum. Ich erzählte ihm alles, so gut ich es vermochte und er lauschte voller Staunen. Dann schwiegen wir für lange Zeit, um die Bilder, die sich vor unserem geistigen Auge noch einmal aufgetan hatten, auf uns wirken zu lassen.
Als die Morgendämmerung hereinbrach, war es Zeit zurückzugehen und Mutiger Falke erhob sich.
„Wusste ich es doch!"
„Was?", fragte ich.
„Dass du etwas Besonderes bist!" Er lächelte mich an und zog mich hoch.
„Oh, langsam", sagte ich, „meine Knie schmerzen."
Langsam liefen wir zum Lager, ich humpelte leicht. Wir verabschiedeten uns und verabredeten uns für den Abend auf ein Bier.
Ich betrat die Hütte, Weißer Bär war bereits auf den Beinen. Er bemerkte meinen Gang, betrachtete die geröteten, geschwollenen Knie und rieb sie mit Teufelskralle ein, die

die Schmerzen rasch linderte.
„Wird wohl vom Knien auf dem harten, kalten Stein sein", meinte er.

Am nächsten Tag waren Weißer Bär und ich auf Kräutersuche.
„Feder", begann er, „die nächste Aufgabe wartet auf dich."
„Die große, von der du sprachst?" Ich hielt den Atem an.
„Nein."
„Oh…" Ich war enttäuscht. Er hielt mich also noch nicht für so weit.
„Was denn?"
Weißer Bär grinste verschmitzt. Oh ja, er hatte sich verändert, auch wenn er größtenteils sein altes Verhaltensmuster beibehalten hatte. Niemand kann aus seiner Haut…
„Eine andere Aufgabe, aber auch keine leichte. Ich möchte, dass du einen Mond lang in den Dschungel gehst. Einen Mond lang getrennt vom Stamm, dem Lager, allem, was dir Sicherheit und Geborgenheit gibt, von allem, was dir vertraut ist. Du sollst erfahren wie es ist, allein mit Mutter Erde und den Elementen zu sein, sollst mit ihnen verschmelzen. Es wird eine Erfahrung für dich sein, die du niemals vergessen und von der du dein Leben lang profitieren wirst."
Mir blieb die Luft weg. „Einen Mond lang allein im Dschungel? Aber… aber… ganz allein?", stotterte ich von Panik ergriffen.
„Naja, ich kann wohl schlecht mitkommen, wer sollte denn unsere Leute heilen in dieser Zeit?"

Das war doch nicht sein Ernst?! Das würde ich doch kaum überleben. Ich war kein Jäger, kein Spurenleser, kurzum: ich kannte mich in der Wildnis nicht aus!
„Deshalb hab ich mir gedacht", fuhr er mit kunstvoller Pause fort, „ich schicke dir Großer Baum mit."
Mein Kiefer klappte herunter und ich brauchte einen Moment, bis ich begriff. Dann taumelte ich leicht vor lauter Erleichterung. Weißer Bär schubste mich freundschaftlich und lachte schallend. Ich sah ihn mit breitem Grinsen an. Ich freute mich so! Vier Wochen mit Großer Baum! Das war ein Geschenk!

Kapitel 8

Beim nächsten Vollmond zogen Großer Baum und ich los. Wir trugen nichts weiter als einen Speer, ein Messer und Pfeil und Bogen mit uns. Mutiger Falke winkte uns nach, am liebsten wäre er mitgekommen.
Wir liefen den ganzen Tag durch den Dschungel, ohne dass irgendetwas besonderes passiert wäre. Am späten Nachmittag schoss Großer Baum ein junges Wildschwein und hängte es sich über die Schultern.
Die Sonne stand schon tief, als wir eine kleine Höhle fanden.
„Hier können wir übernachten", schlug er vor und legte das Schwein ab.
„Und morgen musst du für unser Essen sorgen." Er zwinkerte mir zu. Weißer Bär hatte ihm klare Anweisungen gegeben.
Er zeigte mir, welche Steine ich benutzen musste, um ein Feuer zu machen. Dann mühte ich mich ab. Ziemlich lange. Geduldig saß er daneben und erklärte immer wieder, aber es hörte sich viel leichter an, als es war.
Irgendwann züngelte dann doch ein kleines Flämmchen auf und ich beeilte mich, trockenes Gras zu entflammen, dann kleine Ästchen, größer, ja! Ich hatte es geschafft und brach in ein Freudengeheul aus.
„Wurde aber auch Zeit!", lachte Großer Baum. Die Sonne war schon untergegangen. „Ich habe einen Riesenhunger!"
Er hatte das kleine Schwein bereits auseinandergenommen, spießte nun ein großes Stück Fleisch auf einen Ast und begann, es über dem Feuer zu braten, während ich loszog,

um für mich Beeren und Früchte zu sammeln.
Kauend saßen wir in trauter Zweisamkeit am Feuer, das heimelig und wärmend prasselte. Ich genoss seine Gesellschaft so sehr, die letzten Jahre hatten wir nicht sehr viel Zeit füreinander gehabt, doch unsere innere Verbundenheit und Liebe zueinander waren unvermindert und noch mehr als früher wussten wir nun die gemeinsame Zeit zu schätzen. Immer wieder lächelten wir uns zu und immer wieder ging das Lächeln in ein breites Grinsen über.
Nach dem Essen legten wir uns in die Höhle und wünschten uns eine gute Nacht.

Gleich beim ersten Vogelgezwitscher waren wir wieder auf den Beinen. Großer Baum nahm den Rest von seinem Schwein mit und wir machten uns wieder auf den Weg nach nirgendwo. Wir waren schon recht tief im Dschungel und ich überlegte, ob ich wohl alleine überhaupt zurückfinden würde. Zum ersten Mal bemerkte ich, dass mein Orientierungssinn wohl nicht besonders gut ausgeprägt war. Das war mir vorher nie aufgefallen, da ich nie alleine weiter weg vom Lager gegangen war.
Ich war mehr als glücklich darüber, dass Weißer Bär mir gerade Großer Baum mitgeschickt hatte. Abgesehen von der tiefen Zuneigung die ich für ihn empfand, war er doch ein hervorragender Jäger und Spurensucher. Aber vor allem war er der verlässlichste Gefährte, den ich mir hätte vorstellen können.
Ich erinnerte mich an eine Szene, als ich noch recht klein war. Ich hatte mich mal wieder ein ganzes Stück von den anderen entfernt und tapste noch recht tollpatschig durch die

Gegend. Ich stolperte über einen Stein und mir war bewusst, dass ich unweigerlich hinfallen und mir wehtun würde. Ich hatte Angst und es waren nur Sekunden, ich ruderte noch mit den Armen in dem hoffnungslosen Versuch, mein Gleichgewicht wieder zu finden. Da packten mich von hinten ein paar starke Arme und retteten mich. Wie aus dem Nichts war er aufgetaucht, einfach da, wenn ich ihn brauchte. All die Jahre war das so gewesen und daran hatte sich nichts geändert.
„Warte mal, Feder." Großer Baum unterbrach meine Gedanken. Ich blieb stehen und schaute zu ihm auf.
„Lass uns hier eine kurze Pause machen."
Er legte sein Schwein ab. Wir suchten uns ein paar Früchte, setzten uns und aßen. Der süße Saft tropfte uns vom Kinn und die Sonne brannte als erbarmungsloser Feuerball vom Himmel.
Ich fühlte mich wieder gestärkt, aber die Hitze machte träge und so lehnte ich mich etwas zurück und streckte die Beine aus. Ich blinzelte Großer Baum aus müden Augen an und mein Herz war so voller Dankbarkeit, dass es mir ein Bedürfnis war, dies zum Ausdruck zu bringen.
Und so sagte ich einfach „danke!", denn ein treffenderes Wort gab es wohl nicht. Ein Danke, das alles, was er für mich getan hatte, umfassen sollte.
Er schaute mich aus seinen großen, dunklen Augen an, zuerst fragend, dann wissend, dann streichelte er mir übers Haar und murmelte verlegen: „Du bist doch mein Junge!"
Ich war so gerührt, dass meine Augen feucht wurden, aber vielleicht war es auch nur die Müdigkeit… Ich erinnerte mich daran, wie auch Weißer Bär bemerkt hatte, ich wäre

wie ein Sohn für ihn und ich dachte an den Adler und ich fühlte mich so geborgen und sicher wie im Schoß des Ewigen Vaters.

Ich kuschelte mich an ihn und nickte kurz ein. Er rüttelte mich sanft. Es war nur ein ganz kurzer Schlaf gewesen, doch ich fühlte mich wieder besser. Wir lächelten uns an und er begann zu plaudern über die Jagd, erzählte von den anderen Jägern, was sie da draußen so erlebten. Ich erzählte von meiner Arbeit mit Weißer Bär und meiner Freundschaft mit Mutiger Falke.

„Nehmt ihr mich mal mit zum Fischen?"

„Na klar!" Ich strahlte. Das würde lustig werden. Ich freute mich, dass er den Wunsch äußerte, sich uns anzuschließen. So würde ich künftig wieder mehr Zeit mit ihm verbringen können.

„Wie geht es Kleine Wolke?", brachte ich unauffällig das Gespräch in die Richtung, die ich wollte.

„Es geht ihr gut. Aber warum fragst du mich nicht gleich nach Leuchtender Stern?" Grinsend zeigte er mir seine Grübchen und zwinkerte mir zu.

„Wieso?", fragte ich unschuldig.

„Nun tu nicht so. Glaubst du etwa, meine Augen wären verschleiert?"

Mist, nun wurde ich wieder rot. Ich fühlte, wie mein Kopf ganz heiß wurde.

„Na gut", gestand ich, „wie geht es Leuchtender Stern?"

Er feixte. „Nun, wie dir wohl nicht entgangen ist, ist sie eine junge Frau geworden. Es geht ihr gut und ihr Geist ist so schön wie ihr Körper. Sie ist fleißig und hilfsbereit, die Kinder mögen sie, weil sie immer zum Scherzen aufgelegt

ist und sie unterstützt ihre Mutter wo sie kann."
Ich lächelte verträumt. Ja, das ist mein Leuchtender Stern.
„Dich hat´s ganz schön erwischt, hab ich recht?"
Ich nickte verlegen. „Wenn wir zurück sind, möchte ich sie umwerben. Glaubst du, ich habe eine Chance bei ihr?"
„Ich weiß, dass sie dich sehr gerne mag. Ja, ich denke, sie wird dich nicht abweisen. Ihr wärt ein tolles Paar."
Ich legte meine Hand aufs Herz, das plötzlich wie wild pochte und vor hoffnungsvoller Freude heraus purzeln wollte. Ich seufzte und Großer Baum lachte.
„So fühlt sich das an, Feder, wenn man frisch verliebt ist. Aber nun komm, lass uns weitergehen!"

Ein paar Tage später fanden wir einen wunderschönen Platz: Ein großer Berg mitten im Dschungel, von dessen Felsenwänden mächtige und kleinere Wasserfälle herabstürzten und sich am Fuße zu einem kleinen See sammelten, an dem sich allerlei Getier zusammenfand, um seinen Durst zu stillen.
Wir jubelten, ließen fallen was wir trugen und stürzten uns ins kühle Wasser. Was für ein Gefühl! Seit Tagen hatten wir uns nicht waschen können und wir konnten hier unser Trinkwasser auffüllen. Übermütig tobten wir wie kleine Kinder, tauchten uns gegenseitig unter, bis wir atemlos aus dem Wasser traten und uns ans Ufer fallen ließen. So sorglos, schwerelos, glücklich, eins mit allem, Teil von allem, alles war von Schönheit und Perfektion, fühlte sich so gut und richtig an.
Ich lachte.
„Was ist?", fragte Großer Baum.

„Hab ich ein Glück!"
„Wieso?"
Großer Baum hatte sein Schwein restlos aufgegessen und ich war dran, ihm das Essen zu besorgen.
„Dass ich dir einfach einen Fisch fangen kann!"
„Ja", lachte er, „hast mal wieder Glück gehabt, obwohl ich ja gerne gesehen hätte, wie du dich anstellst. Aber bevor du mich verhungern lässt…"
Wir verweilten an diesem Ort acht Tage, es war wunderschön. Wir bauten uns aus Ästen und Blättern einen Schlafplatz, zogen uns Lianen zurecht, so dass wir darauf schaukeln konnten, fischten, saßen abends plaudernd am Feuer, das ich mittlerweile schneller entfachen konnte, er lehrte mich im Spurenlesen und die Geräusche des Dschungels zu deuten.
Dann zogen wir weiter, immer weiter durch den wilden Dschungel, schlugen uns durch Gestrüpp und Geäst, bei glühender Hitze und nachts schliefen wir manchmal in klirrender Kälte. Wenn ich morgens wach wurde, konnte ich mich manchmal erst gar nicht rühren, so steif waren meine Glieder und langsam machten sich durch die langen Märsche mein Rücken und meine Knie bemerkbar, die morgens zumeist geschwollen waren.
Aber es war eine schöne Zeit, eine besondere, wertvolle Zeit, die ich nicht missen möchte.
Großer Baum und ich fühlten uns verbunden wie nie und das Band zwischen uns würde auf immer Bestand haben.
Vor einer Weile hatten wir einen Bogen eingeschlagen, der uns in einem Kreis zurück zu unserem Lager führen würde, ohne dass wir die gleiche Strecke zurückliefen, die wir

gekommen waren.
Fast bedauerte ich, dass unsere gemeinsame Zeit im Dschungel bald vorüber war, trotz aller Unbequemlichkeiten, und zugleich freute ich mich unbändig auf zu Hause, auf Leuchtender Stern…
Ich hatte einen wunderschönen Stein gefunden, den ich ihr schenken wollte, sozusagen als Zeichen meiner Zuneigung, so einen wie Weißer Bär hatte, nicht ganz so groß, aber doch ebenso schillernd und farbenprächtig.
Für Weißer Bär hatte ich mehrere Kräuter gesammelt, die ich noch nicht kannte. Ich ging also davon aus, dass das eine oder andere Kraut nicht leicht zu finden war und er vielleicht dafür Verwendung hätte.
Und dann hatte ich noch eine Feder des Heiligen Vogels gefunden, etwas ganz Besonderes! Die wollte ich Kleine Wolke schenken, sie würde bestimmt Purzelbäume schlagen vor Freude.

Es war soweit, der Tag unserer Rückkehr.
Es war schon später Abend, der Mond stand voll am sternenklaren Himmel und wir waren schon ziemlich durchgefroren. Wir waren erschöpft und hungrig, dennoch gingen wir die letzten Kilometer beschwingten Schrittes und mit strahlenden Gesichtern.
Als sie uns entdeckten, schrien die Kinder und rannten uns entgegen. Sie plapperten alle durcheinander und fragten uns Löcher in den Bauch, während sie uns die letzten paar Meter begleiteten.
Der Empfang war überschwänglich, wir wurden schon seit Stunden erwartet und nun kamen sie von allen Seiten,

umarmten uns, küssten uns. Ich gab Kleine Wolke die Feder und hatte recht gehabt: Sie war total außer sich vor lauter Freude und trug die Feder die ganze Nacht in ihren Händen. Sie konnte den Blick von ihrem Schatz gar nicht mehr abwenden.

Ganz zum Schluss kam Weißer Bär, er sagte nichts. Er schloss mich kurz in die Arme, dann blickte er mir in die Augen und lächelte zufrieden. Ich übergab ihm wortlos die Kräuter, er schaute sie sich an und nickte mir dann voller Stolz zu.

Endlich brachten sie uns ans wärmende Feuer. K aum dass wir saßen, hatten wir jeder ein Bier in der Hand, das wir mit durstigen Schlucken tranken und bekamen gleich das nächste. Wir wurden überhäuft mit Köstlichkeiten und wir saßen die ganze Nacht und erzählten.

Es war nicht mehr lange bis zum Morgengrauen, als ich mich selig auf meinen Schlafplatz fallen ließ. Meine letzten Gedanken galten Leuchtender Stern. Gleich morgen wollte ich zu ihr gehen, ihr den Stein überreichen und mit ihr reden. Dann glitt ich ins Land der Träume.

Kapitel 9

Es dauerte nicht lange, bis jemand versuchte mich zu wecken. Er rüttelte mich, erst sanft, dann fester. Müde blinzelte ich, die Augen waren kaum aufzubekommen. Mutiger Falke, wer sonst?! Ich freute mich und rappelte mich mühsam auf.

„Komm schon! Ich muss dir was erzählen!" Aufgeregt begann er, an mir rumzuzerren. Also ließ ich mich von ihm aus der Hütte ziehen und hatte alle Mühe, mit ihm Schritt zu halten.

Am Fluss angekommen, tauchte ich erst mal meine Hände ins Wasser und wusch mein Gesicht. Langsam erwachten meine Lebensgeister.

„Was ist denn los?", wollte ich nun wissen.

„Ich habe großartige Neuigkeiten! Du wirst staunen!" Mutiger Falke setzte sich und schlug die Beine übereinander. Ich hockte mich zu ihm.

„Schieß los!"

„Ich wollte es dir am liebsten gleich gestern erzählen, aber ich wollte dich erst mal in Ruhe nach Hause kommen lassen und von deinem Abenteuer hören, aber jetzt kann ich nicht länger warten!" Spannungsvolle Pause.

Und dann platzte er heraus: „Stell dir vor, Leuchtender Stern und ich werden heiraten!" Bumm! Irgendjemand zog mir den Boden unter den Füßen, beziehungsweise unter dem Hintern weg! Nein, ich hatte mich verhört!

„Was?"

„Ich werde Leuchtender Stern heiraten!" Seine Augen leuchteten vor lauter Glück, sein ganzes Gesicht strahlte. „Als du weg warst, hab ich angefangen sie zu umwerben und gestern habe ich sie gefragt und sie hat *ja* gesagt!" Er platzte schier vor Stolz und Glück.

Ich schluckte und hatte das Gefühl, alles Blut wäre aus meinem Körper gewichen. Er schaute mich an, wartete auf eine Reaktion von mir. Ich war sein Freund und musste mich mit ihm freuen.

„Du sagst ja gar nichts!", beschwerte er sich.

„Entschuldige, Mutiger Falke, das kommt nur so überraschend und ich bin noch nicht richtig wach", redete ich mich heraus.

Schließlich riss ich mich zusammen, drückte ihn fest an mich und murmelte: „Ich freu mich sehr für dich! Ihr werdet sicher sehr glücklich miteinander, sie ist eine wunderbare Frau! Ich wünsche euch von Herzen alles Gute!" Und komischerweise meinte ich es sogar so, denn beide liebte ich, Leuchtender Stern als Frau und Mutiger Falke als Freund. Wenn es so bestimmt war, dass sie zusammengehörten, so wünschte ich ihnen alles erdenkliche Glück. Doch gleichzeitig zerriss es mir das Herz, denn Leuchtender Stern als Frau hatte ich nun für immer verloren und Mutiger Falke als Freund würde, wenn er verheiratet war, nicht mehr so viel Zeit mit mir verbringen wie bisher.

Ich war den Tränen nahe, doch ich riss mich zusammen, drückte ihn noch einmal kurz an mich und sagte dann, dass ich zurück zu Weißer Bär müsse. Wir liefen los, Seite an Seite und er erzählte munter alle Einzelheiten…

Kapitel 10

Nachdem Mutiger Falke mit den Jägern losgezogen war, machte ich mich auf zu meinem Lieblingsplatz, der Adler war auch da, als hätte er bereits auf mich gewartet. Ich setzte mich auf meinen Felsen und ließ meinen Tränen endlich freien Lauf. Ich weinte und weinte und wunderte mich, dass Tränen scheinbar nicht ausgehen können. Als die Sonne ihren Mittagsstand erreicht hatte, beruhigte ich mich langsam und dachte an die Worte Weißer Bärs. Ich fing an zu singen, erst zaghaft und mit zittriger Stimme, dann gefestigter.

Tatsächlich fand ich Trost im Gespräch mit dem Ewigen Vater und immer mehr machte ich mir bewusst, dass es so viele andere wichtige Dinge gab und ich nicht das Recht hatte, im Selbstmitleid zu versinken, dass es undankbar war und egoistisch von mir, engstirnig.

Ich hatte nur an meine eigenen Bedürfnisse gedacht, ohne die meines Freundes Mutiger Falke oder Leuchtender Sterns zu berücksichtigen. Sie hatten sich ineinander verliebt und wollten heiraten, das hatte nichts mit mir zu tun. Und ich sang, mein Herz wurde leichter und füllte sich mit Freude. Und ich dankte dem Ewigen Vater für seine Gnade und seine Liebe. Der Adler war die ganze Zeit bei mir, an meiner Seite. Ich sang und fühlte mich nicht mehr allein. Als ich aufhörte war ich wieder eins, eins mit mir selbst, eins mit allem. Ich ging zurück, suchte Mutiger Falke und

Leuchtender Stern und gratulierte ihnen beiden aus tiefstem Herzen.

Am Abend setzte sich Großer Baum zu mir und legte seine Hand auf meine Schulter. „Geht´s?", fragte er besorgt.

Ich sah ihm offen ins Gesicht, ich hatte nichts mehr zu verbergen, und nickte.

„Guter Junge! Du bist sehr tapfer und ich bin sehr stolz auf dich."

Die Hochzeitsvorbereitungen begannen. Im Lager herrschte geschäftiges Treiben, alle halfen mit. Die Frauen, die Alten und die Kinder schmückten den Platz, brauten Unmengen von Maisbier, sammelten die schönsten Früchte, bereiteten schüsselweise Speisen zu, die Jäger jagten länger als sonst, um mehr Wild nach Hause zu bringen und einige standen früher auf, um vor der Arbeit noch auf Fischfang zu gehen. Das Lager surrte vor Aufregung und Vorfreude auf das große Fest und überall hörte man munteres Stimmengewirr.

Ich lief zur Hütte von Dunkler Rauch, wo Mutiger Falke und Leuchtender Stern für die Zeremonie geschmückt wurden und trat ein. Auch hier geschäftiges Treiben. Sie begrüßten mich freudestrahlend.

Sie war so schön, so unglaublich schön! Ich schluckte und nahm sie in die Arme, sie suchte meinen Blick, doch wich ich aus. Dann umarmte ich meinen Freund.

„Ich wünsche euch von Herzen alles Glück der Welt, möge der Ewige Vater mit euch sein und seine schützende Hand

über euch halten. Nehmt diesen Stein an als euer Hochzeitsgeschenk. Möge er euch helfen zu sehen, wenn euer Blick getrübt ist."
Ich überreichte ihnen den Stein, den ich im Dschungel gefunden hatte und eigentlich Leuchtender Stern schenken wollte.

„Oh, sieh nur!", rief Leuchtender Stern voller Begeisterung. „Wie wunderschön er leuchtet, in allen Regenbogenfarben! Noch nie zuvor habe ich einen so schönen Stein gesehen!" Voll Ehrfurcht hielt sie ihn in der Hand und ihre Augen leuchteten mit dem Stein um die Wette.

„Danke! Danke, Feder! Das ist ein wunderbares Geschenk und so wertvoll!"

„Feder, ich danke dir!" Mutiger Falke legte seine Hand auf meine Schulter. „Du bist ein wahrer Freund und immer werde ich für dich da sein, wenn du mich brauchst!"

Ich schluckte den Kloß, der in meinem Hals saß, hinunter und lächelte.

„Nun seht zu, dass ihr fertig werdet, es geht bald los!"

Ich trat wieder ins Freie und irgendwo in meiner Herzgegend saß ein tiefer Schmerz. Ich ließ meinen Blick über das Lager und die Menschen schweifen. Hier war ich zu Hause, ich war nicht allein. Ich blickte suchend zum Himmel und da kreiste er, mein Freund, der Adler.

Endlich war es soweit, die Zeremonie begann.

Alle waren vor dem Feuer versammelt und streckten die Köpfe, um das Brautpaar zu sehen, das ganz vorne stand. Weißer Bär trat vor.

„Ihr habt euch an das große Geheimnis erinnert, daran erinnert, dass alles eins ist, Mutter Erde, die Tiere, die auf ihr leben, die Pflanzen, die auf ihr wachsen, die Steine, die in ihr entstehen, die Menschen, die in sie hineingeboren werden und die Elemente."

Er überreichte ihnen einen kleinen Baum, dessen Wurzeln noch ganz zart waren.

„Nehmt diesen Baum als euer Geschenk, er symbolisiert Mutter Erde. Pflanzt ihn und lasst ihn wachsen. So beständig wie er soll eure Ehe sein und auch ihr sollt an der Aufgabe und der Verantwortung wachsen, die eine Ehe mit sich bringt."

Er gab ihnen eine Feder, ein besonders schönes Exemplar.

„Nehmt diese Feder des Adlers als euer Geschenk, sie symbolisiert den Wind, der euch bringen soll, was ihr ruft und vertreiben soll, was ihr nicht wollt. Möge sie euch bei schwierigen Entscheidungen die richtige Antwort herbei tragen."

Er zog einen brennenden Ast aus dem Feuer.

„Das Feuer der Leidenschaft soll eure Liebe begleiten und den nötigen Mut, der euch das Leben abverlangt, geben."

Er griff nach einem sehr hübsch bemalten Krug, den er selbst angefertigt hatte und der gefüllt war mit Wasser.

„Das Wasser, Grundlage allen Lebens, soll euren Gefühlen und Gedanken die nötige Tiefe verleihen und fruchtbar, wie das Wasser die Erde macht, soll auch eure Ehe sein."

Feierlich umwickelte er ihre Hände mit einem roten Band.

„Eins seid ihr mit allem und eins seid ihr beide. Nur wer das große Geheimnis kennt, kennt seine Mitte. Und nur wer seine Mitte kennt, kann den wahren Frieden finden."

Kleine Wolke trat vor. Sie hielt eine Decke über ihren Armen, die sie zeitaufwändig mit größter Sorgfalt und aller Liebe angefertigt hatte. Sie legte den beiden die Decke um und ein paar Tränen kullerten ihr über die Wangen.

„Eins seid ihr, die Decke soll euch Schutz geben, so wie der Ewige Vater seine schützende Hand über euch halten soll."

Leuchtender Stern schlang die Arme um sie und auch sie weinte ein bisschen.

„Mein Kind", flüsterte Kleine Wolke. Dann trat sie zurück und lächelte.

Weißer Bär räucherte das Brautpaar unter der Decke mit einem getrockneten Kräuterbündel, um ihren Geist zu reinigen.

„So seid ihr verbunden zu Mann und Frau."

Er gratulierte ihnen und trat dann zur Seite, um den anderen Platz zu machen. Alle umringten nun das frische Paar und überschütteten es mit guten Wünschen und Geschenken.

Ich bemerkte, dass Weißer Bär mich beobachtete. Ich schaute zu ihm hinüber und lächelte. Er sollte sich keine Gedanken um mich machen.

Wieder einmal feierten wir die ganze Nacht hindurch, es war ein wirklich schönes Fest, alle hatten sich die größte Mühe gegeben. Wir sangen und tanzten, alle lachten fröhlich und redeten durcheinander.

Als es hell wurde begannen wir, die neue Hütte für das neue Paar zu bauen. Mutiger Falke, die Jäger und ich.

Als sie fertig war, holte Mutiger Falke Leuchtender Stern bei Kleine Wolke ab und Hand in Hand beschritten sie ihr eigenes Heim.

Ich ging in die Hütte zu Weißer Bär. Er sah mich an, sagte aber nichts. Er sortierte gerade Kräuter, um sie zum Trocknen aufzuhängen. Ich machte mich an die Arbeit. Nach einer Weile sagte er zu mir: „Feder, jedem von uns sind Dinge vorherbestimmt, von denen wir nicht immer wissen und wir stellen uns die Frage des Warums. Nicht immer bekommen wir die Antwort in diesem Leben."

Ich hielt inne und überlegte. Sicher hatte er recht. Aber ich fragte mich, inwiefern diese Aussage auf meine Situation zutraf oder mir helfen konnte. Ich beschloss, diesen Satz in meiner Erinnerung abzuspeichern, um ihn wieder hervorholen zu können. Sicher würde ich den Sinn irgendwann verstehen. Wie sagte er immer so schön: „Alles zu seiner Zeit…"

Kapitel 11

Ich träumte. Ich träumte, meine Seele schwebte den Heiligen Berg hoch, langsam, andächtig. Jemand oder etwas rief mich, doch es war keine Stimme zu hören, es war eine Empfindung.

Ich schwebte ganz langsam den Berg hoch, nahm alles ganz deutlich wahr, die Büsche, die Bäume, die Stimme des Windes, die Leichtigkeit, fixiert auf den Gipfel. Da war ein Licht. Die Sonne? Sie war am Aufgehen und tauchte die Spitze des Berges in rotes Licht, ganz warm. Der Gipfel, das Licht war das Ziel und je näher ich kam, umso größer wurde meine Freude auf das, was mich dort erwartete.

Als ich oben angekommen war, stand ich endlich vor dem roten Feuerball, doch es war nicht die Sonne, es war kleiner und schien zum Greifen nah.

Mein Herz klopfte vor Aufregung, denn etwas ganz Besonderes würde geschehen. Ich schaute in das Licht, das mich mit liebevoller Wärme erfüllte.

Dann öffnete ich meine Hand und sah, dass sich ein Gegenstand darin befand. Das Licht verblasste und ich betrachtete den Gegenstand auf meiner Handfläche. So etwas hatte ich noch nie gesehen. Er war aus Metall, oben rechteckig und verschnörkelt, dann lief ein kurzer Stab herunter und unten war ein gewelltes Stück geformt.

Ich hatte keine Ahnung was das war, doch wusste ich, es war eine besondere Ehre und ein Privileg. Ich wusste, es war mit Verantwortung verbunden. Und ich platzte schier vor Freude und Glück über das Geschenk.

Ich rief dem Licht noch meinen unsagbaren Dank hinterher, bevor es ganz verschwand.

Ich erwachte. Das war ein wunderschöner Traum, aber merkwürdig. Was hatte er zu bedeuten? Was war das für ein Ding, das ich da erhalten hatte?

Es war zwar nur ein Traum, fühlte sich aber nicht so an. Es war so echt, so lebendig. Und immer noch spürte ich dieses übergroße Glücksgefühl.

Ich war sicher, es war mehr als nur ein Traum, ich hatte etwas erhalten, ich wusste nur nicht was.

Wenn jemand eine Antwort wusste, dann Weißer Bär.

Ich setzte mich neben ihn und wartete und sobald er die Augen öffnete, erzählte ich ihm alles.

Er lauschte aufmerksam, dann setzte er sich langsam auf.

Lange Zeit sagte er nichts, sondern starrte scheinbar ins Leere. Plötzlich hob er seinen stechend scharfen Blick und sah mir direkt in die Augen.

„Feder, du hast einen Schlüssel erhalten. Du weißt nicht, was das ist. Ein Schlüssel öffnet Türen und Tore", erklärte er mir.

„Doch ist dies ein ganz besonderer Schlüssel. Er verleiht dir die Gabe, von Ort zu Ort zu gelangen, nur mit der Kraft deiner Gedanken. Du brauchst nur zu denken, wo du sein willst und schon bist du dort. Gleich, ob das ein bestimmter Ort, eine bestimmte Person oder ein bestimmtes Geschehen sein soll." Er verstummte und gab mir Zeit zum Nachdenken.

„Wofür brauche ich das? Was soll ich damit tun? Und warum ich? Kann ich das jetzt gleich?"

Er lachte leise. „Ob du gleich was damit anfangen kannst, musst du ausprobieren. Es ist Bestimmung, Feder, und du brauchst den Schlüssel für die große Aufgabe, die du übernommen hast. Du wirst wissen, wenn es so weit ist."

Ich war sehr nachdenklich, das war alles so geheimnisvoll. Ich wusste instinktiv, dass Weißer Bär mit allem, was er gesagt hatte, recht hatte. Mehr würde ich vorab wohl nicht erfahren.

„Weißer Bär, meine Hände tun weh."

Er betrachtete sie. Sie waren etwas geschwollen.

„Geh runter zum Fluss und kühle sie etwas im kalten Wasser. Dann reib sie mit der Salbe, die ich dir gemacht habe, ein."

Ich nickte und ging.

Auf dem Weg zum Fluss traf ich Mutiger Falke. Er war unterwegs zum Treffpunkt der Jäger und zwinkerte mir zu.

„Wollen wir morgen fischen gehen?"

„Ja, gern!" Ich freute mich, er würde mich also nicht abhaken, jetzt wo er verheiratet war. Ich war noch immer sein Freund, mit dem er Zeit verbringen wollte. Mein Schritt wurde leichter.

Ich tauchte meine Hände in das kalte Wasser des Flusses und es war eine Wohltat. Ich hatte gar nicht bemerkt, dass sie so heiß waren. Ich ließ sie ein paar Minuten drinnen, bewegte die Finger langsam und beobachtete das Wasser, wie es ganz leise, leichte Wellen schlug.

Alles war gut, alles war so, wie es sein sollte.

Kapitel 12

So gingen wir oftmals zu zweit oder auch zu dritt mit Großer Baum zusammen in der Früh zum Fischen, was eine sehr schöne Art war, den Tag zu beginnen und eine wunderbare Gelegenheit, unter uns zu plaudern. Wir genossen sichtlich die Zeit, die wir allein verbrachten, sie war wertvoller Bestandteil für uns geworden. Die Zeit verging in harmonischer Zusammenarbeit und Frieden. Wobei wir kein Wort für Frieden hatten, denn er war uns eine Selbstverständlichkeit. Ich war siebzehn und fühlte mich gefestigt, wusste wo ich hingehörte und wo mein Platz war.

Weißer Bär hatte mir unheimlich viel beigebracht, aber man lernt nie aus. Das sagt selbst Weißer Bär, von dem ich immer denke, er wäre allwissend. Es gab keine Frage, auf die er keine Antwort wusste…

Es war ein kalter Morgen, doch wir wollten auf unsere gemeinsame Zeit nicht verzichten und so schritten Mutiger Falke, Großer Baum und ich Seite an Seite hinunter zum Fluss.

„Irgendwas stimmt im Lager nicht", setzte Mutiger Falke an, „irgendjemand verstößt gegen die Gute Sitte."

Wir hielten die Luft an.

„Nein", stieß Großer Baum aus, „erzähl! Was ist los?"

„Naja, in den letzten paar Tagen ist immer wieder mal was weggekommen. Kleine Wolke hat es mir erzählt, dass sie sich mit den anderen Frauen beim Waschen unterhalten hat und das Gespräch darauf kam. Kleine Wolke hatte erzählt, dass ihre Feder des Heiligen Vogels, die du ihr geschenkt hattest, verschwunden sei. Sie ist untröstlich deswegen.

Daraufhin haben drei andere Frauen berichtet, dass ihnen Dinge weggekommen seien, sie waren sich aber nicht sicher, ob sie sie verlegt hätten. Doch nun ist ziemlich klar, dass da jemand stiehlt!"

„Unglaublich! Das gab's ja noch nie!", stieß Großer Baum empört hervor.

Ich dachte daran, wie ich selbst gegen die gute Sitte verstoßen hatte, doch wäre mir nie in den Sinn gekommen, Weißer Bär zu bestehlen, ihm zu schaden.

„Und nun?", fragte ich.

Mutiger Falke räusperte sich. „Kleine Wolke will heute Abend am Feuer das Geschehen Dunkler Rauch vortragen."

So kam es, dass am Abend, als wir alle um das Feuer versammelt waren, Kleine Wolke aus dem Kreis hervortrat und sprach:

„Dunkler Rauch, ich möchte etwas hervorbringen."

Dunkler Rauch erhob sich, es wurde ruhig und alle horchten.

„Sprich, Schwester."

„Ungeheuerliches geschieht in unserem Kreis. Es gibt hier einen Dieb!" Sie machte eine kurze Pause und ihre

Empörung war ihr deutlich anzusehen. Außen herum wurde hörbar nach Luft geschnappt.

„Er hat mir die Feder des Heiligen Vogels gestohlen, die Feder mir schenkte. Ich bin untröstlich über den Verlust! Auch andere Frauen wurden bestohlen."

Vier Frauen traten hervor und berichteten der Reihe nach.

Dunkler Rauch hatte seine Stirn in Falten gelegt.

„Das ist unglaublich, das hatten wir noch nie! Wer wagt es, hier so gegen die gute Sitte zu verstoßen?! Er trete hervor, damit besprochen werden kann, wie vorgegangen wird."

Es war mucksmäuschenstill, nichts und niemand rührte sich.

„Ist er auch noch ein Feigling! Das macht das Vergehen umso größer! Wir werden den Schuldigen finden, die Strafe fällt umso härter aus! Ich fordere ihn nochmals auf, sich hier zu stellen." Er wartete.

Alle warteten. Doch nichts geschah. Misstrauische Blicke untereinander.

Am nächsten Morgen betrat Dunkler Rauch mit Mutiger Falke unsere Hütte.

„Weißer Bär, Feder." Er nickte uns zum Gruße.

„Ich bringe euch meinen Sohn, als wäre er krank und bei euch in Behandlung. Ich möchte, dass er tagsüber im Lager bleibt, um zu beobachten. Ich erwarte von euch die nötige Deckung."

Wir nickten. Wir hatten verstanden.

Dunkler Rauch ging und wir errichteten Mutiger Falke einen Schlafplatz gleich neben meinem. In der Nacht lagen wir gemeinsam auf der Lauer und am Tage spionierte er allein.

Es vergingen erfolglose Tage und man sah uns den wenigen Schlaf deutlich an.

„Mutiger Falke", sagte Weißer Bär, „das geht so nicht weiter. Du siehst ja wirklich schon fast krank aus. Wechselt euch mit den Nächten ab!"

Wir nickten, zu schwach, um zu widersprechen.

Zwei Tage später.

Ich träumte.

Ich träumte, Mutiger Falke liefe alleine in den Dschungel. Ich sah ihn, doch fühlte ich, was er fühlte.

Ich fühlte Anspannung. Ich verfolgte. Ich war bemüht, keine Geräusche zu verursachen.

Dann, plötzlich und unerwartet ein höllischer Schmerz in meiner Brust, das Gefühl, keine Luft zu bekommen.

Dann sank er zusammen und schien das Leben auszuhauchen.

Ich erwachte schweißgebadet.

„Schnell, Weißer Bär", weckte ich ihn unsanft, „bereite alles vor, Mutiger Falke ist schwer verletzt!"

Ich rannte hinaus in die Kälte, in den Dschungel, ohne darüber nachzudenken, was ich tat. Ob es real war oder nicht, ob mir etwa selbst Gefahr drohte.

Ich rannte und fand ihn, ein Speer durchbohrte seine Brust.

„O Heiliger Vater, hilf!" stieß ich hervor.

Ich legte meine Hände auf seine Brust und tat, was Weißer Bär mir beigebracht hatte.

„Heiliger Vater", flehte ich, „ich bitte um deine unendliche Liebe und deine Gnade. Bitte hilf meinem Freund!"

Ich hatte die Augen geschlossen. Ich fühlte, wie es hell wurde und warm, fühlte die Energie durch mich hindurch strömen und leitete sie in Mutiger Falkes Wunde.

Ich spürte das Heben und Senken seines Brustkorbs, sein Atem wurde langsam wieder stärker. Als die Wärme nachließ, war sein Atem regelmäßig. Ich öffnete die Augen, nahm ihn vorsichtig auf die Arme. Er stöhnte.

„Ruhig, mein Freund", flüsterte ich, „ich bring dich jetzt nach Hause, alles wird gut, versprochen!"

Er blinzelte kurz, dann fiel sein Kopf nach hinten, er war ohnmächtig.

Es ist merkwürdig, wie viel Kraft Angst verleiht. Als wäre er ein Kind trug ich ihn durch den Dschungel zurück. Tränen liefen mir über die Wangen, doch ich spürte sie nicht.

Ich trug ihn ins Lager und in die Hütte. Weinend legte ich ihn vorsichtig ab.

„Es sieht nicht gut aus", schluchzte ich.

Weißer Bär hatte alles vorbereitet. Doch nun, da ich Mutiger Falke hergebracht hatte, überkam mich die Schwäche, meine Knie und meine Hände fingen an zu zittern und meine Zähne zu klappern.

„Leg dich hin!", befahl Weißer Bär. Er hatte schon mit der Versorgung begonnen, hatte Mutiger Falke einen Trank zur Stärkung des Kreislaufs eingeflößt, hielt mir dann den Becher hin.

„Nimm auch einen Schluck!"

Wie in Trance folgte ich und nach wenigen Minuten fühlte ich mich etwas besser und stand wieder auf.

Weißer Bär arbeitete konzentriert mit zusammengezogenen Augenbrauen.

„Wir müssen jetzt den Speer herausziehen, möglichst gerade, pack´ mit an, ganz langsam!"

Mir wurde schlecht, doch ich ergriff den Speer in der Mitte, während Weißer Bär vorne hielt, um ihn möglichst gerade herauszubekommen. Langsam, Millimeter für Millimeter, zogen wir ihn heraus. Schweiß tropfte uns von der Stirn, jegliches Zeitgefühl war verloren.

Als wir endlich an der Spitze angelangt waren, sagte Weißer Bär: „Warte einen Moment."

Ich hielt den Speer, sorgsam darauf bedacht, nicht zu wackeln.

Er tränkte einen Lappen in einer Kräutertinktur und hielt ihn neben die Wunde.

„Jetzt zieh ihn raus!"

Ich zog und im nächsten Moment schoss das Blut nur so heraus.

Weißer Bär presste den Lappen auf die Wunde.

„Übernimm! Fest drücken!"

Wieder flößte er Mutiger Falke aus dem Becher etwas ein.

Dann kam er und wir machten ihm einen Pressverband.

Mutiger Falke stöhnte, doch kam er nicht zu sich.

„Jetzt können wir nur noch abwarten. Es ist noch nicht überstanden."

Ich nickte schwach. „Ich hole Leuchtender Stern."

Kapitel 13

So zog auch Leuchtender Stern zu uns in die Hütte und wir hielten zu dritt, teils im Wechsel, Wache bei Mutiger Falke.

Drei Tage vergingen, ohne dass er erwachte, mal war sein Atem stärker, mal schwächer. Immer wieder flößten wir ihm verschiedene Tränke ein, sangen Heilungslieder an seinem Bett, beteten. Wir wechselten die Verbände, salbten ihn, redeten mit ihm.

„Wir brauchen neue Kräuter", sagte Weißer Bär.

„Ich geh." Ich erhob mich. Leuchtender Stern stand auch auf.

„Ich komme mit."

Wir gingen zusammen nach draußen. Der Sonnenschein, der Trubel der Kinder, das Treiben im Lager erschienen uns völlig unwirklich.

Während für uns in der Hütte die Zeit stillzustehen schien, ging das Leben draußen einfach weiter.

Als man uns entdeckte, wurden wir sogleich umringt. Alle wollten wissen, wie es Mutiger Falke gehe. Aber wir konnten nur mit den Schultern zucken und liefen weiter in den Wald, wo ich mich auf die Suche nach den fehlenden Kräutern machte.

Leuchtender Stern betrachtete sorgfältig was ich sammelte und versuchte, mir zu helfen. Ihr Gesicht war eingefallen und ihre Augen müde und geschwollen von all dem Kummer und den durchwachten Nächten.

„Feder, ich muss dich etwas fragen", begann sie. Es schien ihr sichtlich unangenehm, denn sie machte eine Pause und räkelte sich unbehaglich.

Ich sah sie fragend an, dann fuhr sie leise und ohne mich anzusehen fort.

„Warum hast du ihn gerettet?" Sie errötete.

„Wieso fragst du?", stieß ich verblüfft hervor.

„Naja", sie wurde noch kleiner, „Feder, ich weiß von deinen Gefühlen für mich. Du hättest ihn einfach liegen lassen können. Niemand hätte es gemerkt, es war nur ein Traum."

Ich hielt in meiner Bewegung inne und betrachtete sie schweigend. Stimmt, jetzt wo sie's sagte. Ich hätte ihn liegenlassen können, hätte einfach nur nichts tun und nichts sagen müssen, und dann, nach angemessener Zeit, ihr einen Antrag machen können.

„Es stimmt, Leuchtender Stern, dass ich dich liebe. Aber ich liebe ihn auch, er ist mein Freund! Es würde mir nie in den Sinn kommen, ihm zu schaden."

Sie senkte den Kopf. „Entschuldige, Feder. Es tut mir so leid, ich weiß nicht, was ich mir gedacht habe. Du bist der beste Freund, den man sich wünschen kann. Ich schäme mich so. Wahrscheinlich bin ich einfach zu müde, um noch klar zu denken."

Ich legte meine Hand unter ihr Kinn und zog ihr Gesicht zu mir her. Ich lächelte sie zärtlich an und sagte: „Ist schon gut. Wenn wir zurück sind, legst du dich hin und schläfst dich aus. Alles wird wieder gut, ich verspreche es dir!"

Ja, plötzlich wusste ich es, alles würde wieder gut werden.

Schweigend liefen wir Seite an Seite zurück. Bevor sie sich hinlegte, schaute sie noch einmal fragend zu mir herüber und ich lächelte ihr mit sicherer Zuversicht zu. Tatsächlich schlief sie auf der Stelle ein.

Ich weckte sie am nächsten Morgen, als Mutiger Falke endlich die Augen öffnete und nach Wasser verlangte.

Aufgeregt standen wir um ihn herum und redeten alle durcheinander. Weißer Bär erzählte, wie es gekommen war, dass ich ihn gefunden hatte, ihn hergebracht hatte. Wir erzählten, wie lange er schon da lag und wie wir um ihn bangten. Tränen der Erleichterung liefen uns über die Wangen und Leuchtender Stern hielt seine Hand.

Er lauschte und versuchte uns zu folgen, er war noch sehr schwach. Doch erkannte man am Glanz seiner Augen, dass sein Geist zurückgekehrt war.

Nach ein paar Minuten schlief er wieder ein und wir strahlten über die ganzen Gesichter.

„Ich geh raus und verkünde den anderen die frohe Botschaft" , sagte Weißer Bär.

„Warte!" Ein Geistesblitz durchzuckte mich und ich hielt ihn am Arm fest.

Erstaunt blickte er auf meine Hand.

„Irgendwer hat den Speer geworfen. Wenn du nun bekanntgibst, dass er außer Gefahr ist, muss derjenige befürchten, dass Mutiger Falke spricht, vielleicht hat er ihn gesehen. Wer weiß, was derjenige in seiner Angst unternimmt."

Weißer Bär nickte. Wir schauten besorgt zu ihm rüber, Leuchtender Stern war an seiner Seite eingeschlafen.

„Komm, gehen wir zum Fluss baden, ich fühle mich sehr schmutzig."

Er hatte recht…

Wir traten ins Freie, berichteten den anderen kurz, Mutiger Falke gehe es gar nicht gut und er käme nicht zu sich, dann gingen wir runter zum Fluss. Das Wasser war herrlich, wir fühlten uns gleich wie neu geboren. Überhaupt war ein herrlicher Tag. Die Sonne lachte am Himmel und hoch oben kreiste der Adler und grüßte mich. Wir lachten ausgelassen und wir schwammen eine Weile, um unseren Kreislauf und die Muskeln wieder auf Trab zu bringen.

Die Welt erschien wieder in neuem Licht und all die Anspannung der letzten Tage fiel von uns ab.

Gleich bei der ersten Regung Mutiger Falkes am nächsten Morgen, öffnete auch Leuchtender Stern sogleich die Augen und musterte ihn mit besorgtem Blick. Doch dann erhellte sich ihr Gesicht und ihre Augen fingen zu strahlen an, als sie seinen wachen Blick auf sich gewahrte. Ihre Augen versanken ineinander voller Zuneigung und auf ihren Gesichtern breitete sich ein zärtliches Lächeln aus.

Sie war so wunderschön…

Weißer Bär und ich hielten uns ein paar Minuten abseits, um die beiden diesen wertvollen Augenblick auskosten zu lassen, dann gesellten wir uns zu ihnen.

„Mutiger Falke", ich schluckte, „wer war es?"

Seinem fragenden Blick zufolge wusste er im Moment nicht, was ich von ihm wollte.

„Wer hat dir das angetan? Wer hat den Speer geworfen?"

Seine Stirn zog sich kraus und er überlegte angespannt.

„Versuch dich zu erinnern!", bat ich eindringlich.

Plötzlich glättete sich sein Gesicht und er sah mich traurig an.

„Wendiger Panther. Ich war auf der Lauer und beobachtete ihn beim Stehlen. Dann folgte ich ihm in den Wald. Ich wollte sehen, wo er die Sachen versteckt. Ich wollte, dass Kleine Wolke ihre Feder wieder bekommt." Zart drückte Leuchtender Stern seine Hand.

Ich schluckte. Wendiger Panther war mit uns zusammen damals in der Hütte gewesen. Gemeinsam waren wir zu Männern geworden. Er war der, der damals unsere Rasseln und dann unsere Hocker verglich…

Weißer Bär und ich sahen uns an, dann verließen wir die Hütte. Wir statteten Dunkler Rauch einen Besuch ab, teilten ihm die Neuigkeiten mit. Gemeinsam beschlossen wir die weitere Vorgehensweise.

Gegen Dämmerung erwarteten wir die Rückkehr der Jäger und somit Wendiger Panthers.

Die anderen waren bereits alle ums Feuer versammelt und feierten die Genesung Mutiger Falkes.

Wir hatten ihm ein bequemes Lager zurechtgemacht, so dass er dabei sitzen konnte.

Nur Dunkler Rauch saß ganz ruhig neben seinem Sohn, während die anderen plauderten, tranken und Mutiger Falke ihre Freude kundtaten.

Die Anspannung bei uns dreien stieg, die Stunden des Wartens waren uns endlos erschienen. Doch da kamen sie, lachend, mit ihrer geschulterten Beute, legten ihre Waffen ab. Wendiger Panther dabei, als wäre nichts.

Sie gesellten sich zu den anderen, Weißer Bär und ich traten unbemerkt zu Wendiger Panther und versperrten ihm so von hinten den Weg.

Dann sah er Mutiger Falke am Feuer sitzen, erstarrte für den Bruchteil einer Sekunde, in der sich seine gesamte Rückenmuskulatur anspannte. Er drehte sich um und wollte weglaufen, doch da hatten wir ihn schon an den Armen gepackt und zerrten ihn in die Mitte der Versammlung.

Dunkler Rauch erhob sich mit ernstem Gesicht, ohne eine persönliche Regung zu zeigen.

Ich konnte nur ansatzweise erahnen, wie viel Mühe es ihn kostete, ruhig zu bleiben.

Die anderen drehten erstaunt die Köpfe, blickten herüber zu uns, zu Dunkler Rauch, die Stimmen verstummten. Und langsam machte sich eine unheimliche Anspannung breit, ein langsames Verstehen, dann eine ungreifbare Unruhe und ungläubige Erschütterung.

„Du!", rief Dunkler Rauch mit lauter Stimme in die Stille und einige zuckten zusammen. Er zeigte mit dem Finger auf Wendiger Panther.

„Du hast deinen Stamm bestohlen und einen Bruder fast getötet!"

Sein Gesicht war rot vor Zorn, doch noch immer zeigte er keine persönliche Regung. Voller Bewunderung über die Stärke und Selbstbeherrschung dieses Mannes lauschte ich angespannt, während ich Wendiger Panther so fest am Arm hielt, dass die Knöchel meiner Finger mittlerweile weiß hervortraten.

Noch immer zeigte Dunkler Rauchs Finger auf ihn und er zitterte.

„Geh! Ich will dich nie mehr hier sehen. Du bist keiner mehr von uns! Ich verbanne dich aus unserem Stamm!"

Das war die härteste Strafe, die es gab.

Wendiger Panther erstarrte und irgendwie auch alle anderen für einen kurzen Moment. Dann hörte man die ersten Stimmen und gleich darauf wurde es immer lauter, man begann, sich seiner Empörung Luft zu machen.

Ich wechselte einen Blick mit Weißer Bär, wir ließen Wendiger Panther los.

Er drehte sich um und ging mit schnellem Schritt davon.

Für lange, lange Zeit sollte niemand von uns mehr von ihm hören oder sehen.

Kapitel 14

Weißer Bär, Mutiger Falke, Leuchtender Stern, Großer Baum und ich waren inniger und vertrauter als je zuvor.

Ich begriff, dass Freundschaft und Liebe nicht etwas waren, was einfach da war oder entstand, als selbstverständlich sich entwickelte zwischen Menschen, die sich mochten. Echte Liebe und Freundschaft brauchten Zeit zum Wachsen, denn die gemeinsamen Erlebnisse und die gemeinsam verbrachte Zeit waren es, die zusammenschweißten und Vertrauen aufbauten.

Bedingungsloses Vertrauen erst war es, das zur bedingungslosen Liebe führte und reich ist der, der diese erfahren darf. Das wertvollste Geschenk überhaupt.

Daraus folgert jedoch auch, dass man es sich verdienen muss, man Freundschaft und Liebe pflegen muss und also nie als selbstverständlich sehen darf.

Wir waren zu reichen Menschen geworden und erlebten eine wunderbare Zeit. Eine der wertvollsten Erfahrungen überhaupt…

Dieses bedingungslose Vertrauen wohl war es, das Leuchtender Stern eines Tages zu mir führte.

Sie hatte mich beobachtet, wie ich zum Kräutersammeln aufgebrochen war und kannte ja meine bevorzugte Stelle.

Ich war erstaunt, als ich sie ganz unerwartet die Lichtung betreten sah. Tapfer lächelte sie mich zur Begrüßung an, doch ihre Augen verrieten, dass ein Anliegen sie zu mir führte.

Sie setzte sich auf einen Baumstamm und es kostete sie Überwindung, mir in die Augen zu sehen.

„Hallo Feder, wie geht es dir?"

„Danke, gut."

„Kann ich dir helfen?"

Ich hob ein Büschel hoch, so dass sie es sehen konnte.

„Von denen hier brauche ich noch eine Menge."

Dankbar für die Ablenkung erhob sie sich und begann zu suchen.

Ich ließ eine Weile vergehen, in der wir schweigend arbeiteten, dann fragte ich behutsam: „Was führt dich zu mir, Leuchtender Stern, was ist es, was dich bedrückt?"

Ertappt sah sie kurz zu mir auf, um den Kopf gleich wieder suchend zu senken.

„Feder, ich weiß nicht, wie ich es sagen soll."

Seufzend ließ sie sich wieder auf den Baumstamm plumpsen und zwang sich, mir ins Gesicht zu sehen. Sie sah mir in die Augen und langsam machte sich Entschlossenheit in ihrem Gesicht breit.

„Feder, es gibt etwas, das mich bekümmert." Sie räusperte sich.

„Sieh, wie lange Mutiger Falke und ich nun schon Mann und Frau sind, aber es kommen keine Kinder aus unserer Ehe hervor."

Sie hatte recht. Ich hatte mir darüber nie Gedanken gemacht und jetzt ärgerte ich mich über meine Unaufmerksamkeit.

Dann begriff ich langsam, dass sie Rat von mir erwartete und da fragte sie auch schon: „Kannst du uns irgendwie helfen? Gibt es vielleicht ein Kraut oder so?"

Ich dachte nach.

„Es ist mir nichts bekannt, aber ich werde mit Weißer Bär darüber sprechen."

„Nein!" rief sie hastig aus. „Du darfst auch zu Mutiger Falke nichts sagen, dass ich mit dir darüber geredet habe. Es ist ihm so peinlich. Ich weiß, er wünscht sich nichts sehnlicher, als ein Kind. Aber er weigert sich, über unser Problem zu sprechen, sogar mit mir. Er versucht, es zu verdrängen."

„Aber ich darf sowieso nichts machen, wenn ihr nicht beide einverstanden seid. Er muss davon wissen, wenn ich irgendetwas tue. Und ich müsste euch auch vorher untersuchen um zu sehen, wo das Problem liegt."

Traurig blickte sie zu Boden. Sie tat mir leid. Ich setzte mich neben sie und legte meinen Arm um ihre Schultern. Sie schmiegte ihren Kopf an mich, ich streichelte ihr übers Haar und gab ihr einen zärtlichen Kuss darauf.

„Warte einen günstigen Moment ab, rede mit ihm und versuche ihn zu überzeugen, zusammen mit dir zu mir zu kommen. Dann werde ich sehen, ob ich etwas tun kann."

Ein kleines Licht der Hoffnung blitzte in ihren Augen auf.

„Aber ich kann nichts versprechen!"

Sie lächelte.

Der günstige Zeitpunkt sollte schneller kommen als wir dachten.

Es war ein so heißer Tag gewesen, dass ich dachte, das Wasser des Flusses des Bunten Vogels müsse anfangen zu kochen. Am frühen Morgen schon brannte die Sonne erbarmungslos als brennender Feuerball auf unsere Häupter.

Am Abend wurde es plötzlich dunkel, graue Wolken bedeckten den Himmel und seit Wochen warteten wir auf kühlenden Regen, der die verbrannte Erde wieder zum Leben erwecken sollte.

Schließlich hatten wir uns alle schlafen gelegt, es hatte merklich abgekühlt und ein leichter Wind wehte über das Land, so dass einem erholsamen Schlaf wohl nichts mehr im Wege stehen würde.

Nur ich lag auf meinem Lager und konnte wohl nicht schlafen, ich war hellwach und meine Gedanken huschten von einem meiner Brüder und Schwestern zum nächsten. Kreuz und quer ging mir alles Mögliche durch den Kopf, wie das manchmal so ist.

Plötzlich fiel mir auf, dass es draußen ganz ruhig geworden war. Totale Stille.

Ich stand auf und ging hinaus.

Unheimlich ruhig. Kein Laut, kein Wind, nichts regte sich. Die Ruhe vor dem Sturm. Wetterleuchten erhellten für Sekunden den Himmel und tauchten die Welt in gespenstisches Licht. Die Bäume zeichneten sich wie bedrohliche Riesen gegen den Himmel ab und schienen alle Tiere vertrieben zu haben.

Ich setzte mich und beobachtete voller Bewunderung das herrliche Schauspiel.

Irgendwann setzte ein kalter Wind ein, der mir eine Gänsehaut auf Arme und Beine trieb und plötzlich zuckte ein gewaltiger Blitz über den Himmel, gleich darauf gefolgt von tosendem Donner, der den Untergang der Welt ankündigen wollte.

Rasch flüchtete ich in die Hütte, nur um gleich darauf herauszurennen, nachdem ein Donner von nie gehörter Lautstärke, begleitet von gleißend hellem Licht, zu hören war.

Ich war zu Tode erschrocken und als ich draußen war, brauchte ich nicht zu suchen.

Dunkler Rauchs Hütte stand lichterloh in Flammen! Das ganze Lager war bereits auf den Füßen und rannte schreiend und rufend wild durcheinander wie eine Schar aufgescheuchter Vögel.

Wir rannten zum Fluss, um Wasser zu holen. Das Feuer musste gelöscht werden, bevor es auf andere Hütten übergriff. Dunkler Rauch zu retten, wäre ein hoffnungsloser Versuch gewesen, da die Hütte bei Einschlag des Blitzes innerhalb einer Sekunde komplett in Flammen gestanden hatte.

Während alle im Chaos versanken, sah ich mich um und fand Mutiger Falke auf der anderen Seite des großen Feuers stehen.

Mit weit aufgerissenen Augen und schmerzverzerrtem Gesicht starrte er ins Grauen, wie die Arme des Todes in Form der züngelnden Flammen nach seinem Vater griffen.

Er bemerkte mich erst, als ich meine Hand beschwichtigend auf seine Schulter legte. Ohne sich umzusehen wusste er, dass ich es war.

So standen wir schweigend. Was hätte ich sagen sollen, wie ihn in diesem Moment trösten sollen? Im Augenblick konnte ich nur bei ihm sein, an seiner Seite. Die Zeit für Worte würde später kommen.

Aus heiterem Himmel fing es an zu regnen, ohne Vorankündigung einzelner Regentropfen schien der Himmel alles angesammelte Wasser eines Jahres auf einen Schlag über uns ergießen zu wollen und innerhalb von Minuten war das Feuer gelöscht. Der Gestank von nasser Asche brannte in der Nase und in den Augen.

Irgendwer legte uns von hinten seine Arme um unsere Schultern und so standen wir weitere Minuten reglos, bis derjenige fragte: „Wie ist es, helft ihr mir morgen eine neue Hütte zu bauen?"

Gleichzeitig drehten wir im Zeitlupentempo wie in Trance unsere Köpfe und da stand er leibhaftig vor uns: Dunkler Rauch!

Ich fiel ihm um den Hals und meine Beine drohten unter mir wegzusacken, während Mutiger Falke in die Knie sank.

Da erst begriff Dunkler Rauch und verlegen stammelte er: „Ich konnte nicht schlafen und da bin ich ein bisschen spazieren gegangen…"

Natürlich machten wir uns am nächsten Tag alle zusammen an die Arbeit, Mutiger Falke und ich Seite an Seite in dem Bestreben, ihm die schönste Hütte im Lager zu bauen. Voll übermütiger Freude über die Tatsache, wie knapp sein Vater dem Tode entronnen war scheuten wir keine Mühe, das Beste sollte nur gut genug sein. Als sie fertig war, bemalten wir sie mit größter Sorgfalt und lachten und alberten dabei herum.

Am Ende standen wir davor und betrachteten voller Stolz unser Werk, Dunkler Rauch in der Mitte, dessen glänzende Augen erfüllt waren von Dankbarkeit und Zuneigung.

Kapitel 15

Drei Tage später weckte mich Mutiger Falke zum Fischen. Wir traten in den kühlen Morgen, wo ich von Leuchtender Stern begrüßt wurde.

Schweigend liefen wir zum Fluss. Ich fragte nicht und tat auch nicht verwundert, als wäre es üblich, dass sie dabei war.

Klar war jedoch, dass wir nicht fischen würden und in stillem Einvernehmen setzten wir uns ans Ufer.

„Feder", es war Mutiger Falke anzusehen, dass ihm das Reden schwerfiel. „Leuchtender Stern und ich, wir lieben uns von ganzem Herzen. Seit drei Jahren schon sind wir nun Mann und Frau und es sind die glücklichsten Jahre meines Lebens. Doch fehlt uns noch eins zur Vollkommenheit unserer Ehe: ein Kind."

Er schluckte und fuhr dann fort: „Wir wollten dich fragen, ob du uns vielleicht irgendwie helfen kannst."

Oh ja, sie hatte ihren richtigen Zeitpunkt bekommen, wahrscheinlich ausgelöst durch den vermeintlichen Verlust seines Vaters.

Ich verhielt mich, als wäre sein Anliegen das normalste der Welt, als würde er mich darum bitten, ihm ein Bier zu holen und hoffte, ihm dadurch das peinliche Gefühl zu nehmen, das ihn beherrschte.

Ich stand auf, ging vor Leuchtender Stern in die Hocke und hielt meine Hand in kleinem Abstand vor ihren Leib. Ich horchte in mich hinein und fühlte, dass es gut war.

Dann tat ich das gleiche bei Mutiger Falke, horchte, und ich fühlte, dass es nicht gut war…

Mist! Was sollte ich ihm sagen?!

Mit ausdruckslosem Gesicht hielt ich weiter meine Hand vor seinem Leib, um Zeit zu gewinnen.

Er war mein Freund, ich wollte ihm helfen! Fieberhaft dachte ich nach und hatte eine Blitzidee. Es war die einzige Idee, die ich hatte und auch im Nachhinein als ich später immer wieder darüber nachdachte, war mir nie eine andere gekommen.

Kurzentschlossen räusperte ich mich, setzte mich vor ihnen hin und sagte:

„Leuchtender Stern, geh beim nächsten Vollmond zum Heiligen Berg. Steig hoch bis zum Felsen und lass dich in dieser Nacht dort nieder. Unsere Ahnen werden bei dir sein und wenn es wirklich dein sehnlichster Wunsch ist, so werdet ihr ein Kind bekommen."

Sie nickten, fassten sich bei den Händen und schauten sich tief in die Augen. Es war, als wäre ihnen eine Last genommen, eine Last, die sie schon eine ganze Weile hatten mit sich tragen müssen.

Ihre Gesichter strahlten in freudiger Erwartung, als sie sich bei mir bedankten. Meine Freude jedoch war getrübt, denn ich war derjenige, der nachher damit klar kommen musste und die Konsequenzen nicht absehen konnte.

Hoffentlich würde das gutgehen…

Am Abend saßen wir alle in geselliger Runde am Feuer, plauderten, sangen und tranken. Irgendwie war mir an diesem Abend sehr nach trinken. Und so trank ich und trank, beteiligte mich nicht sonderlich an den Gesprächen und während Mutiger Falke und Leuchtender Stern meine Nähe suchten, suchte ich wiederum die Nähe Weißer Bärs.

Ich spürte seine fragenden Blicke auf mir ruhen und ich hätte gerne darüber gesprochen. Doch so betrunken konnte ich gar nicht sein um zu vergessen, dass ich nicht darüber reden durfte- niemals!

Am nächsten Morgen weckte mich Mutiger Falke wieder und auf dem Weg zu Großer Baum flüsterte er: „Meinst du, dass es wirklich klappt?"

„Sicher kann ich es nicht sagen, aber ich denke schon. Wir werden sehen."

„Das wäre zu schön!"

Wir holten Großer Baum ab und liefen zum Fluss, Mutiger Falke federnden Schrittes, getragen von der Hoffnung auf Erfüllung seines größten Wunschs.

Beim Fischen herrschte ausgelassene Stimmung, so dass wir mal wieder nichts fingen. Nur ich war bedrückt und krampfhaft darauf bedacht, mir nichts anmerken zu lassen. Ich war froh, dass niemand mein starres Lächeln bemerkte.

So ist das bei Menschen, die erfüllt sind von Freude: sie sehen die Welt in diesem Augenblick durch die rosarote Brille und sind blind für die Grauzonen. So soll es sein.

Weißer Bär jedoch ließ sich nicht täuschen, ich hätte es mir denken können, niemand kannte mich so gut wie er. Nach meiner Rückkehr fragte er mich ohne Umschweife, was mit mir los sei.

„Gar nichts!", antwortete ich möglichst unverfänglich.

Sein Blick zeigte mir unmissverständlich, dass er mir nicht glaubte und da schämte ich mich, dass ich ihn belogen hatte.

Ich sah ihm in die Augen und sagte leise: „Es tut mir leid! Aber ich kann nicht darüber reden!"

Er nickte. „Gut! Dann machen wir uns jetzt an die Arbeit."

Er war ein so wunderbarer Mensch, der wertvollste, den ich je kennengelernt hatte. Er war so voller Verständnis, Respekt und Toleranz. Er bohrte nicht weiter, doch konnte er meine widerstreitenden Gefühle spüren, akzeptierte meine Entschuldigung und meine Antwort und schenkte mir seine Anteilnahme und sein Mitgefühl, ohne zu wissen worum es ging.

Stumm arbeiteten wir nebeneinander, ab und zu schaute er zu mir rüber, um zu sehen, ob ich auch alles richtig machte und schenkte mir dabei sein offenes Lächeln.

Tatsächlich ging es mir nach einer Weile besser, er gab mir das Gefühl hinter mir zu stehen, er gab mir Kraft und ich fühlte mich wieder etwas leichter und konnte wieder atmen.

Er gab mir die Zeit und die Möglichkeit, mein Vorhaben nochmal mit Abstand zu überdenken und mir wurde klar, dass es die einzige Möglichkeit war. Ja, ich würde mich jetzt zusammenreißen und damit klarkommen.

Als es Zeit fürs Mittagessen war, legten wir die Arbeit nieder. Er schaute in mein offenes Gesicht und ich konnte wieder lächeln, kein starres Lächeln mehr, sondern ein richtiges, ehrliches.

Er grinste froh und schlug mir auf die Schulter. Ein wunderbares, warmes Gefühl, wenn einem jemand bedingungslos vertraut.

Kapitel 16

Ein jeder Mensch muss wohl irgendwann in seinem Leben eine Entscheidung treffen von der er nicht weiß, ob sie recht ist oder nicht, wie sie sich auswirken wird, zum Guten oder zum Schlechten. Von der er vielleicht erst nach Abschluss seines jetzigen Lebens erfahren wird, ob der Heilige Vater diese Entscheidung gebilligt hat oder nicht. Eine solche hatte ich nun getroffen.

Es gab keinen Augenblick, in dem ich mir sicher gewesen wäre recht zu tun, aber Tatsache war, dass meine Entscheidung feststand.

Oft blickte ich nach oben zum Himmel und hoffte auf eine Antwort. Eine Antwort des Heiligen Vaters, ein Zeichen des Adlers. Ich wusste, sie waren da. Den Adler sah ich auch des Öfteren.

Doch offenbar wurde mir vom Schicksal diese Aufgabe gestellt und eigene Handlung abverlangt.

Unaufhaltsam rückte der Tag näher, der Tag des nächsten Vollmonds. Meine innere Erregung stieg, doch hielt ich an meiner Entscheidung fest.

Weißer Bär registrierte jede meiner Gefühlsveränderungen, doch sprach er mich nicht mehr darauf an.

Wie stets fanden sich am Abend alle am Feuer ein, die Stimmung war gut, es war ein schöner Tag gewesen, nicht zu heiß. Die Jäger hatten guten Fang gemacht und es gab reichlich frisches Maisbier, um nach der Anstrengung des Tages den Durst zu stillen.

Nur ein Mensch gesellte sich nicht dazu: Leuchtender Stern. Mit strahlendem Lächeln verabschiedete sie sich von uns und machte sich auf den Weg zum Felsen auf dem Heiligen Berg. Unterm Arm trug sie die Decke, die sie von ihrer Mutter zur Hochzeit bekommen hatte.

Ich sah ihr nach, bis sie leichten Schrittes im Dickicht verschwunden war, dann prostete ich Mutiger Falke zu. Er erhob den Becher, um mit mir anzustoßen: „Auf meinen Sohn, der der beste aller Jäger sein wird, oder meine Tochter, die das schönste aller Mädchen wird."

Er lachte ausgelassen und bemerkte nicht, wie ich kurz zusammenzuckte. Genaugenommen zuckten nur meine Nasenflügel, so entschieden war ich mittlerweile, seinen und Leuchtender Sterns größten Wunsch zu erfüllen.

Merkwürdig, wie man in solchen Momenten sich etwas schöner redet, sich selbst als selbstloser sehen will, als man ist. Zugegebenermaßen war meine Entscheidung natürlich auch von meinen eigenen Gedanken und Wünschen beflügelt. Doch das wollte ich mir nicht unbedingt eingestehen.

Ungeduldig erwartete ich die Zeit, bis sich alle zum Schlafen hingelegt hatten, begab mich selbst auf meinen Schlafplatz, lag, wartete, lauschte.

Hörte den gleichmäßigen Atemzug Weißer Bärs, der mir seinen tiefen Schlaf versicherte, den nächtlichen Ruf des Uhus, das leise Rascheln der Blätter- sonst nichts.

Ich wartete noch eine Stunde um sicherzugehen, das Lager unbemerkt verlassen zu können und schlich mich geräuschlos nach draußen.

Ich machte mich auf den Weg zum Heiligen Berg. Es war eine wirklich milde Nacht, der Mond schien so voll und der Himmel war so sternenklar und wolkenlos, dass es gar nicht richtig dunkel war.

Ich lief vorbei am Hügel unserer Ahnen und da saß er, der Adler. Regungslos schaute er mich mit seinen runden Augen an. Ich blieb stehen und betrachtete ihn. Wenn ich ein Zeichen erhalten würde, dann jetzt. Doch er rührte sich nicht, er blinzelte nicht einmal.

Würde er mein Handeln nicht billigen, würde er mir das sicher zeigen, doch er ließ mich einfach weiterziehen und so nickte ich ihm kurz zu und verließ ihn in der sicheren Gewissheit, dass er mein Tun zumindest akzeptierte, was mich mit ungeheurer Erleichterung erfüllte.

Ich bog um die Ecke und da saß sie auf meinem Felsen und schaute zum Mond, voller Erwartung, voller Hoffnung.

Ich räusperte mich, so dass sie mich bemerkte. Sie lächelte mich an, weil sie sich freute mich zu sehen, dann blickte sie fragend. Nach einer Weile machte sich Verwunderung auf ihrem Gesicht breit, dann ein kurzer Schreck, der langsam dem Verstehen wich.

Ich rührte mich nicht und sprach auch nicht, ließ ihr einfach nur Zeit, sich Gedanken zu machen, zu begreifen, zu entscheiden.

Die Zeit erschien endlos, dann straffte sich ihr Körper, entschlossen schaute sie mir in die Augen. Ohne den Blick von mir zu wenden, breitete sie ihre Decke auf dem Gras aus. Sie war bereit, sie wollte es.

Langsam ging ich auf sie zu, sie wich nicht zurück, zeigte keinerlei Anzeichen von Unsicherheit. Ihr schien es leichter zu fallen als mir.

Endlich stand ich vor ihr, ganz nah und noch immer blickte sie mir tief in die Augen.

Gott, wie schön sie war. Wie sehr ich sie liebte! All die Zeit hatte ich meine Gefühle verdrängt, versteckt in eine kleine Höhle, vor die ich einen großen Stein gerollt hatte. Doch nun überrollten sie mich mit solcher Wucht, dass ich nicht mehr denken konnte, nicht mehr atmen konnte, nur noch eins wollte.

Und ich nahm ihr kleines, liebliches Gesicht in meine Hände, mein Daumen streichelte über ihren Haaransatz und ihre Wange, dann über ihre Unterlippe. Sie hatte den schönsten Mund, den ich je gesehen hatte.

Endlich neigte ich mein Gesicht zu ihr, meine Lippen berührten ihre, ganz sanft, ganz warm, ganz süß. Ich küsste sie und küsste sie und küsste sie. Ich wollte nicht mehr aufhören, wollte bis in alle Ewigkeit an ihren Lippen hängen.

Und sie erwiderte meine Küsse, als wäre es eine Selbstverständlichkeit. Sie hatte ihre Arme um mich gelegt und streichelte meinen Rücken.

Erschöpft sank ich auf sie, küsste sie lange, innig, zärtlich. Unsere schweißnassen Körper bebten und zitterten noch von all der Erregung.

Ich zog die Decke um uns herum, so dass wir auf der einen Hälfte lagen und uns mit der anderen zudecken konnten, fest hielt ich sie in meinen Armen und lange betrachteten wir uns, entdeckten uns neu.

Irgendwann schliefen wir engumschlungen ein, noch nie hatte ich so gut geschlafen.

Dieses eine Mal durfte ich sie lieben, dieses eine Mal! Auf ewig wollte ich dafür dankbar sein.

Zwei Stunden vor Tagesanbruch erwachte ich, stand leise auf, zog mich an und machte mich auf den Rückweg. Ich schlich mich zurück in die Hütte, legte mich hin, schloss meine Augen. Ich konnte sie noch immer fühlen, sie an mir riechen und ich lächelte.

Es war geglückt. Niemand würde je davon erfahren, es war ein Geheimnis zwischen mir und Leuchtender Stern. Nun blieb bloß noch zu hoffen, dass es auch zum gewünschten Resultat geführt hatte.

Oh ja, dieses eine Mal durfte ich sie lieben und das konnte mir niemand mehr nehmen!

Kapitel 17

Am nächsten Tag befand ich mich gedanklich und gefühlsmäßig im Chaos.

Wenn Leuchtender Stern nun ein schlechtes Gewissen bekam und Mutiger Falke die Wahrheit sagte? Er würde mir niemals verzeihen.

Oder wenn sie sich nun schämte und nichts mehr mit mir zu tun haben wollte? Auch dieser Gedanke erfüllte mich mit nackter Angst.

„Wovor fürchtest du dich?", fragte mich Weißer Bär auch prompt.

Ich zögerte. „Wenn man etwas getan hat, um einem Freund zu helfen, ohne dass er davon weiß und die Handlung vielleicht nicht ganz korrekt war und er erfährt im Nachhinein davon, wird er dann den guten Willen dahinter erkennen und verzeihen, oder des Verrats beschuldigen?"

Er dachte eine Weile nach und sah mir dann direkt in die Augen.

„Wenn er ein wahrer Freund ist wird er verzeihen, wenn er das Resultat in Händen hält." Und wieder einmal hatte ich das bedrückende Gefühl, dass Weißer Bär einfach alles wusste. Dann lächelte er.

„Aber vielleicht erfährt er auch gar nicht davon und kann sich ungeschmälert mit dir freuen."

Damit war das Thema für ihn erledigt und er konzentrierte sich wieder auf die Arbeit.

„Sieh mal, ich probiere gerade eine neue Mischung für eine Schmerzsalbe aus, die können wir später gleich mal an dir ausprobieren."

Es kam nämlich mittlerweile immer wieder vor, dass verschiedene meiner Gelenke anschwollen und schmerzten, auch der Rücken tat mir oft weh und morgens dauerte es manchmal geraume Zeit, meine „müden Knochen zu sortieren"…

Dankbar legte ich meine Hand auf seine Schulter und sah ihm zu, damit ich sie, sofern sie gut war, auch selbst mischen konnte.

Den Rest des Tages hielt er mich recht auf Trab, worüber ich ganz froh war. Erst als der Abend näher rückte, wurde ich wieder zunehmend nervös.

Weißer Bär und ich setzten uns ans Feuer, er reichte mir ein Bier. „Da, trink."

Durstig stürzte ich den ganzen Becher auf einmal hinunter und er stand auf, um noch welches zu holen.

Da kamen sie. Arm in Arm setzten sie sich zu uns. Erleichtert begrüßte ich sie. Mutiger Falke strahlte.

„Ich freu mich schon so! Meinst du, es hat funktioniert?"

„Ich hab dir ja gesagt, ich kann es nicht versprechen, aber ich denke schon. Was meinst du, Leuchtender Stern?"

„Mein Gefühl sagt mir, dass ich ein Kind in mir trage", antwortete sie mit einem Leuchten im Gesicht, das ich noch nie an ihr gesehen hatte und sie legte ihre Hand auf ihren Leib.

Wieder musste ich verwundert feststellen, dass sie scheinbar besser damit zurechtkam als ich. Waren wir Männer tatsächlich das stärkere Geschlecht?

Es folgte die Zeit des Wartens. Insgeheim meinte ich zu wissen, dass sie schwanger war, doch sicher wusste ich es natürlich nicht. Ich war innerlich sehr angespannt, was Weißer Bär natürlich bemerkte. Und natürlich erging es Mutiger Falke nicht anders. Selbst Leuchtender Stern wurde nervös, mit jedem Tag stieg unsere Anspannung.

Eines Morgens holte mich Mutiger Falke zum Fischen. „Komm, ich muss mal auf andere Gedanken kommen!"

Doch zwei Monde später war es dann sicher: Leuchtender Stern und Mutiger Falke würden Eltern werden, ihr größter Wunsch wurde erfüllt. Die Freude war riesig, auch in mir.

Mutiger Falke begann sogleich Pläne zu schmieden, was er mit seinem Kind alles machen wolle und malte sich aus wie es wohl aussehen würde, ob es wohl seine Augen hätte oder die von Leuchtender Stern.

Wieder rührte sich mein schlechtes Gewissen, müsste ich es ihm nicht doch sagen? Dann verwarf ich den Gedanken wieder. Es sollte *sein* Kind sein- und zwar ganz!

Kleine Wolke war ganz aufgeregt, als sie von der Neuigkeit erfuhr. Sie rannte im ganzen Lager herum und erzählte jedem voller Stolz, dass sie Großmutter wurde.

Wenn Mutiger Falke abends zu Hause war, nahm er Leuchtender Stern alle Arbeit ab und ließ nicht zu, dass sie irgendetwas tat, sie müsse schließlich auf das Kind aufpassen und als ihr Leib sich zu wölben begann, legte er ständig seine Hand darauf um zu spüren, ob es sich schon rührte.

Wir lachten über seinen Übermut und erklärten ihm, dass es noch viel zu früh sei, doch das störte ihn nicht und Leuchtender Stern ließ sich alles gutmütig gefallen und kommentierte alles nur mit ihrem wunderschönen Lächeln. Überhaupt schien sie mit jedem Tag ihrer Schwangerschaft immer schöner zu werden, was ich eigentlich nicht mehr für möglich gehalten hätte.

Was mich anbelangte so war es mir einigermaßen gelungen, meine Gefühle für sie so gut es ging wieder in der kleinen Höhle zu verstecken, doch die Nacht mit ihr würde ich niemals vergessen, für immer sollte sie in meiner Erinnerung gegenwärtig sein und es mir unmöglich machen, mich jemals auf eine andere Frau einlassen zu können.

Als ich eines Tages im Wald zum Kräutersammeln war, suchte sie mich dort auf. „Hallo, Feder!" Sie kam lächelnd auf mich zu und ich erhob mich.

„Wie geht es dir?"

„Danke, sehr gut!"

„Du siehst auch sehr gut aus."

„Danke! Feder, kommst du mit all dem zurecht?"

„Aber ja, mach dir keine Sorgen. Die Hauptsache ist, dass ihr glücklich seid. Ihr seid meine Freunde. Und du?"

Unerwartet kam sie noch einen Schritt näher, so dass sie so nah bei mir stand, dass ich ihren Atem auf meiner Brust spürte.

„Feder, ich bin dir so dankbar!" Sie schmiegte sich an mich und umarmte mich, legte ihren Kopf an meine Brust.

„Aber ich wollte dir noch etwas sagen. Es war wunderschön! Danke!"

Kurz berührten ihre Lippen meine, dann drehte sie sich um und ging davon.

Da stand ich mit klopfendem Herzen und hatte alle Mühe, den großen Stein wieder vor die Höhle zu rollen…

Ich musste mich wohl damit abfinden, dass meine Gefühle immer wieder mal drohen würden auszubrechen, doch ich würde mir schon zu helfen wissen.

In diesem Fall rannte ich runter zum Fluss und stürzte mich ins kalte Wasser und über mir kreiste der Adler und grüßte mit seinem Schrei.

Ich ließ mich auf dem Rücken treiben und beobachtete ihn, wie er sich von seinen riesigen Schwingen im Wind treiben ließ, majestätisch, unbezähmbar und unbesiegt, mein steter Begleiter, mein Vater.

Welches Glück hatte er gehabt, die Frau zu heiraten, die er liebte und die ihn liebte. Großer Bär und Kleine Wolke hatten mir ja oft von ihnen erzählt.

Dafür hatten sie früh gehen müssen, sicher wären sie lieber hier geblieben, bei mir, wir drei zusammen. Wie viel anders mein Leben dann wohl verlaufen wäre? Oder genauso?

Niemand kann alles haben und jeder muss sein Päckchen tragen. Eine weise alte Frau hatte mal am Feuer, als eine der jungen Frauen schon geraume Zeit herum gejammert hatte, gesagt: „Es werfe ein jeder sein Päckchen hier in die Mitte, es holt sich jeder sein eigenes wieder zurück."

Ich hatte mir damals das Lachen verbeißen müssen und wunderte mich, dass ich mich nun daran erinnerte. Ich dachte über die Worte der alten Frau noch einmal nach. Sie war wirklich eine kluge Frau. Nein, ich würde mit niemandem tauschen wollen, alles Traurige was ich erlebt hatte, hatte immer zum Guten geführt.

Ich lächelte und tauchte ab, voller Vertrauen.

Als ich mit meinen Kräutern zurück zum Lager kam, saß Leuchtender Stern mit ein paar anderen Frauen zusammen, sie bereiteten Essen für den Abend vor. Sie winkte und lachte und ich winkte zurück und lächelte ihr unbefangen zu.

Weißer Bär sah auf, als ich die Hütte betrat. „Hast du alles gefunden was wir brauchen?"

„Jawohl!"

Er musterte mich und ihm schien zu gefallen was er sah.

„Es geht dir besser.", stellte er erleichtert fest.

„Dann nimm den Stecken und reib mir die hier klein." Er deutete kurz auf ein Büschel getrocknete Kräuter, das er schon bereitgelegt hatte. Mit leichten Bewegungen machte ich mich an die Arbeit und summte vor mich hin. Aber heute war ein so schöner Tag und deshalb reichte mir das leise Vor-mich-hin-summen nicht und so stimmte ich ein Lied an, ein fröhliches, das zu meiner Stimmung passte, leise erst. Doch dann gereichte auch das nicht meiner guten Laune und ich sang lauter. Ich grinste zu ihm hinüber und er stimmte mit ein, im Wechsel wurden wir vom Gelächter unterbrochen. Doch wir gaben nicht auf und nach einer Weile sangen wir lauthals die fröhliche Melodie, das Lied über die Liebe, das Leben und wie schön das alles war.

Draußen hörte man uns natürlich und immer mehr ließen sich von unserer Ausgelassenheit anstecken und so kam es, dass die Jäger sich bei ihrer Rückkehr wunderten, weil das ganze Lager schon lachte und sang.

Mutiger Falke kam singend herein, legte die Arme um Weißer Bär und mich und drei grinsende Gesichter begaben sich nach draußen zum Essen, zum Trinken und zum Feiern.

Sogleich gesellten sich Leuchtender Stern, Großer Baum und Kleine Wolke zu uns. Die Stimmung war leicht und unbeschwert wie schon lange nicht mehr, oder empfand nur ich das so?

Egal, jedenfalls saßen wir bis spät in die Nacht und hatten einen Haufen Spaß. Wir hatten damals keine Ahnung wie klein unsere Welt war- und wie heil.

Kapitel 18

Heute war das Fest der Dankbarkeit.

Alle Herzen waren erfüllt von Freude und Dankbarkeit dafür, dass der Große Vater dafür sorgte, dass wir stets von allem genug hatten und einmal im Jahr dankten wir ihm dafür mit diesem besonderen Fest.

Am Morgen schwärmten alle aus, die Alten, die Frauen, die Kinder und Männer.

Zum Früchte und Beeren sammeln, zum Jagen, zum Fallenstellen.

Überall hörte man Gelächter und munteres Geplauder, es war kein Tag wie jeder andere. Es war eine Abweichung des Alltags, alle freuten sich auf das Fest und jeder trug in der Form seinen Anteil bei, wie er Lust hatte.

Weißer Bär, Mutiger Falke, Großer Baum und ich machten uns gemeinsam auf zum Fischen.

„Na, Mutiger Falke, wofür bist du dem Heiligen Vater am dankbarsten in diesem Jahr?", wollte Weißer Bär wissen.

„Dafür, dass er mir einen Sohn schenkt!", antwortete er spontan.

Ich errötete und versuchte, in das Gelächter der anderen mit einzufallen.

„Und wenn´s nun eine Tochter wird?", fragte ich.

„Ich weiß, dass es ein Sohn wird, ich kann es fühlen! Aber ich hab schon überlegt, dass ich im Anschluss gern noch ein Töchterchen hätte, welches mein Herz erfreut."

Ich schluckte.

„Und du, Feder, wofür bist du am meisten dankbar?", fragte er. „Nun, für eure Freundschaft und dafür, dass Weißer Bär meinen Wissensdurst stillt." Weißer Bär lächelte. „Und ich", sagte er, „dafür, dass unser Volk in Wohlergehen und Reichtum leben darf."

Großer Baum grinste. „Und ich dafür, dass wir immer genug zu essen haben. Ich freu mich schon auf heut Abend!" Er rollte die Augen und rieb seinen Bauch.

Wir lachten.

„Jetzt müssen wir aber leise sein", mahnte Weißer Bär, „bei dem Lärm, den wir machen, fangen wir nichts. Wenn wir unseren Beitrag für heute Abend nicht leisten, kriegen wir womöglich keinen Nachtisch."

Urplötzliche Stille trat ein und wir konzentrierten uns auf die Fische.

Tatsächlich brauchten wir uns bei unserer Rückkehr nicht zu schämen.

Das Lager war wunderschön geschmückt, reinste Blütenmeere zierten die Hütten und vor allem unseren Lagerfeuerplatz, an dem wir zu späterer Stunde feiern würden. Die Frauen und Mädchen trugen Blumen im Haar, und wir Männer versammelten uns, um uns gegenseitig feierlich zu bemalen. Die Stimmung wurde immer ausgelassener, so wie heutzutage am Heiligen Abend, wenn die Kinder mit vor Aufregung roten Bäckchen im Kerzenschein vorm Weihnachtsbaum stehen und den Weihnachtsmann erwarten.

Als augenscheinlich alle bereit waren, trat Weißer Bär ans Feuer und erhob seinen Gesang:

„Heiliger Vater wir danken dir,

für all deine Gaben danken wir dir,

für deine Gnade, für deine Liebe...."

Mit ihren zarten Stimmen fielen als erstes die Kinder mit ein, dann die Frauen und schließlich wir Männer.

Dann begannen wir loszulaufen, Weißer Bär voran und singend machten wir uns auf den Weg hinunter zum Fluss des Bunten Vogels.

Die Frauen und Kinder legten Blüten in allen Farben aufs Wasser, die sie tagsüber gesammelt hatten und in Körben mit sich getragen hatten. Begleitet von unserer wunderschönen Melodie trieben sie auf dem ruhigen Wasser, der Anblick, die Atmosphäre, rührten mich in meinem tiefsten Inneren und unwillkürlich suchten meine Augen nach Leuchtender Stern. Ich beobachtete sie, wie sie am Ufer saß, den Blumen mit verträumtem Gesicht nachblickte. Ihr Bauch wölbte sich mittlerweile gewaltig und erweckte den Anschein, kurz vorm Platzen zu stehen.

Ich lächelte, sie war schöner als je zuvor. Es konnte nicht mehr lange dauern, bis das Kind zur Welt kam und ich fühlte eine Wärme und eine Freude in mir aufsteigen, die mir nicht zustanden. Und dennoch...

Der Zug setzte sich wieder in Bewegung, wir bestiegen den Berg unserer Ahnen.

Dort legten wir unsere Gaben ab. Bald türmten sich die unterschiedlichsten Früchte auf dem dafür errichteten Altar. Auch hier war alles wunderhübsch geschmückt. Die Früchte und die Unmengen von Blumen boten eine Farbenvielfalt, wie sie ausschließlich Mutter Erde bietet.

Auch hier beteten wir dafür, dass es uns nie schlechter gehen möge und dankten singend dem Heiligen Vater.

Dann schritten wir zurück, setzten uns ans Lagerfeuer und feierten seine Großzügigkeit, aßen, tranken, lachten.

Der Morgen dämmerte bereits, als Weißer Bär, Großer Baum und ich uns verabschiedeten, um schlafen zu gehen. Wir wünschten uns gähnend eine gute Nacht.

Kaum lagen Weißer Bär und ich jedoch auf unseren Schlafstätten, kam Mutiger Falke angerannt.

„Es ist soweit!" Sein Kopf war rot vor Aufregung und seine Augen weit aufgerissen, blickten voll Furcht und freudiger Erwartungen.

Ich sprang auf, doch Weißer Bär hielt mich fest.

„Ich hole Tautropfen." Mit einem vielsagenden Blick bedeutete er mir, hierzubleiben.

Tautropfen war mittlerweile eine der Frauen, die die Kinder entband.

Enttäuscht setzte ich mich wieder auf mein Lager, nur um gleich darauf wieder aufzuspringen und in der Hütte hin und her zu laufen.

Weißer Bär hatte ja recht, es stand mir nicht zu, zu Leuchtender Stern hinüberzugehen. *Es wird doch alles gutgehen? Bitte, Heiliger Vater, mach, dass alles gutgeht!*

Nach einer Weile kam Weißer Bär zurück. Er legte seine Hand auf meine Schulter.

„Beruhige dich, es geht ihr gut und es sind keine Komplikationen zu erwarten. Sie ist bei Tautropfen in guten Händen."

„Ich weiß", seufzte ich und sein verständnisvoller Blick zeugte von seiner vermeintlichen Allwissenheit.

Die Zeit verstrich im Zeitlupentempo und immer wieder lief ich hinaus um nachzusehen, ob es etwas Neues gäbe. Doch es wurde Mittag, als Tautropfen endlich aus der Hütte trat und freudestrahlend verkündete:

„Es ist ein Junge und beide sind wohlauf!"

Ich spürte, wie meine Knie weich wurden, als die Anspannung der letzten Stunden endlich von mir abfiel. Ich ging zurück und überbrachte Weißer Bär die frohe Botschaft.

„Gratuliere", lächelte er und prompt schoss mir die Schamesröte ins Gesicht.

„Schon gut, Feder. Das Schicksal schlägt manchmal verschlungene Wege ein."

Da kam Mutiger Falke hereingerannt. Er stürzte in meine Arme und rief:

„Feder! Feder, ich hatte recht! Ich habe einen Sohn und er ist so schön! Komm! Komm und sieh ihn dir an!"

Er zog mich am Arm mit sich fort und ich drehte fragend den Kopf nach Weißer Bär, doch er folgte uns lächelnd.

Ich trat ein und als erstes trat ich zu Leuchtender Stern.

„Wie geht es dir?"

„Es ging mir nie besser!", strahlte sie.

Dann betrachtete ich den Jungen, den sie in den Armen hielt. Mutiger Falke hatte recht: Noch nie in meinem Leben hatte ich etwas so unglaublich Schönes gesehen! Eine Welle der Zärtlichkeit und Wärme überrollte mich.

„Nimm ihn", bat sie mich.

Unschlüssig schaute ich von ihr zu Mutiger Falke und wieder zu dem Jungen.

Ermutigend hielt sie ihn mir entgegen und etwas ungeschickt nahm ich ihn auf den Arm.

Mein Gott, was für ein Gefühl, mit nichts vergleichbar. Eigentlich kannten wir uns noch gar nicht und dennoch empfand ich eine übermächtige Liebe für dieses winzige Geschöpf, das so wunderbar und so verletzlich in meinen Armen lag. Diese winzigen Hände, diese winzigen Füße! Er versuchte, seine Augen ein Stück weit zu öffnen und blinzelte mich müde mit seinen fast schwarzen Augen an. Hatte er mich eben angelächelt? Wie zart seine Haut war, so warm und weich. Sein kurzes, schwarzes Haar stand in alle Richtungen, als hätte der Wind darüber hinweggefegt.

Meine Gefühle waren so dermaßen stark, dass ich befürchtete, jeder müsse sie mir ansehen. Doch der einzige war wohl Weißer Bär.

Meine Hände zitterten vor Ergriffenheit.

Leuchtender Stern räusperte sich: „Feder, Mutiger Falke und ich möchten gerne, dass du ihm seinen Namen gibst."

Das kam völlig unerwartet und wieder warf ich Weißer Bär einen fragenden Blick zu und wieder nickte er mir lächelnd zu.

Ich schloss die Augen und drückte den Jungen an mein Herz. Und ich sah. Er würde mutig sein, offen und ehrlich, loyal und diplomatisch. Er würde von allen geliebt und geschätzt, man würde Wert auf seine Meinung legen, nie würde er verzagen und in allem immer das Gute sehen, gezeugt im Schein des Vollmonds, umwittert von Geheimnissen.

Nach ein paar Minuten machte ich wie verzaubert meine Augen wieder auf, sah in die Runde und verkündete seinen Namen: „Nennt ihn Lächeln des Mondes."

Kapitel 19

So durfte ich meinen Sohn aufwachsen sehen, was das größte Geschenk war, das Gott mir hatte machen können. Doch war nicht ich es, der ihn abends zu Bett brachte, ihm sein Schlaflied sang, seine Wange streichelte, bis er ins Land der Träume glitt.

Ich würde lügen behauptete ich, es hätte mir nichts ausgemacht und so saß ich oft des Abends am Lagerfeuer und blickte wehmütig zu Mutiger Falkes Hütte.

Weißer Bär ging dann und brachte mir ein Bier, stieß wortlos mit mir an und erzählte von Wirkungen verschiedener Kräuter, die er neu entdeckt hatte.

Was hätte ich bloß ohne ihn gemacht, ohne meinen Freund, meinen Mitwisser, vielmehr noch hätte ich gelitten.

Es war nicht so, dass ich eifersüchtig auf Mutiger Falke gewesen wäre, ich gönnte ihm sein Glück von Herzen, doch wär ich gerne an seiner Stelle gewesen. Hätte sich Leuchtender Stern damals für mich entschieden, wär ich vielleicht schneller gewesen…

Dennoch bereute ich nichts, ich war dankbar und glücklich darüber, Lächeln des Mondes aufwachsen sehen zu dürfen. Sobald ich auch nur einen Blick auf ihn erhaschen konnte, war jeder Trübsal weggeblasen und durfte ich ihn gar im Arm halten, so war ich der glücklichste Mensch der Welt. Selbst an einem regnerischen, unfreundlichen Tag schien die Sonne, wo er auftauchte.

Bekommt man so etwas in die Wiege gelegt, kann so etwas eine Charaktereigenschaft sein? Ich stelle diese Frage, da sich im Laufe seines Lebens zeigen sollte, dass dies was Lächeln des Mondes anbelangte, eine unleugbare Tatsache war.

Ja, es war eine schöne und zugleich schwere Zeit für mich, doch das Gute war, und das möchte ich nun vorwegnehmen, obwohl ich das zu dieser Zeit natürlich noch nicht wusste: Je älter Lächeln des Mondes wurde, desto mehr Zeit durfte ich mit ihm verbringen…

Weißer Bär und ich saßen im Gras und beobachteten die Kleinen. Es war ein heißer Nachmittag.

Lächeln des Mondes war zwei Jahre alt und spielte mit den anderen Kindern. Sie hatten eine Nuss etwa auf drei Meter Entfernung auf den Boden gelegt und jeder rollte eine Nuss über den Boden und versuchte die andere Nuss zu treffen, beziehungsweise gewann der, dessen Nuss am nächsten lag.

Komisch, dachte ich, jetzt sitze ich genau wie Weißer Bär damals hier und beobachte die Kinder beim Spielen. Dabei war mir selbst das damals nicht geheuer gewesen… Doch schienen sich die Kleinen nicht an uns zu stören.

„Feder", sagte Weißer Bär leise, „irgendwann wirst auch du einen Nachfolger brauchen…"

Ich schluckte. „Aber woher soll ich wissen, dass *er* der Richtige ist?"

„Alles zu seiner Zeit."

Ich grinste, das war wohl sein Lieblingsspruch, wenn er keine konkrete Antwort parat hatte. Plötzlich kam mir ein Gedanke.

„Hattest du mich damals auch schon vorher ausgesucht? Warst du deshalb immer hier gesessen und hast uns beobachtet? Ich meine, bevor ich einfach in deine Hütte…"

„Es ist meine Sache, es zu wissen und deine, es herauszufinden", grinste er.

Da kamen die Jäger ins Lager gelaufen, es war einfach zu heiß, selbst die Tiere hatten sich irgendwo verkrochen und so war die Beute heute etwas mager ausgefallen. Großer Baum und Mutiger Falke setzten sich zu uns und ich holte schnell einen Krug Wasser. Sie tranken gierig.

„Danke, Feder! Ich war schon ganz ausgetrocknet!", stöhnte Mutiger Falke, während Großer Baum ihm den Krug gleich nochmal entriss.

„Ja, Feder, du weißt, was ein Mann braucht! Wärst du eine Frau, würde ich dich sofort heiraten!"

„Ha ha", schmollte ich, „sehr witzig!"

„Hör mal, Feder", Mutiger Falke sprach plötzlich sehr ernst und mit gedämpfter Stimme, so dass ich alarmiert aufschaute, „falls mir irgendwann etwas passieren sollte, versprich mir, dich um meine Frau und meinen Sohn zu kümmern. Das wäre mein Wunsch. Würdest du das tun?"

„Aber ja", antwortete ich ohne zu zögern aus tiefstem Herzen.

„Aber dir wird nichts geschehen!"

Ich gab dieses Versprechen ohne jegliches schlechtes Gewissen. Mutiger Falke war mein Freund und ich würde seinem Wunsch auch entsprechen, würde es sich nicht um Leuchtender Stern und meinen Sohn handeln.

Da kam Lächeln des Mondes angelaufen.

„Papa, Feder", rief er ganz aufgeregt, dabei sagte er das Papa, Feder in seiner Aufregung so übergangslos schnell, dass es klang wie Papa Feder und ich lächelte, „ich habe gewonnen!" Er strahlte über sein kleines, vor Freude gerötetes Gesicht. Mutiger Falke umarmte ihn.

„Das freut mich, mein Sohn! Ganz der Papa! Aus dir wird mal der beste Jäger werden!"

Er war so stolz! Und ich auch.

„Ja", bestätigte ich, „das hast du toll gemacht!"

Lächeln des Mondes beschloss nun auch, dass er abends am Feuer bei den Männern sitzen wollte und so kam es, dass Leuchtender Stern, der Kleine, Mutiger Falke, Großer Baum, Weißer Bär und ich Abend für Abend beisammen saßen wie eine große Familie. Einsamkeitsgefühle oder die Trauer, nicht sein „Vater" sein zu dürfen hatten nur noch sehr wenig und sehr selten Platz…

Dass Weißer Bär wie stets recht behalten sollte, kristallisierte sich etwa drei Jahre später heraus.

Weißer Bär und ich waren bei der Arbeit, als Lächeln des Mondes in unsere Hütte kam.

„Na, kleiner Mann", begrüßte ich ihn, „keine Lust mehr zum Spielen?"

„Ich würde euch gerne bei der Arbeit zusehen!"

Ich warf Weißer Bär einen unschlüssigen Blick zu, mit einem fast unmerklichen Nicken gab er zu verstehen, dass er nichts dagegen hätte.

Ich wandte mich erstaunt an Lächeln des Mondes.

„Magst du bei dem schönen Wetter nicht lieber draußen mit den anderen Kindern zusammen sein?"

Wie einst seine Mutter war er bei den anderen sehr beliebt, wurde ständig zum Spielen gerufen.

„Bitte", bat er und legte den Kopf schief, „ ich störe auch nicht. Ich spreche nicht und setze mich hier hin, so dass ich nicht im Weg bin."

Ich fühlte, wie mein Herz anschwoll vor Freude.

„Dann setz dich mal."

Eine ganze Weile saß er tatsächlich ganz still und beobachtete, wie wir schweigend arbeiteten. Doch irgendwann hatte er wohl genug von der Stille.

„Was ist das?"

„Was tust du damit?"

„Wofür ist das gut?"

Er verbrachte den ganzen Mittag bei uns und fragte uns Löcher in den Bauch, bis es Zeit war, ans Feuer zu gehen.

Begeistert erzählte er Mutiger Falke, Leuchtender Stern und Großer Baum, was wir alles gemacht hatten. Es war die reinste Freude ihm zuzuhören, dabei in sein konzentriertes Gesicht zu sehen. Wie er sich anstrengte, auch nur ja nichts zu vergessen und seine Worte mit Gesten unterstrich, damit auch jeder verstehen sollte, was er meinte.

Nur Leuchtender Stern warf mir einen kurzen unsicheren Blick zu, den nur ich registrierte.

Lächeln des Mondes ließ es zur Gewohnheit werden, die Tage anstatt mit den spielenden Kindern mit uns zu verbringen und wollte mit Feuereifer so schnell es nur geht, alles erfahren, was wir wussten.

Schon bald war es normal für Weißer Bär und mich, dass der Kleine nach dem Frühstück in unsere Hütte kam, so dass wir uns gewundert hätten, wäre er plötzlich auf einmal nicht gekommen.

Eines Morgens betrat er unsere Hütte mit betrübtem Gesicht.

„Was machst du denn für ein Gesicht?", fragte ich sogleich und Weißer Bär sah auf, um ebenfalls zu sehen was los sei.

„Vater findet es wäre an der Zeit, dass ich mit ihm mitkomme zur Jagd", begann er traurig ohne Umschweife.

„Naja", ich ging in die Hocke um ihm besser in seine schwarzen Augen sehen zu können und legte meine Hand auf seine Schulter, „das ist doch schön! Dann kannst du immer den ganzen Tag mit deinem Vater zusammen sein und wirst sicher der beste Jäger des Stammes!"

„Ich will aber nicht!", entgegnete er trotzig. Dann holte er tief Luft und wiederholte etwas ruhiger: „Feder, ich möchte das aber nicht. Weißer Bär!" sein Blick suchte auch ihn.

„Ich möchte gern bei euch bleiben und das Heilen lernen und nicht Jäger werden. Bitte erlaubt es mir! Feder, bitte sprich mit Vater, bitte!"

Seine helle Stimme war immer eindringlicher geworden.

Langsam stand ich mit gerunzelter Stirn wieder auf.

„Aber dein Vater freut sich doch so darauf", versuchte ich halbherzig zu widersprechen.

„Bitte Feder!" Er hängte sich an mein Bein.

„Ich mache dir einen Vorschlag: du gehst für eine Weile mit Mutiger Falke zur Jagd und siehst dir das Ganze an. Vielleicht gefällt es dir ja doch. Vielleicht sogar besser als hier."

Zweifelnd schaute er zu mir auf, überlegte und meinte dann zweifelnd: „Na gut."

Dann setzte er sein entschlossenes Gesicht auf: „Aber wenn nicht, dann redest du mit ihm! Versprochen?"

Er hielt mir sein kleines Händchen hin. Ich seufzte.

„Versprochen!" Ich schlug ein.

Kapitel 20

Lächeln des Mondes ging also brav Mit Mutiger Falke morgens mit auf die Jagd. Er gab sich auch Mühe offen daran zu gehen, das muss ich ihm lassen.

Abends am Feuer erzählte er nach wie vor von seinen Erlebnissen, jedoch bei weitem nicht mit der Begeisterung, mit der er das von unserer Arbeit getan hatte. Nach einer Woche wurden seine Berichte immer sachlicher und wortkarger und nach zwei Wochen erzählte er gar nichts mehr.

Schweigend saß er bei uns und blickte traurig ins Feuer.

Dennoch war ich unschlüssig, ob ich etwas unternehmen sollte, denn Mutiger Falke war so stolz auf seinen Sohn und vielleicht würde er die Freude an der Jagd noch für sich entdecken?!

Doch nach einundzwanzig Tagen kam Lächeln des Mondes mit hängendem Kopf und hängenden Schultern zu uns in die Hütte.

„Hallo mein Junge, wie geht es dir?"

Ich legte meinen Finger unter sein Kinn, zog sein Gesicht etwas hoch, ging in die Hocke und schaute in seine traurigen, großen Augen.

Er tat mir so leid!

Ich nahm ihn in die Arme, stand auf und hielt ihn fest. Er drückte seinen Kopf an meinen Hals und umschlang mich mit seinen schmalen Ärmchen.

„Ich hab mein Versprechen gehalten", flüsterte er in mein Ohr.

„Redest du jetzt mit ihm? Bitte, Feder, bitte lass mich bei euch arbeiten."

Ich fühlte, wie eine einzelne, warme Träne auf meine Schulter tropfte.

„Ja mein Junge, auch ich halte mein Versprechen."

Ich wiegte ihn noch eine ganze Weile in meinen Armen, einfach nur, weil ich das Gefühl so genoss, seine Wärme, seine Nähe.

Dann setzte ich ihn ab.

„Bleib hier bei Weißer Bär bis ich wiederkomme." Ich strich zärtlich über sein Haar und er belohnte mich mit seinem hoffnungsvollen Lächeln.

Der Gang zu Mutiger Falke fiel mir trotzdem schwer. Begeistert würde er von meinem Anliegen sicherlich nicht sein.

Mit gemischten Gefühlen betrat ich die Hütte und wurde freundlich von ihm und Leuchtender Stern begrüßt. Sie bot mir sogleich ein Maisbier an, das ich dankbar annahm.

Während ich mein Bier trank und Mutiger Falke von seiner Jagd erzählte, wurde ich etwas ruhiger.

Als er seine Erzählung beendet und ich mein Glas geleert hatte, begann ich: „Mein Freund, es hat einen Grund, dass ich gekommen bin."

Ich holte tief Luft. Wie kann man es schön umschreiben, schonend formulieren? Ich überlegte.

„Lächeln des Mondes möchte kein Jäger werden, sondern würde gern mit Weißer Bär und mir arbeiten."

Mist, es war mir nichts Besseres eingefallen. Aber was soll´s, nun war es heraus.

Schweigen folgte. Mutiger Falkes Gesicht war unergründlich, Leuchtender Sterns zuerst erschrocken, dann unsicher.

Sie räusperte sich. „Wenn es seine Berufung ist?!", fragte sie unsicher ihren Mann.

Lange blickten sie sich in die Augen, dann nickte er langsam.

Er holte sich selbst ein Bier und schenkte auch mir nochmal nach.

Wir saßen schweigend bis die Becher geleert waren, dann schaute er mich entschlossen an.

„In Ordnung. Wenn er das möchte und ihm die Arbeit liegt, dann soll es so sein. Aber wenn er es sich irgendwann anders überlegt, kommt er wieder mit mir!"

„Selbstverständlich!"

„Und er bleibt bei uns wohnen!"

„Natürlich!"

„Und wenn du merkst, dass es nicht die richtige Arbeit für ihn ist, dann schickst du ihn fort!"

„Mach ich!"

Ich konnte plötzlich nicht anders, ich lächelte ihn an.

„Mutiger Falke, ich nehm´ ihn dir nicht weg, er ist nur von unserer Arbeit total begeistert und vielleicht hat Leuchtender Stern recht, vielleicht ist es seine Berufung."

Er entspannte sich.

„Komm, holen wir ihn ab und gehen zusammen ans Feuer."

Wir wurden bereits erwartet. Weißer Bär und Lächeln des Mondes sahen uns gespannt entgegen.

Mutiger Falke nahm den Jungen in den Arm und gab ihm alle Anweisungen, die er soeben mir erteilt hatte. Lächeln des Mondes strahlte und nickte.

„Bist du mir auch nicht böse? Wenn doch, dann…"

„Nein, mein Sohn, jeder muss für sich selbst entscheiden, welcher Weg der richtige für ihn ist."

Wir gingen zum Feuer und als Leuchtender Stern uns kommen sah, ihren Mann und ihren Sohn Hand in Hand, atmete sie erleichtert auf.

So kam es also, dass ich mehr Zeit mit Lächeln des Mondes verbringen durfte als jeder andere und was mir dies bedeutete, konnten wohl einzig und allein Weißer Bär und Leuchtender Stern erahnen…

Lächeln des Mondes hing an mir wie eine Fliege am Honig. Den ganzen Tag über stand er dicht bei mir, um auch ja alles zu sehen. Wir unterhielten uns und lachten viel miteinander. Sein Wissensdurst war unstillbar und das Lernen konnte ihm nicht schnell genug gehen. Er begleitete mich überall hin und abends am Feuer saß er zwischen Mutiger Falke und mir und berichtete mit alter Begeisterung ohne jedoch zu vergessen, stets Mutiger Falke nach seinen Erlebnissen zu fragen.

Er äußerte nie den Wunsch auf einen „freien" Tag, um draußen mit den anderen Kindern zu spielen, dabei wäre das völlig in Ordnung gewesen, klein wie er noch war. Selbst anfangs, als immer wieder mal eines der Kinder nach ihm sah und nach ihm fragte, ließ er sich nie von der Arbeit ablenken. Anders als ich damals war er bei den Kindern ja sehr beliebt, so wie seine Mutter einst.

Und darüber war ich auch sehr glücklich, wusste ich doch noch zu gut, wie alleine ich mich oft gefühlt hatte…

Man konnte Mutiger Falke manchmal einen Anflug von Traurigkeit ansehen, doch stets nur für einen Augenblick und schon riss er sich wieder zusammen und freute sich am Glück seines Sohnes.

Leuchtender Stern dagegen hatte offensichtlich keine Probleme mit der Situation. Oft betrachtete sie uns der Reihe nach und lächelte. Scheinbar hielt sie die Aufteilung für gerecht. Für sie machte es aber auch keinen Unterschied, ob ihr Sohn nun tagsüber bei mir oder bei Mutiger Falke war, tagsüber abgeben hätte sie ihn sowieso müssen.

Es dauerte auch nicht lange bis Lächeln des Mondes darauf bestand, uns auch morgens zum Fischen zu begleiten und so bestand unsere „Männerrunde" nunmehr aus Vieren.

Es war die schönste Zeit meines Lebens, da ich Seite an Seite mit Lächeln des Mondes verbringen durfte. Die einzige Zeit, die ich ihn entbehrte, war die Schlafenszeit. Und ich genoss jeden Augenblick des Zusammenseins in tiefer Dankbarkeit.

Empfinden alle Väter so, oder ist das Empfinden der Dankbarkeit um ein Kind stärker, wenn man es entbehren muss?

Manchmal wurden wir übermütig und neckten uns, so dass unser Gelächter bis nach draußen drang und einige der anderen Kinder neugierig die Köpfe hereinstreckten um zu sehen, was bei uns los sei.

Weißer Bär stand dann oft kopfschüttelnd daneben und lächelte, manchmal schalt er uns, es würde uns am notwendigen Ernst bei der Arbeit mangeln. Doch die Fortschritte, die Lächeln des Mondes in Windeseile machte, sprachen für sich und so ärgerte sich Weißer Bär niemals wirklich über uns.

Ab und an fragte er den Jungen ab, was er bisher gelernt hatte und wenn dann die Antworten mit Feuereifer wie aus der Pistole geschossen kamen, konnte ich ihm ansehen, dass auch er vor Stolz fast platzte.

Lobend wuschelte er dann durch die Haare „unseres" Kleinen, wie er ihn liebevoll nannte.

Irgendwie bewirkte Lächeln des Mondes, dass Weißer Bär und ich uns noch näherstanden als zuvor. Vielleicht war es auch wegen des gemeinsamen Wissens.

Manchmal hatte ich Angst, dass irgendetwas passieren würde, das unser Glück trüben könnte.

Aber das ist wohl so, dass man ab und an Verlustängste empfindet, wenn einen das Leben mit gar solch einer Fülle an Reichtum beschenkt.

Kapitel 21

Es wurde wieder kälter und meine Gelenke schmerzten mehr denn je, meine Knie-, Hand- und Sprunggelenke waren geschwollen und gerötet. Die steifen Finger wollten die Arbeit nicht ganz so verrichten, wie ich das wollte und vormittags humpelte ich mühsam durch die Gegend.

Weißer Bär machte ein Feuer in der Hütte, häufte mehrere Felle übereinander.

„Hier, leg dich hin! Das kann man ja nicht mit ansehen."

Ich legte mich hin und lächelte gezwungen. Meine Knie fühlten sich an, als wäre ich gestürzt. Geschwollen, sie pochten und brannten. Er wickelte mich in vier Decken und die wohlige Wärme entspannte meine vom Schmerz verkrampften Muskeln.

„Komm, Lächeln des Mondes, wir machen jetzt eine gute Salbe für Feder. Schau zu, wir nehmen Aloe Vera, Kürbis und Melone…"

Ich schloss die Augen, ich hatte die letzte Nacht kaum geschlafen, da die Schmerzen mich wachgehalten hatten und war nun todmüde. Ich fiel in einen leichten Halbschlaf, in dem ich Weißer Bärs und Lächeln des Mondes Stimmen nur wie aus weiter Ferne vernahm und kam erst wieder richtig zu mir als sie damit begannen, mich mit der fertigen Salbe dick einzureiben.

Die kühle Salbe linderte das Pochen und schien bis in meine Knochen einzudringen. Ich atmete auf.

„Vielen, vielen Dank! Oh, tut das gut!"

„Armer Feder", bedauerte mich Lächeln des Mondes, „soll ich dir was bringen? Hast du Durst? Oder Hunger?"

Ich lächelte gerührt.

„Ja, mein Junge, etwas zu trinken wäre gut."

„Bereite ihm einen Tee aus der Rinde der Silberweide", schlug Weißer Bär vor.

„Der wirkt entzündungshemmend und schmerzstillend. Und das Fieber senkt er auch."

„Fieber?", fragte ich erstaunt.

„Ja", antwortete er kurz.

„Ich weiß, wo ich die finde", ereiferte sich der Kleine und schon war er verschwunden.

Weißer Bär lachte leise. „Hätte nicht gedacht, dass ich mal zwei so fleißige Schüler haben würde. Das hast du gut gemacht."

Ich errötete, teils vor Scham, teils vor Stolz. Seine Hand ruhte mittlerweile auf meiner Schulter.

„Mach dir keine Sorgen, Feder. Das wird wieder besser, versprochen!"

Dankbar drückte ich leicht seine Hand, denn tatsächlich machte mir das schon manchmal Angst. Ich wusste nicht, was das war oder woher es kam. Manchmal spürte ich gar nichts, dann mal ein bisschen, so, dass ich es einigermaßen ignorieren konnte und manchmal waren die Schmerzen doch recht stark, so dass ich morgens am liebsten erst gar nicht aufstehen wollte, zumal es sehr schwer fiel, weil die Gelenke dann recht steif waren und es oft Stunden dauerte, bis ich „warmgelaufen" war.

Plötzlich begann es zu regnen, nicht etwa ein leichter, einsetzender Regen, nein, von jetzt auf gleich regnete es, als wolle der Himmel alles angestaute Wasser auf einen Schlag loswerden.

„Oh je", sinnierte ich, „da wird unser Kleiner aber nass bis auf die Knochen!"

„Wenn er sich erkältet, kann er sich ja zu dir legen", grinste Weißer Bär.

Doch gleich darauf setzte ein Sturm ein und wir blickten uns erschrocken an.

„Weißt du, wo er hingelaufen ist?"

Ich schüttelte den Kopf.

„Bleib liegen."

Er stand auf und verließ die Hütte, um ihn zu suchen.

Etwa eine halbe Stunde später kamen die Jäger zurück.

Mutiger Falke kam herein.

„Hallo Feder! O weh, dir geht´s wohl gar nicht gut?!"

Er setzte sich zu mir.

„Wo sind denn mein Sohn und Weißer Bär?"

„Lächeln des Mondes ging, um Rinde der Silberweide für mich zu holen. Gleich darauf brach der Sturm los und Weißer Bär ist los, um ihn zu suchen", berichtete ich besorgt.

Mutiger Falkes Gesicht wurde ernst.

„Wir haben die Jagd abgebrochen, weil der Sturm so heftig ist, dass uns im Wald die Äste nur so um die Ohren flogen." Er stand auf.

„Ich geh ihn auch suchen!" Und schon war er weg.

Ich konnte unmöglich liegenbleiben. Wenn der Sturm so schlimm war wie Mutiger Falke sagte, war mein Sohn wirklich in Gefahr.

So schnell ich konnte erhob ich mich. Ich stöhnte. Humpelnd verließ ich die Hütte und lief in den Wald. Ich hörte Mutiger Falkes rufende Stimme, die sich nach einer Weile immer weiter entfernte, bis ich sie nicht mehr hören konnte.

Er hatte recht gehabt: Der Sturm tobte. Ich sah umgestürzte Bäume, Äste flogen umher, als wiegten sie nichts. Überall krachte es und der Wind pfiff wie eine Vogelmutter, die ihr Nest beschützte. Immer wieder musste ich herunterfallenden und umherfliegenden Ästen ausweichen oder über sie drüber klettern. Ich ignorierte den reißenden Schmerz und kämpfte mich Schritt für Schritt voran. Immer wieder rief ich nach Lächeln des Mondes und Weißer Bär, horchte dann und versuchte, irgendetwas anderes als den tosenden Sturm zu hören.

Es war wirklich kalt, doch ich spürte es nicht, stattdessen fühlte ich Schweiß über mein Gesicht und meinen Rücken rinnen.

Ich lief und lief und plötzlich… blieb ich stehen. Vor mir saß plötzlich der Adler, als wolle er mir Einhalt gebieten.

Ich starrte ihn an und kam langsam zur Besinnung. Ich horchte in mich hinein, drehte mich um und lief zurück.

Der Weg erschien mir endlos und das Gehen fiel mir immer schwerer. Ich hatte das Gefühl, irgendetwas in meinem Körper wolle mich von innen heraus kaputt machen, mich zur Bewegungslosigkeit verdammen.

Doch irgendwann hatte ich es geschafft! Ich erreichte das Lager und betrat unsere Hütte. Tatsächlich! Sie waren da! Erleichtert sank ich in die Knie. Lächeln des Mondes kam angerannt und fiel mir in die Arme. Ich drückte ihn an mich so fest ich nur konnte und Tränen der Erleichterung rannen mir über die Wangen und vermischten sich mit dem Schweiß, in den ich mittlerweile gebadet war. O mein Gott, wenn ihm was passiert wäre!

„Donnerwetter!", schalt Weißer Bär, „ich hab doch gesagt, dass du liegenbleiben sollst! Hast du geglaubt, ich würde ihn allein nicht finden?! Danke für dein Vertrauen!"

Ärgerlich half er mir auf und legte mich wieder auf die Liegestatt, die er mir so fürsorglich gerichtet hatte.

Lächeln des Mondes setzte sich zu mir.

„Feder, ihr hättet euch doch keine Sorgen um mich machen brauchen, ich bin doch schon sooo groß!", er streckte seinen Arm so hoch er konnte.

„Und schau! Ich hab den Baum gefunden und dein Tee ist gleich fertig!" Tatsächlich war er um mindestens zwei Zentimeter gewachsen vor Stolz- und ich auch- und so sagte ich: „Ich bin so stolz auf dich, mein Junge!"

Weißer Bär kam und reichte mir den Tee, doch meine Finger wollten den Becher nicht greifen und so setzte er ihn an meine Lippen, so dass ich trinken konnte. Er sah sehr besorgt drein und mir wurde klar, dass er nicht ärgerlich auf mich gewesen war, sondern sich große Sorgen um mich gemacht hatte.

„Es tut mir leid!", flüsterte ich deshalb mit schlechtem Gewissen.

„Schon gut!"

Indessen entzündete Lächeln des Mondes ein neues Feuer und gleich darauf füllte sich die Hütte mit wohliger Wärme.

Weißer Bär räucherte Nepata (wir sagen heute Katzenminze), um die Gemüter allgemein wieder zu beruhigen. Alles war wieder gut und ich fühlte, wie meine Lider schwer wurden.

Als ich plötzlich wieder hellwach hochschreckte und fragte: „Ist Mutiger Falke wieder da?"

Kapitel 22

„Die Jäger sind vorhin nach Hause gekommen", wollte mich Weißer Bär beruhigen.

„Nein, nein!", rief ich aufgeregt, „er war hier und ist dann los, um Lächeln des Mondes zu suchen!"

„Ich sehe nach." Weißer Bär verließ die Hütte und kurz darauf kam Leuchtender Stern herein.

„Weißer Bär schickt mich, ich soll bei euch bleiben, damit keiner von euch wieder auf dumme Gedanken kommt. Ich soll aufpassen, dass ihr hierbleibt und wir beide", sie zwinkerte dem Jungen zu, „kümmern uns um dich, Feder. Weißer Bär trommelt gerade die Jäger zusammen, damit sie auf die Suche gehen."

Sie versuchte, sich vor dem Kind ihre Angst nicht anmerken zu lassen. Einzig ihre zitternden Hände verrieten ihre Gefühle.

Irgendwann kam Weißer Bär zurück. Leuchtender Stern blieb mit Lächeln des Mondes bei uns und wir konnten nichts anderes tun, als zu warten und den Jungen durch belanglose Gespräche abzulenken.

Stunde um Stunde verging, der Sturm hatte aufgehört und nur die herumliegenden Äste und umgestürzten Bäume zeugten noch von der vorangegangenen Naturgewalt. Die

Sterne leuchteten klar am Nachthimmel und sie waren noch nicht zurück.

Mutiger Falke:

Ich war also losgezogen, um meinen Jungen zu suchen. Wie hatten sie ihn allein in den Wald gehen lassen können- bei dem Wetter!

Eine Mischung aus Angst und Wut beherrschte mein Denken und so bahnte ich mir meinen Weg, ohne auf den Sturm oder die herunterfallenden Äste zu achten und rief immer wieder seinen Namen.

Trotz des starken Windes, der sich mir entgegenstemmte und des Wassers, das mir ins Gesicht peitschte und mir die Sicht nehmen wollte, kam ich recht schnell voran. Irgendwann bemerkte ich, dass ich eigentlich schon zu weit gegangen war. So weit hatte Lächeln des Mondes sich sicher nicht vom Lager entfernt!

Also drehte ich mich um und lief in die andere Richtung. An einer kleinen Schlucht blieb ich stehen, legte meine Hände um meinen Mund und rief mehrfach laut seinen Namen. Ich hielt inne und horchte, als plötzlich ein Baum hinter mir stürzte. Der Sturm entriss dem Boden die riesigen Wurzeln, als würde ein Kind ein Blümchen pflücken. Ein großer Ast streifte mich mit einer Wucht, die mich das Gleichgewicht verlieren ließ und ich stürzte hinunter in die Schlucht. Es waren nur ein paar Meter und alles ging furchtbar schnell. Dennoch fühlte ich den Schmerz in meinen Rippen, als der Ast mich streifte. Ich zählte mit: viermal schlug ich bei dem Absturz auf, bis ich endlich unten angekommen war und schrie jedes Mal auf vor Schmerz. Ich konnte ihn fast nicht mehr orten: oben, unten, vorne, hinten...

Endlich lag ich reglos am Boden auf dem Rücken. Dem Heiligen Vater sei Dank, dachte ich, es ist vorbei. Jetzt einfach liegen bleiben und warten, bis der Schmerz nachlässt und dann nach Hause gehen. Bestimmt ist der Kleine längst da... Und ich starrte nach oben und sah, wie auch der entwurzelte Baum in die Schlucht rutschte und herabstürzte, genau auf mich zu. Mit weit aufgerissenen Augen ließ ich ihn auf mich zukommen, ich konnte mich nicht rühren. Ich dachte an Leuchtender Stern und Lächeln des Mondes und endlich war er unten angekommen. Er stürzte direkt neben mir zu Boden, riesig, seine Zweige zerschnitten meine Haut, ich schmeckte Blut und ein riesiger Ast fiel auf mein Bein. Ich hatte das Gefühl, als wäre mein Bein zu Brei zerschlagen. Ich schrie und schrie. Und endlich empfing ich voller Dankbarkeit und mit offenen Armen die Ohnmacht, die allen Schmerz und alle Angst ausschaltete.

Die Morgendämmerung brach herein und die ersten beiden Jäger kamen zurück. Erwartungsvoll blickten wir ihnen entgegen, doch sie schüttelten nur traurig die Köpfe. Sie waren müde und hungrig.

Etwa eine Stunde später trafen die nächsten drei ein, auch sie unverrichteter Dinge.

Erst zwei Stunden nach dem zweiten Trupp kamen die letzten Tapferen nach Hause. Zu diesen völlig Erschöpften gehörte auch Großer Baum. Er wollte nicht einmal etwas essen, er legte sich einfach nur wortlos hin und schloss die Augen.

Unterdessen zog der erste Trupp schon wieder los, um die Suche fortzusetzen und es dauerte nicht lange, als auch der zweite losbrach. Großer Baum stand auf.

„Warte, du bist doch gerade erst gekommen, geh mit den nächsten", bat ich ihn. „Schlaf noch ein bisschen und iss was."

Doch er schüttelte nur traurig den Kopf und ging davon.

Es ging mir wieder etwas besser und so lief auch ich in den Wald. Ich streifte alleine durch das Gebüsch und wartete. Wartete auf ein Zeichen, eine Eingebung, oder den Adler vielleicht.

Aber nichts geschah, nichts! Völlig ziellos und ohne die geringste Ahnung, wo ich suchen sollte, kämpfte ich mich durch das Dickicht.

Warum? Warum hatte ich nicht das geringste Gefühl, das mich in die richtige Richtung leitete? Als Großer Baum damals verletzt war, führte mich der Adler zu ihm und zeigte mir, was ich zu tun hatte. Und als Mutiger Falke vom Speer getroffen war, hatte mir ein Traum den Weg gewiesen. Aber diesmal: nichts!

Ich begann, mir Vorwürfe zu machen. War ich in meinen Gefühlen zu ihm nicht ehrlich genug und deshalb nicht offen genug, ihn betreffend etwas zu empfangen? Weil er Leuchtender Sterns Mann und Lächeln des Mondes Vater war?

Nein! Ich schüttelte den Kopf und versuchte, die Selbstzweifel beiseite zu schieben. Das war einfach nicht wahr! Er war mein Freund und ich liebte ihn aufrichtig.

Am späten Abend kehrte ich mit schmerzenden Knien, hungrig und müde zurück in der Hoffnung, dass man Mutiger Falke mittlerweile gefunden hatte.

Kurz vor mir war der erste Trupp ebenfalls eingetroffen. Traurig schüttelten sie die Köpfe, als ich das Lager betrat.

Weißer Bär gab mir zu essen und trank ein Bier mit mir. Unterdessen kehrte auch der nächste Trupp unverrichteter Dinge zurück. Die Stimmung im Lager wurde immer nervöser.

Die Chancen für Mutiger Falke fielen rapide. Ich stand auf, um wieder loszuziehen. Ich wollte die Nacht durch nach ihm suchen.

„Warte!" Dunkler Rauch lief mir nach. „Ich komme mit!"

Ich nickte ihm zu und Seite an Seite liefen wir los.

Wir suchten und riefen die ganze Nacht. Keine Antwort, kein Zeichen. Unmutig gingen wir zurück, als die Sonne aufging. Wir waren beide zu deprimiert, als dass wir uns hätten gegenseitig Trost zusprechen können. Schweigend betraten wir das Lager und setzten uns auf den freien Platz zu Großer Baum. Niemand sprach, keiner wollte etwas essen. Wir saßen traurig mit gesenkten Häuptern.

Wir sahen auf, als der letzte Trupp zurückkam.

Sie hatten ihn! Sie hatten ihn gefunden!

Wir rannten ihnen entgegen. Sie hatten eine Bahre gebaut, auf der sie ihn hertrugen.

Als wir bei ihnen ankamen, stockte uns der Atem. Der Schock durchfuhr uns wie der Blitz eines Sommergewitters.

Mutiger Falke sah schrecklich aus! Der ganze Körper war von Schrammen übersät und blutverkrustet. Der linke Oberschenkel war aufgeschlitzt bis auf den Knochen und stand in anormalem Winkel weg. Der Blutverlust musste immens sein. Er gab nicht das geringste Lebenszeichen von sich.

Dunkler Rauchs Beine gaben nach und er sackte zusammen, ich fing ihn gerade noch auf und da kamen auch schon Leuchtender Stern und Lächeln des Mondes angerannt.

Ich gab ihr durch ein Zeichen zu verstehen, dass sie den Jungen fernhalten solle und erschrocken hielt sie ihn fest.

Wir brachten Mutiger Falke in die Hütte und Weißer Bär versuchte seinen Puls zu fühlen.

„Das sieht gar nicht gut aus, ich habe wenig Hoffnung."

Mit zitternden Händen reinigte ich die Wunde. Lächeln des Mondes kam hereingestürzt, gefolgt von Leuchtender Stern. Er hatte sich losgerissen und war nicht mehr aufzuhalten gewesen.

„Vater! Vater!" Erschrocken blieb er stehen und starrte mit weitaufgerissenen Augen auf Mutiger Falkes zerschundenen

Körper. Nach einer Weile fragte er zaghaft: „Ihr kriegt ihn doch wieder gesund, nicht wahr?"

Wir sahen uns an. Was sollten wir sagen? Ihn trösten? Ihn anlügen?

Seine Stimme wurde weinerlich.

„Ich weiß, dass ihr ihn wieder gesund machen könnt!" Nun bahnten sich die Tränen seinen Weg.

Das konnte ich mir nicht länger ansehen. Ich nahm ihn in die Arme und flüsterte: „Wir machen was wir können, mit Gottes Hilfe bekommen wir ihn wieder hin."

Es war mir völlig bewusst, dass dies fast ein Ding der Unmöglichkeit war und Lächeln des Mondes mir vielleicht nie mehr vertrauen würde, vielleicht sogar seine Arbeit bei uns hinwerfen und Jäger werden würde, wenn Mutiger Falke nun starb. Aber ich hätte alles gesagt in diesem Moment, um diese Traurigkeit zu lindern.

„Nun mach Mais-Tee und bring Weißer Bär Echinacea für die Salbe."

Er rannte los. Ablenkung ist stets die beste Therapie.

Ich warf einen Blick auf Leuchtender Stern. Zusammengekauert saß sie in der Ecke, den Zeigefinger im Mund, in dessen Fleisch sich ihre Zähne bohrten und so erfüllten lautlose Schmerzensschreie die Hütte. Ihre Augen waren weit aufgerissen, ihr Gesicht tränenüberströmt.

Ich holte Kamillentee und hielt ihr den Becher an die Lippen. Völlig geistesabwesend und ohne mich anzusehen schluckte sie einfach.

Ich trat wieder an die Bahre. Weißer Bär verarztete Mutiger Falke hochkonzentriert, ohne zu wissen, ob er überhaupt noch lebte.

Kein Puls war fühlbar, nicht das geringste Lebenszeichen.

Kapitel 23

Ich streckte meine Arme zum Himmel, schloss die Augen und betete: „Heiliger Vater, ich bitte dich um Hilfe! Ich bitte dich um deine Liebe! Bitte hilf mir, hilf meinem Freund!"

Es wurde hell, Licht begann mich zu durchströmen und ich fühlte eine wohlige Wärme. Weiterhin die Augen geschlossen, legte ich meine Hände auf seinen Brustkorb, konzentrierte mich darauf, die Liebe des Heiligen Vaters aufzunehmen und sie über meine Hände Mutiger Falke zuströmen zu lassen. Voller Vertrauen auf die Hilfe des Vaters ließ ich die Energie fließen, ich fühlte, wie meine Hände immer heißer wurden. Und tatsächlich, gleich darauf hob sich sein Brustkorb und senkte sich wieder. Er atmete wieder fühlbar! Ich atmete auf, machte aber weiter. Weißer Bär nickte mir zu.

Da erst bemerkte ich, dass Lächeln des Mondes wieder da war. Er stand neben mir mit großen Augen und staunendem Gesicht. Er tastete nach der Hand seines Vaters und hielt sie fest.

Leuchtender Stern erhob sich langsam, als sie Mutiger Falke atmen hörte, trat ebenfalls an die Bahre und ergriff seine andere Hand.

Ich lächelte ihnen ermutigend zu: „Mit so viel Liebe muss er es einfach schaffen…"

Mutiger Falkes Kreislauf schien einigermaßen stabil zu sein. Weißer Bär hatte die ganze Zeit über seine zahlreichen Wunden versorgt. Nun räusperte er sich.

„Leuchtender Stern, ich möchte dich bitten, nun mit Lächeln des Mondes zusammen die Hütte zu verlassen."

„Nein, das werde ich nicht, ich bleibe hier!"

„Ich auch!", schaltete sich Lächeln des Mondes sogleich ein.

Weißer Bär wechselte einen eindringlichen Blick mit mir. Alarmiert sank ich auf die Knie und legte meine Hände auf die Schultern des Jungen.

„Hör mal, wenn Weißer Bär dich darum bittet, hat er seinen Grund dafür. Dann muss es sein. Deshalb möchte ich dich bitten, dass du nun deine Mutter an die Hand nimmst und mit ihr hinausgehst. Du musst nun sehr tapfer sein. Gib gut auf sie acht und pass auf, dass niemand hereinkommt, bis Weißer Bär dies gestattet."

Er dachte noch kurz nach, dann nickte er zaghaft, nahm seine Mutter bei der Hand und zog sie mit hinaus.

„Sein Blut ist vergiftet, wir können das Bein nicht retten!" Weißer Bär blickte mir direkt in die Augen. Ich spürte, wie mir das Blut in den Adern gefror. Meine Knie gaben nach. Reiß dich zusammen Feder, reiß dich zusammen! Das Wichtigste ist, dass er überlebt!

„Was muss ich tun?"

„Schür das Feuer und leg ein großes Stück Holz hinein."

Ich tat es. Mir war schlecht.

Die Chance, dass er das überlebt, ist… nein, nicht nachdenken, sonst drehst du durch. Konzentrier dich! Du musst Weißer Bär helfen, allein schafft er das nicht!

Das Feuer war geschürt, ein großes Stück Holz lag in der Glut.

Weißer Bär hatte währenddessen zwei große Messer nachgeschliffen und mit Eibe desinfiziert. Er hielt mir eines entgegen.

„Wenn wir es zu zweit tun, geht es schneller." Tränen rannen über sein Gesicht. Der Kloß in meinem Hals ließ keine Antwort zu und so ergriff ich wortlos das Messer.

Weinend und mit zitternden Händen setzten wir an, zwanzig Zentimeter über dem linken Knie…

Ich möchte das Geräusch nicht beschreiben, welches das Sägen am Knochen verursachte, auch möchte ich euch die Schilderung nicht zumuten, wie Mutiger Falkes Blut in Strömen floss und sich auf dem Boden verteilte, so dass wir mit den Füßen darin standen. Oder wie er in seiner Ohnmacht stöhnte vor Schmerzen, Stöhnen, das die Welt um uns herum untergehen lassen hätte, wäre unsere Liebe zu ihm nicht so groß gewesen und der Wunsch, sein Leben zu retten. Für ihn, für Lächeln des Mondes, der mit seinem Vater aufwachsen sollte, nicht so wie ich. Für Leuchtender Stern, die ihren Mann liebte. Für uns, seine Freunde.

Irgendwann, Minuten? Stunden? Hatten wir es endlich geschafft. Leblos fiel das Bein zu Boden. Da lag es einfach, dabei gehörte es doch zu ihm, zu seinem Körper. Oh mein Gott, was hatten wir getan?

Ich ließ das Messer fallen, es fiel mir einfach aus den Händen. Das Messer, das ich die ganze Zeit mit festem Griff geführt hatte.

„Schnell! Das Holz!"

Wieder wusste ich nicht, ob Mutiger Falke überhaupt noch lebte.

Wir nahmen das glühende Holz und pressten es für einen kurzen Moment fest auf die riesige, klaffende, blutende Wunde, um die Gefäße zu schließen.

Dann machte Weißer Bär einen Umschlag aus Sonnenhut und Ginseng.

Nun konnten wir nur noch beten.

Zusammen wiederholten wir das Ritual und legten ihm unsere Hände auf.

Tautropfen betrat die Hütte.

„Braucht ihr Hi...?" Vor Schreck blieb ihr der Mund offen stehen.

Sie schluckte, dann riss sie sich zusammen. Sie wollte uns nicht unterbrechen und ohne noch ein Wort zu verlieren, hob sie das Bein auf, wickelte eine Decke darum und ging hinaus. Eine Weile später kam sie wieder und machte sich daran, das Blut aufzuwischen.

Die ganze letzte Nacht hatten wir nach Mutiger Falke gesucht, seit heute Morgen, da er nach H ause gebracht wurde, bemühten wir uns um ihn und jetzt war es bereits wieder später Abend. Doch wir hatten jegliches Zeitgefühl verloren, spürten keinen Hunger, keinen Durst, keine Müdigkeit.

Da kam Leuchtender Stern mit verheulten Augen herein.

„Tautropfen hat es mir gesagt." Mit unendlich traurigen Augen blickte sie auf ihren Mann.

„Wenn er nur noch lebt!" Sie weinte.

„Lächeln des Mondes schläft. Vorhin habt ihr mich weggeschickt. Nun möchte ich, dass ihr geht. Geht euch waschen, geht essen. Feder, du brichst ja gleich zusammen. Ihr braucht dringend Schlaf. Großer Baum kommt auch gleich, wir halten bei ihm Wache und wecken euch sofort, wenn irgendetwas ist."

Weißer Bär hakte mich unter und zog mich mit hinaus.

Sie hatte recht, wir mussten uns gegenseitig stützen. Wir sahen uns an, wir sahen fürchterlich aus, von oben bis unten voller Blut, Mutiger Falkes Blut.

Wir liefen zum Fluss des Bunten Vogels und wuschen uns.

Dann gingen wir zurück, setzten uns schweigend ans Feuer. Irgendwer reichte uns etwas zu essen und zu trinken, doch ich stellte beides beiseite.

Weißer Bär starrte eine Weile in seine Schüssel, dann sprach er zum ersten mal wieder, seit wir begonnen hatten, Mutiger Falkes Bein abzunehmen.

„Hör zu, Feder, wahrscheinlich wird er das nicht überleben. Aber falls er es schafft, dann braucht er uns ununterbrochen. Wie können wir ihm helfen, wenn wir selber nicht bei Kräften sind?! Also lass uns nun essen und trinken."

Also aßen und tranken wir, aber es schmeckte nach nichts.

Wir gingen zurück in die Hütte, wo Leuchtender Stern und Großer Baum bei Mutiger Falke saßen.

Wir versorgten die Wunden nochmals und legten uns dann hin. Doch wir fielen lediglich immer wieder in einen kurzen Halbschlaf, aus dem wir dann hochschreckten.

Großer Baum gab dann nur ein kurzes Zeichen, dass alles unverändert war.

Leuchtender Sterns Kopf lag an seiner Schulter und ihre Augen blickten wie tot, während sie die Hand ihres Mannes hielt.

Immer wenn ich wach wurde, hörte ich sie leise beten, manchmal hörte ich ihr Schluchzen, das mir das Herz zerreißen wollte.

Großer Baum strich ihr dann tröstend über das Haar.

Doch wie kann man einen Menschen trösten, dem das Herz aus dem Leib gerissen wird?

Ich dachte daran, wie Mutiger Falke mir das Versprechen abgenommen hatte, mich um seine Familie zu kümmern, sollte ihm etwas zustoßen.

Hatte er etwas geahnt? Oder war dies eine reine Vorsichtsmaßnahme gewesen?

Gegen Morgen kam Dunkler Rauch und schickte Leuchtender Stern weg.

„Lächeln des Mondes ist aufgewacht und hat nach dir gefragt und auch du musst schlafen, mein Kind. Lass mich nun bei meinem Sohn wachen."

Und er setzte sich an die Bahre, ein alter, gebrochener Mann.

Kapitel 24

Tage und Nächte vergingen, in denen wir abwechselnd Wache hielten. Mutiger Falke stöhnte ab und zu vor Schmerzen oder blinzelte kurz mit den Augen, ohne jedoch wirklich zu sich zu kommen. Ohne, dass wir wussten, ob er überleben würde. Wir träufelten ihm verschiedene Tränke in den Mund. Er hatte stark abgenommen, seine Hüftknochen stachen hervor, sein Gesicht war eingefallen und sehr blass, seine Arme und Beine, ich meine sein Bein, wirkten sehr dünn.

Sein Leben hing an einem seidenen Faden.

Auch Leuchtender Stern sah sehr schlecht aus, man sah ihr die Strapazen, den wenigen Schlaf und die psychische Belastung deutlich an. Sie nahm gerade das Nötigste zu sich. Doch das ging uns in dieser Zeit wohl allen so. Großer Baum war für seine Verhältnisse sehr schweigsam, was die Stimmung noch mehr bedrückte. Aber ausnahmsweise wusste selbst er nicht, was er sagen sollte. Er, der sonst immer einen Spruch auf den Lippen hatte.

Leuchtender Stern erlaubte Lächeln des Mondes mittlerweile die Hütte zu betreten, er sollte seinen Vater wenigstens noch sehen können.

Der Junge half wo er konnte. Er war der Einzige, der fest davon überzeugt war, dass Mutiger Falke weiter leben würde und niemand behauptete das Gegenteil. Einzig Lächeln des Mondes war einigermaßen frohgemut bei der Arbeit und brachte den Sonnenschein in die Hütte, die wir kaum noch verließen. Ob sein Vater nun ein Bein mehr oder weniger hatte, belastete ihn gar nicht, Hauptsache, er lebte.

Dann wurden die Abstände, in denen Mutiger Falke erwachte, kürzer und die Dauer, die er wach war, länger. Doch damit trafen ihn auch jedes Mal die Schmerzen mit voller Wucht. Wir taten was wir konnten, um seine Schmerzen zu lindern, doch in Anbetracht dessen was er hinter sich hatte, war das nicht viel.

Leuchtender Stern wich nun nicht mehr von seiner Seite, um stets seine Hand zu halten, wenn er wach wurde.

Es war eine furchtbare Zeit. Ihn so leiden zu sehen, brach uns die Herzen.

Und endlich, endlich wurde es besser. Zum ersten Mal erwachte er mit Schmerzen, die er scheinbar einigermaßen ertragen konnte. Zum ersten Mal schien er richtig bei Bewusstsein zu sein. Er öffnete seine Augen und blickte direkt in Leuchtender Sterns Gesicht, fühlte ihre Hand, die seine hielt. Und zum ersten Mal lächelte er. Ein gequältes Lächeln zwar noch, aber ein Lächeln.

Wir alle waren da: Weißer Bär, Lächeln des Mondes, Großer Baum und ich. Er schaute in die Runde, langsam, registrierte jeden, dann sprach er leise: „Was ist denn hier los? Ihr seht ja alle aus wie Gespenster."

Mühevoll atmete er tief ein. Der Baum hatte ihm zwei Rippen gebrochen und sein Oberkörper wies so ziemlich alle Farben auf.

Weißer Bär legte seine Hand auf seine Schulter. „Bleib ganz ruhig liegen. Ich geb dir gleich was gegen die Schmerzen. Meinst du, du kannst etwas essen?"

Mutiger Falke nickte. „Ich habe einen Bärenhunger. Ich fühle mich, als hätte ich seit Tagen nichts gegessen." Wir lachten verhalten.

Großer Baum war schon hinaus gegangen, um Essen zu holen. Lächeln des Mondes hielt ihm den Becher mit Weißer Bärs gemischtem Trank an die Lippen.

Tatsächlich aß er ein wenig und schlief gleich darauf wieder ein.

Weißer Bär räusperte sich: „Lächeln des Mondes, traust du dir zu, einen Moment alleine über deinen Vater zu wachen, so dass wir anderen etwas essen gehen können? Wenn irgendetwas ist, brauchst du nur zu rufen, dann sind wir sofort da."

„Natürlich!", nickte der Kleine mit Feuereifer, „Kein Problem!"

Weißer Bär gab uns ein Zeichen, ihm zu folgen. Wir setzten uns an den Platz, ein paar Frauen brachten uns sofort zu essen und zu trinken.

„Esst, wir sehen wirklich alle aus wie Gespenster." Sein Blick streifte Leuchtender Stern. „Er ist noch nicht über den Berg. Die kleinste Infektion würde im Moment reichen. Und mit seinem Bein, na ja, es sollte ihm noch niemand sagen. Es ist zu früh, er ist noch nicht stabil genug. Ich habe Angst, der Schock könnte ihn umbringen. Achtet also darauf, dass er liegen bleibt, wenn er wach ist."

Wir nickten benommen und aßen mechanisch, um dann wieder in die Hütte zu gehen.

Mutiger Falke

Ich habe keine Ahnung, wie lange ich da gelegen habe, aber als ich aufwachte, lag ich in Weißer Bärs und Feders Hütte. Ich sah meinen Sohn und atmete auf. Ich hatte höllische Schmerzen, überall. Vor allem mein linkes Bein schmerzte auf eine fast unerträgliche Weise. Doch ich riss mich meinem Sohn zuliebe so gut zusammen, wie ich konnte.

Lächeln des Mondes gab mir zu trinken und Leuchtender Stern gab mir vorsichtig zu essen, was Großer Baum für mich geholt hatte. War das gut!

Ich beschloss, meinen Groll gegen Feder und Weißer Bär aufzugeben. Schließlich war jetzt alles wieder gut!

Mutiger Falke ging es nun von Tag zu Tag besser. Unsere Galgenfrist lief also. Nicht mehr lange, dann musste einer von uns Mutiger Falke aufklären. Wir alle fürchteten diesen Moment, in etwa so, wie man einen fauchenden Jaguar fürchtet.

Weißer Bär war es schließlich, der diese Aufgabe übernehmen wollte- unter vier Augen.

Er schickte uns alle hinaus. Wir setzten uns ans Feuer und warteten. Unsere Hände zitterten, niemand sprach, nicht mal ansehen konnten wir uns.

Gleich darauf hörten wir Mutiger Falke schreien. Er schrie und schrie und schrie. Er schien gar keine Luft zu holen. Jeder unserer Muskeln verkrampfte sich. Wir saßen wie erstarrt und weinten.

Dann riss ich mich zusammen. Ich war sein Freund, ich musste ihn beruhigen, musste Weißer Bär helfen.

Mit wackeligen Knien betrat ich die Hütte. Hier hörte sich sein Schreien noch schriller und ohrenbetäubender an.

Er hatte sich aufgesetzt und starrte mit weit aufgerissenen Augen auf sein Bein, beziehungsweise dahin, wo sein Bein gewesen war.

Schnell schritt ich auf ihn zu, doch als er mich sah, starrte er statt seinem Bein mich an und schrie: „Verschwinde! Verschwinde Feder! Hau ab!" Kreidebleich war sein Gesicht und tränenüberströmt.

Ich fühlte, wie auch mir schon wieder die Tränen in die Augen schossen.

„Es tut mir so leid! Lass mich dir doch…"

Da ergriff er den Becher, der neben ihm stand und warf ihn nach mir. „Du sollst verschwinden!"

Erschrocken stürzte ich aus der Hütte und sank auf die Knie. Ich schlug die Hände vors Gesicht und weinte.

Würde er mir verzeihen? Hatte er sein Bein verloren und ich meinen Freund? Ich verstand seine Wut, dennoch war ich geschockt und verwirrt.

Großer Baum stand vor mir. „Komm Feder, steh auf."

Er zog mich hoch, hakte mich unter und lief mit mir. Lief mit mir zum Berg unserer Ahnen. Er zog mich zu meinem Lieblingsplatz, dort setzten wir uns auf meinen Felsen.

„Woher weißt du?"

Er lachte leise. „Ach Feder, ich kenne dich seit du auf der Welt bist."

Eine Weile starrten wir in den Sonnenaufgang. Das Zittern ließ langsam nach, wir wurden etwas ruhiger.

„Feder, er wird sich wieder beruhigen. Er ist stark, er schafft das. Und du hast getan, was du konntest. Du und Weißer Bär habt ihm das Leben gerettet und das wird er auch verstehen. Gib ihm Zeit."

Freundliche Worte, doch sie vermochten mich nur bedingt zu trösten.

„Wäre ich nicht gewesen, wäre das alles nicht passiert!"

„Wieso? Wie kommst du darauf?"

„Weil es mir nicht gutging, lief Lächeln des Mondes in den Wald um etwas für mich zu holen. Gleich darauf brach der Sturm los und Mutiger Falke ging ihn suchen…"

„Aber das ist doch nicht deine Schuld! Du steigerst dich da in etwas hinein!"

„Es wäre schön, wenn Mutiger Falke das auch so sehen würde. Wegen mir musste er Angst um seinen Sohn haben und nun hat er wegen mir sein Bein verloren."

Kapitel 25

Als wir zurückkamen, war es sehr still im Lager.

Weißer Bär kam uns entgegen.

„Leuchtender Stern ist nun bei ihm. Er steht unter Schock. Er möchte dich im Moment nicht sehen. Komm, gehen wir uns waschen."

Am Abend saßen wir zum ersten Mal seit Mutiger Falkes Rückkehr bei den anderen am Feuer- zum ersten Mal ohne ihn.

Ich wurde früh müde und stand auf, um schlafen zu gehen. Ich wünschte eine gute Nacht und lief ein paar Schritte in Richtung unserer Hütte, dann stockte ich.

Großer Baum war nachgekommen. „Du kannst heute Nacht bei mir in der Hütte schlafen."

Traurig drehte ich mich zu ihm um.

„Du wirst sehen, Feder, morgen sieht die Welt wieder ganz anders aus."

Schweigend folgte ich ihm.

Am nächsten Tag sah die Welt nicht anders aus. Mutiger Falke wollte mich nicht sehen. Es vergingen sieben Tage, es vergingen zwölf Tage. Tage, die ich im Wald, und Nächte, die ich bei Großer Baum verbrachte.

Und wieder war ich im Wald Kräuter sammeln.

Wie konnte ich das jemals wieder gutmachen? Was konnte ich tun, damit er mir verzieh? Ich kauerte auf meinem Platz mit meinem vollen Korb und versank in Melancholie. Plötzlich riss ein Schrei mich aus meinen Gedanken. Ich sah auf. Vor mir saß der Adler. Er legte den Kopf schief und blickte zu Boden.

„Ja", flüsterte ich, „genauso fühle ich mich. Was soll ich tun, Adler, was soll ich bloß tun?"

Da hob er seinen Kopf, streckte seinen Rücken und seine Flügel aus. Er blickte zum Himmel, schlug mit seinen beeindruckenden Flügeln und erhob sich in die Lüfte.

Entschlossen packte ich meinen Korb und ging zurück.

Festen Schritts betrat ich die Hütte. Weißer Bär blickte mir erschrocken entgegen und schon schrie Mutiger Falke los: „Verschwinde!"

„Nein!"

„Ich will dich nicht sehen!"

„Nein!"

„Hau ab, ich hasse dich!"

Und nun schrie ich aus vollem Hals zurück: „Aber ich will dich sehen!"

Ich duckte mich, um dem Becher auszuweichen, der auf mich zuschoss.

„Nun hör mir mal zu!", kreischte ich ihn an, „ich verstehe, dass du wütend bist. Vor allem auf mich. Es ist wahr, wegen mir ist dein Sohn in den Wald gelaufen, kurz bevor der Sturm losbrach und das tut mir leid! Und ich war es, der dir das Bein abgenommen hat. Und wie leid mir das erst tut! Aber hätte ich es nicht getan, würdest du jetzt nicht mehr leben!" Ich schnappte nach Luft, das Blut pochte in meinen Schläfen.

„Mutiger Falke, ich liebe dich und ich würde alles tun, um dir zu helfen!"

Ich war an ihn herangetreten und nahm das Risiko auf mich, einen Faustschlag abzubekommen.

„Lieber wär ich tot, als ein Krüppel, der ich jetzt bin!", stieß er hervor. „Was hat Leuchtender Stern nun für einen Mann und Lächeln des Mondes für einen Vater?! Ich werde nie mehr jagen können!"

„Wir alle lieben dich und wir brauchen dich! Glaubst du etwa, Leuchtender Stern wäre ein toter Mann oder Lächeln des Mondes ein toter Vater lieber? Tag und Nacht waren sie bei dir und halfen wo sie konnten und es war ihnen völlig gleichgültig, dass du ein Bein weniger hast. Alles, was sie wollten war, dass du bei ihnen bleibst. Und auch ich brauche dich! Ich brauche meinen Freund!"

Da plötzlich schlang er seine Arme um mich, legte seinen Kopf auf meine Brust und heulte los wie ein kleines Kind. Ich strich ihm über sein Haar. „Schsch. Wir schaffen das", flüsterte ich, „wir schaffen das. Du bist nicht alleine. Wir werden Lösungen finden! Es wird dir wieder besser gehen, ich verspreche es dir!"

„Es tut so weh!"

„Ich weiß! Lass uns nicht im Stich, wir brauchen dich! Du wirst neue Aufgaben finden."

„Ich will keine neuen Aufgaben! Ich will mein altes Leben zurück!"

„Ich weiß." Ich wiegte ihn in meinen Armen. „Ich weiß."

Mutiger Falke

Ich hatte so eine Wut! Solchen Schmerz! Und meine Art des Lebens verloren! Mein Kopf wollte nicht damit klarkommen, dass mein Bein nicht mehr da war. Jedes Mal wenn ich hinsah und diesen... diesen Stummel sah, drehte sich alles und ich schrie und weinte vor Verzweiflung. Und meinen ganzen Zorn projizierte ich auf Feder. Er war an allem schuld! Ihm die Schuld zu geben und meine Wut an ihm auszulassen half mir, den ersten und schlimmsten Schmerz zu ertragen.

Aber als er dann hereinkam und mich anschrie, er, der sanftmütige Feder, war es, als würde er mich aufwecken aus einem Alptraum, der kein Ende hatte nehmen wollen.

Seine Worte taten mir gut und ließen mich ein kleines bisschen Mut schöpfen und als er mich in seinen Armen hielt, wurde mir bewusst, wie sehr er mir gefehlt hatte. Ich brauchte ihn, ich brauchte meinen Freund.

„Du hast mir so gefehlt", flüsterte ich, „komm wieder zu uns zurück, wir alle werden dir helfen."

Langsam entspannte er sich etwas. Er richtete sich auf und saß aufrecht. Er blickte auf sein Bein und seine Mundwinkel zitterten. Ich streichelte über seinen Rücken.

„Wisst ihr, ich hätte große Lust…", er seufzte und ich hatte Angst, er würde etwas Schlimmes sagen.

„Ich hätte große Lust, ein Bier mit euch zu trinken. Was meinst du, Weißer Bär, darf ich?"

Weißer Bär grinste.

Wortlos nahmen wir die Bahre und trugen ihn vorsichtig wie ein rohes Ei nach draußen, ließen ihn an unserem alten Platz am Feuer nieder.

Mit feuchten Augen kamen Leuchtender Stern und Großer Baum und setzten sich zu uns. Die anderen waren sehr still geworden, als wir kamen.

„Papa! Papa!" Ein begeistertes Lächeln des Mondes kam angerannt, setzte sich zu ihm und schlang seine kleinen Ärmchen um ihn.

„So schön, dass du wieder da bist!"

„Wie geht es dir?"

„Geht es dir besser?"

Plötzlich sprachen alle durcheinander.

Großer Baum lachte glücklich. „Ich hole jetzt erst mal Bier für uns alle!"

Es war ein Anfang. Ein kleiner Anfang eines langen Weges. Aber wir würden es schaffen. Nichts wünschte ich mir mehr, als Mutiger Falke wieder lachen zu sehen.

Kapitel 26

Eine schwere Zeit brach für Mutiger Falke an.

Die Wunden verheilten, die Schmerzen vergingen. Doch sein Bein war für immer verloren und das war sein größter und am längsten währender Schmerz. Zeitweise schien er es akzeptiert zu haben und damit leben zu können, manchmal schien er auf dem Weg, der Alte zu werden, doch dann suchte das Leid sich wieder seinen Weg nach oben. Dann zog er sich völlig zurück in eine Welt, in der er für jeden unerreichbar schien. Manchmal fand sein Unmut Ausdruck in plötzlicher Reizbarkeit, dann ging man ihm besser aus dem Weg und manchmal in jähem Zorn, der den traf, der gerade am nächsten war. Doch am liebsten traf er mich, dann gab er mir die Schuld an seinem Elend. Diese Ausbrüche waren die schlimmsten, nicht wegen des Zorns, der bösen Worte, denn mir war es lieber, er reagierte sich an mir ab, als an jemand anderem. Wusste ich doch, dass all das zu seinem seelischen Heilungsprozess dazugehörte. Nein, das Schlimme daran war, dass alle Ausbrüche endeten in plötzlicher Verzweiflung, Resignation, Selbstmitleid und Tränen.

Doch dann war ich auch derjenige, der ihn trösten durfte, versuchte, ihm Mut zu machen.

Weißer Bär meinte, dass bei diesem schlimmen Erlebnis, das er durchlitten hatte, ein Teil seiner Seele sich von seinem Körper gelöst hätte und geflüchtet sei. Seine Seele konnte die Tragik und den Schmerz nicht ertragen und wollte sich so selbst schützen.

„Wir müssen versuchen, den Teil seiner Seele wiederzufinden und überreden, zurückzukommen. So lange Mutiger Falkes Körper und Seele nicht eins sind und vollständig, wird es ihm nicht möglich sein, sein Gleichgewicht wiederzufinden. Sieh zu und lerne. Lerne für deine große Aufgabe."

Ich sah ihn fragend an.

„Du erinnerst dich doch an dein Versprechen, damals auf dem Felsen, nicht wahr? Dass du bereit wärst, deine große Aufgabe zu übernehmen."

„Ja, natürlich erinnere ich mich. Aber was… was genau meinst du damit?" Es irritierte mich, dass er es nun nach all den Jahren erwähnte. „Du meinst, den Stamm versorgen zu können, auch… auch allein?"

Sein Blick war sehr ernst. „Wenn die Zeit dafür gekommen ist, wirst du erfahren, was deine große Aufgabe ist. Lerne, sehe, begreife und fühle, dass nicht nur real ist, was wir mit den Augen sehen."

Ich war verwirrt. Das wusste ich doch, aber allem Anschein nach wollte er mir dies verdeutlichen und dieses Wissen vertiefen. Da kam mir ein Gedanke: „Sollten wir dann Lächeln des Mondes nicht auch zusehen lassen?"

„Ja, auch er muss lernen, für seine Brüder und Schwestern."

So saßen wir also alle drei um Mutiger Falke und Weißer Bär erklärte, worum es ging und was er nun gedenke zu tun. Lächeln des Mondes lauschte fasziniert, Mutiger Falke schweigend und mit unbewegtem Gesicht, dann gab er mit einem kurzen Nicken sein Einverständnis.

Lächeln des Mondes und ich setzten uns ganz still in die Ecke, um keinesfalls zu stören und beobachteten gebannt, was Weißer Bär nun tat.

Er räucherte die Hütte, er summte und sang dabei. Er holte seine Rassel und rasselte langsam über Mutiger Falkes Körper, immer und immer wieder, von oben nach unten, von unten nach oben.

Die meiste Zeit hielt er die Augen geschlossen und die ganze Zeit summte oder sang er dabei, mal lauter, mal leiser.

Er holte seinen Stein, diesen besonderen, in allen Farben schillernden Stein, den ich damals berührt hatte, als er mich in seiner Hütte erwischte.

Vorsichtig legte er den Stein auf Mutiger Falkes Bauch, genau in die Mitte unterhalb der Rippen. Er setzte sich neben ihn, so nah, dass sein Schenkel Mutiger Falkes Hüfte berührte. Er legte seine Hand flach auf seinen Kopf und betrachtete summend den Stein, nein, er sah in den Stein. Lange, sehr lange. Irgendwann war mir klar, dass er sich in tiefer Trance befand.

Lächeln des Mondes und ich wagten kaum zu atmen, hätte ein Baum in der Hütte gestanden und ein Blatt wäre heruntergefallen, man hätte es gehört.

Plötzlich riss Weißer Bär die Augen auf, die Pupillen waren so groß, dass man nichts mehr von seiner dunkelbraunen Augenfarbe sah. Tiefschwarz waren seine Augen, als hätte sich ein Schlund geöffnet. Ich wusste, er hatte das verlorene Stück Seele gefunden. Nun musste er sie überreden, wieder ihren Platz in Mutiger Falkes Körper einzunehmen.

Lächeln des Mondes saß mit offenstehendem Mund, reglos verfolgte er alles mit großen Augen.

Weißer Bär stand ruckartig auf, riss seine Arme empor, blickte zum Himmel und schloss die Augen wieder. Er begann wieder zu singen, erklärte der Seele, sie brauche keine Angst mehr zu haben, versprach ihr, dass alles wieder gut sei und bat sie zurückzukommen, bettelte um ihre Rückkehr. Ich kann nicht sagen, wie lange das ging, jedes Zeitgefühl verlor sich in der Faszination dessen, was sich hier abspielte.

Irgendwann begann sein Körper, sich langsam zu entspannen. Er öffnete seine Augen, in denen man noch immer nur seine Pupillen sehen konnte. Er nahm seine Arme herab, legte langsam eine Hand auf Mutiger Falkes Haupt, die andere auf seine Brust, schloss die Augen wieder und begann leise zu beten.

Ich warf einen Seitenblick auf Lächeln des Mondes. Noch immer saß er reglos mit großen Augen und wortlos bewegten sich auch seine Lippen im Gebet.

Ich lächelte, schloss meine Augen, senkte mein Haupt und betete aus tiefstem Herzen.

Und wir beteten und beteten und beteten.

Und irgendwann nahm ich verschwommen wahr, dass Weißer Bär verstummt war.

Ich blickte auf. Gerade nahm er langsam seine Hände zurück, nahm den Stein. Er bedankte sich ausgiebig und erhob sich dann langsam. Er taumelte. Ich stand schnell auf, um ihn zu stützen. Nur ganz allmählich kehrte seine Augenfarbe zurück.

„Ich bin sehr müde, ich muss mich etwas ausruhen." Ich half ihm auf seine Schlafstatt, wo er fast augenblicklich einschlief.

Ich sah nach Mutiger Falke, auch er sah sehr erschöpft aus, aber entspannt und er lächelte. Ich fühlte eine wärmende Freude und strich ihm sacht über sein Haar.

„Möchtest du dich auch ausruhen?" Er nickte dankbar und sein Lächeln war so von besonderer Art, als würde es niemals mehr schwinden wollen.

Ich nahm Lächeln des Mondes an die Hand und wir verließen die Hütte. Schweigend liefen wir zum Berg unserer Ahnen, noch zu sehr gefangen im Zauber des Erlebten, um zu reden.

Ich führte ihn zu meinem Lieblingsplatz, zu meinem Felsen. Wir setzten uns und über uns sah ich den Adler kreisen. Mein Herz hüpfte vor Freude. „Sieh mal, da oben! Das ist ein ganz besonderer Adler, er ist einer deiner Ahnen. Wann immer du Hilfe brauchst, die dir keiner von uns geben kann, wird er für dich da sein."

„Ehrlich?"

„Oh ja!"

Staunend beobachtete er den großen Vogel, der am Himmel majestätisch seine Kreise zog.

„Die Welt ist voller Wunder, nicht wahr?!"

Er nickte ergriffen.

Eine Zeit lang saßen wir da, jeder wohl seinen eigenen Gedanken nachhängend, dann fragte er: „Feder, als sie Vater in die Hütte gebracht hatten, da hat Weißer Bär seine Wunden versorgt. Du hast deine Hände auf ihn draufgelegt und ich weiß genau, dass da irgendwas passiert ist. Was hast du da gemacht?"

„Ich habe den Heiligen Vater um seine Liebe gebeten und habe diese heilende Kraft über meine Hände in seinen Körper geleitet."

Wieder wurden seine Augen groß, seine wunderschönen Augen.

„Bringst du mir das auch bei? Ja?"

Ich lachte. „Alles zu seiner Zeit, mein Junge, alles zu seiner Zeit!"

Kapitel 27

Nachts wurde ich wach und wurde wieder mal von diesen unsäglichen Schmerzen attackiert. Meine Knie fühlten sich an, als wäre ich drauf gefallen, meine Hände und Füße schienen zu glühen, regelrecht zu pochen, alle Gelenke taten weh und mein Rücken fühlte sich an, als würde ihn jemand stauchen. Meinen Brustkorb schien jemand zusammenzudrücken, so dass mir das Atmen schwer fiel und mein Herz raste, als hätte ich einen Wettlauf hingelegt. Ich versuchte aufzustehen, aber es ging nicht, ich konnte mich nicht rühren. Ich stöhnte.

„Was ist, Feder? Träumst du schlecht?" Mutiger Falke richtete sich auf.

„Nein."

Weißer Bär war schon bei mir. „Er hat wieder diese Schmerzen."

Er gab mir wieder von dem Tee zu trinken und salbte mich ein. Am Morgen konnte ich noch immer nicht aufstehen, meine Hüfte wollte mich nicht tragen und meine Knie sackten einfach weg. Ich weinte Tränen des Zorns und der Angst. Was war das? Was wollte mich da von innen heraus kaputt machen?

„Tut mir leid", stammelte Mutiger Falke, „es tut mir so leid, Feder! Ich wusste ja nicht, dass es so schlimm ist!"

„Es ist nicht immer so schlimm." Der Schmerz wollte mich zerfressen.

Lächeln des Mondes kam herein, um mit seiner Arbeit zu beginnen. Mit einem Blick erfasste er die Lage.

„Oh weh! Es ist ja noch schlimmer als das letzte Mal. Haben wir noch genug Rinde da?"

„Ja", begrüßte ihn Weißer Bär, „aber ich habe mir etwas überlegt, was ihm vielleicht helfen könnte. Allerdings bräuchte ich dafür deine Hilfe."

„Was soll ich tun?"

„Komm mit!"

Sie verließen die Hütte und ließen uns allein. Weißer Bär kam zwischendurch immer wieder herein, um nach uns zu sehen und Leuchtender Stern versorgte uns mit Essen und Trinken.

Mir war mittlerweile sehr heiß. Ich fühlte mich fiebrig und schwach. Weißer Bär flößte mir die entsprechenden Tees ein. Ich selbst konnte weder den Arm heben, noch konnten sich meine Finger um den Becher schließen, um ihn zu halten.

Als Großer Baum von der Jagd kam, trug er mich nach Weißer Bärs Anweisung zum Fluss und legte mich vorsichtig ins Wasser.

„He, mein Junge, was machst du denn für Sachen?" Er riss sich unglaublich zusammen und schenkte mir ein schwaches Lächeln, dabei war ihm deutlich anzusehen, dass er lieber geweint hätte.

„Das wird schon wieder!" Ich versuchte, zurückzulächeln.

Das kühle Wasser tat so gut! Das Brennen und Pochen ließ langsam nach. Ich hob ein wenig den Kopf und sah, dass meine Gelenke geschwollen waren.

„Lass mich einfach hier liegen."

„Ich bleib natürlich bei dir." Er setzte sich neben mich ins flache Wasser und hielt die ganze Zeit sacht meine Hand.

Nach einer Stunde etwa kam Weißer Bär.

„Wie geht es dir?"

„Schon viel besser, das kalte Wasser tut gut."

Er reichte Großer Baum ein Bier. Dann hob er mit einer Hand meinen Kopf ein Stück nach oben und gab mir aus dem anderen, mitgebrachten Becher zu trinken.

„Lächeln des Mondes versorgt seinen Vater. Es ist wichtig, dass du genug trinkst."

Wir saßen, beziehungsweise ich lag, noch eine ganze Weile, redeten, tranken. Es ging mir merklich besser. Vorsichtig trug Großer Baum mich zurück und legte mich wieder in die Hütte.

„Wenn das so weitergeht," scherzte Weißer Bär, müssen wir uns eine größere Hütte bauen, sonst müssen wir anfangen, unsere Kranken übereinander zu stapeln."

„Das wollen wir doch nicht hoffen! Ich bin bestimmt morgen wieder auf den Beinen", keuchte ich.

Das war ich allerdings nicht. Mein Zustand hielt über eine Woche an. Dann wurde ich sehr früh am Morgen wach und fror erbärmlich. Mein Körper brannte nun nicht mehr, dafür fühlte er sich an wie steifgefroren.

Weißer Bär wickelte mich in mehrere Decken. Als Lächeln des Mondes kam meinte er: „Es ist Zeit, es auszuprobieren. Komm, mein Junge. Wir sind bald zurück." Und damit verließen sie die Hütte.

Mutiger Falke und ich sahen uns fragend an. „Was haben die beiden vor?"

„Keine Ahnung!"

„So ein Mist! Ich will auch sehen, was die mit dir machen!"

„Dann komm doch mit."

Er sah mich böse an. „Wie denn?!" Verächtlich sah er auf sein Bein herab.

„Wir rufen Hilfe. Großer Baum hat mich gestern ja auch zum Fluss getragen."

Er überlegte und man sah seinem Gesicht an, dass er hin- und hergerissen war zwischen seinem Stolz und dem Wunsch, nach draußen zu kommen.

„Na gut", knirschte er. Die Neugier hatte gesiegt.

Nach kurzer Zeit kam Großer Baum herein. „Wie geht´s euch beiden?"

„Was machst du denn hier?"

„Weißer Bär hat gemeint, ich solle heute hier bleiben. Komm, Feder. Ich soll dich nach draußen bringen."

Vorsichtig schob er seine riesigen Hände unter meinen Rücken.

„Warte! Würde es dir was ausmachen, Mutiger Falke auch mitzunehmen?"

Er stand kurz ratlos. „Erlaubt das Weißer Bär? Ich tu dir doch weh..."

„Bitte", stieß Mutiger Falke hervor, „nimm mich mit. Ich werde verrückt, wenn ich noch länger nur in dieser Hütte herumliege. Und ich will wissen, was sie mit Feder machen."

„Na gut", beschloss Großer Baum, „aber dass du mir ja nicht jammerst."

„Keine Angst. Ich beiße die Zähne zusammen." Mutiger Falke grinste.

Großer Baum trug ihn hinaus wie ein rohes Ei und kam gleich darauf zurück, um das nächste rohe Ei zu holen.

Er trug mich nach draußen. Nanu? Da stand eine neue Hütte, kleiner und niedriger als die anderen.

„Was ist das?"

„Das wirst du gleich sehen."

Sie wickelten mich in mehrere Decken. Weißer Bär öffnete die Hütte, damit Großer Baum mich hineinlegen konnte. Dicke Rauchschwaden waberten mir entgegen, ein Geruch nach Tannennadeln und eine Hitze, die mir sofort den Schweiß austrieb. So lag ich da und schwitzte, wie ich noch nie in meinem Leben geschwitzt hatte, fühlte, wie die Hitze meine Muskeln entspannte und meine Knochen durchdrang, wie der Schmerz im Brustkorb sich langsam löste und ich wieder richtig einatmen konnte. Gierig inhalierte ich den heißen, wohltuenden, gut riechenden Dampf und entspannte mich völlig. Die Müdigkeit der letzten Nächte, in denen ich kaum geschlafen hatte, überkam mich.

Weißer Bär kam herein. Er goss eine Flüssigkeit über den Boden und es zischte. Es wurde wieder heißer, die Rauchschwaden wieder dicker, der Geruch wieder intensiver.

„Lächeln des Mondes und ich haben den Boden der Hütte mit Steinen belegt, die wir vorher ins Feuer gelegt hatten. Dann haben wir Asche darüber geschüttet und sie mit Fichtenzweigen bedeckt und dann das Ganze mit Fichtennadel Öl und verschiedenen Harzen übergossen. Du kannst diese Hütte nun immer nutzen, wenn du merkst, dass es dir nicht gut geht."

„Auf was für Ideen du immer kommst! Ich danke dir, Weißer Bär, ich danke dir!" Ich lächelte entspannt und schlief ein. Verschwommen nahm ich wahr, wie er immer wieder kurz nach mir sah und erneut die Steine mit der Flüssigkeit übergoss.

Nach ein paar Stunden konnte ich heraus laufen...

Von da an benutzte ich die Hütte, wann immer mir danach war und auch für jeden anderen stand sie offen und fand großen Anklang, denn mit der Zeit hatte sich gezeigt, dass unsere „Schwitzhütte" auch half, müde Muskeln zu entspannen, Erkältungen zu lindern, den Körper zu entgiften und in der kolossalen Entspannung und Ruhe, die man darin genoss, eignete sie sich auch hervorragend zum Meditieren und für die Kommunikation mit den Ahnen.

Alles in allem hatte Weißer Bär wieder einmal seine Genialität unter Beweis gestellt und erfunden hatte er sie für mich, eigens für mich! Ich meine, natürlich kümmerte er sich um jeden, aber ich wusste, an mir lag ihm besonders und dieses Wissen um seine Zuneigung erfüllte mich mit unvergleichlicher Wärme.

Weißer Bär. Der Unnahbare. Der Unheimliche. Der Einzelgänger. Er war der Mensch, der mir in meinem Leben am nächsten stand, geworden.

Kapitel 28

Das Leben kommt, das Leben geht. So, wie ständig neues Leben auf diese Welt kommt, müssen andere gehen. Der ganz natürliche Kreislauf des Lebens, vor allem, wenn jemand ein entsprechendes Alter erreicht hat, so wie Dunkler Rauch. Er hatte am Vorabend wie immer mit uns am Feuer gesessen und war spät schlafen gegangen, am Morgen war er einfach nicht mehr aufgewacht, war zu unseren Ahnen hinübergegangen. Ein schöner Tod.

Das alles änderte nichts daran, dass wir nun alle traurig um den neuen Hügel auf dem Berg unserer Ahnen standen, wo wir ihn gerade begraben hatten, während Weißer Bär sein Lied anstimmte. Vor allem für Mutiger Falke war es ein schwerer Abschied. Er stand mit gesenktem Kopf und herabhängenden Schultern und fühlte sich trotz seiner Frau, die ihn stützte und seines Sohnes an seiner Seite allein.

Dunkler Rauch war ein großer Mann gewesen, weise, umsichtig und stets gerecht hatte er immer zum Wohle seiner Brüder und Schwestern entschieden. Ausnahmslos war er respektiert worden, nie eine seiner Entscheidungen infrage gestellt worden. Meere von Blumen bezeugten die Ehre, die ihm sein Volk entgegenbrachte.

Die Stimmung lockerte sich am Abend, als wir alle am Feuer saßen und alle abwechselnd ihre Erlebnisse mit Dunkler Rauch erzählten: „Weißt du noch...?", und immer öfter dezentes Gelächter zu hören war. Ja, Dunkler Rauch war ein Original gewesen.

Am nächsten Morgen schlich ich zu Mutiger Falke, um ihn zu fragen, ob wir fischen gehen wollten. Ich dachte, es würde ihm vielleicht gut tun zu reden.

„Das ist lieb von dir, Feder. Aber würde es dir was ausmachen mich zum Fluss zu bringen und mich dann allein zu lassen? Ich wäre gern ein bisschen für mich..."

So kam ich seiner Bitte nach und lief dann zurück zum Lager.

Als ich etwa zwei Stunden später wieder hinunter zum Fluss ging, saß er genau so, wie ich ihn verlassen hatte. Ausdruckslos starrte er ins Wasser. Ich setzte mich neben ihn.

„Siehst du, wie der Ast da auf dem Wasser treibt, so treiben unsere Seelen durch Leben und Tod. Du bist nicht alleine, dein Vater wird immer an deiner Seite sein, so wie meiner es ist."

„Ich weiß, Feder", seufzte er, „aber ich fühle mich dennoch so schrecklich einsam, obwohl ich weiß, dass dieses Gefühl nicht der Wirklichkeit entspricht. Er ist nicht mehr da und an meine Mutter kann ich mich kaum noch erinnern."

„Ich verstehe dich. Dennoch", ich erhob mich und streckte ihm meine Hand entgegen, „warst du nun lang genug allein. Ich nehm dich jetzt mit zurück, du wirst erwartet."

„Von wem denn?"

„Na ja, von deiner Frau, deinem Sohn... und so. Es gilt, große Dinge zu tun." Ich grinste. „Nun komm schon."

Widerwillig ließ er mich ihm beim Aufstehen helfen und wir gingen schweigend zurück. Er bekam große Augen, als er sah, dass alle, statt bei der Arbeit zu sein, auf dem großen Platz versammelt waren.

Weißer Bär trat vor. „Mutiger Falke, wir alle haben einstimmig beschlossen, dass du nun an Dunkler Rauchs Stelle treten sollst", verkündete er feierlich ohne Umschweife.

Mutiger Falke stand wie angewurzelt und schwieg, bis ein unruhiges Raunen die Menge ergriff.

„Ich danke euch allen für diese große Ehre", flüsterte er und verneigte sich leicht.

Leuchtender Stern nickte ihm stolz zu und Lächeln des Mondes klatschte begeistert in die Hände. Allgemeiner Jubel brach aus und endlich verteilte man sich, um seiner Arbeit nachzugehen.

Die Frauen aber bereiteten die Feierlichkeiten vor, in dem sie Essen und jede Menge Bier vorbereiteten und das Lager schmückten.

Am Abend machten Weißer Bär, Großer Baum und ich uns daran, Mutiger Falke die entsprechende Bemalung zu verpassen. Kunstvoll bemalten wir seinen ganzen Körper von oben bis unten. Er hielt sich mit einer Hand fest, um das Gleichgewicht halten zu können, was nicht einfach war auf einem Bein, während wir an ihm herum hantierten.

Schließlich prangte auf seiner Brust eine große Sonne, zum Zeichen der Erleuchtung und des Glücks, das er seinem Volk bringen wollte. Auf seinen Rücken hatten wir einen Bären gemalt, als Symbol für Mut und Kraft. Die Arme waren mit Dreiecken übersät, die für die Hütten seiner Brüder und Schwestern standen, deren Wohlergehen er sich verschrieb. Auf seinem Bauch unter der Sonne flog majestätisch ein Falke, Großer Baums Stolz, zu Ehren seines Namens und zum Zeichen der Weitsicht, mit der er seine Entscheidungen treffen wollte. Die Beine hatten wir mit Blumen und Blättern bemalt, zum Zeichen des Respekts vor Mutter Erde.

Wir hatten uns ziemlich lange verweilt, es sollte perfekt sein und nun traten wir zurück, um unser Werk im Ganzen zu bewundern. Noch ein Strich hier und da, dann waren wir zufrieden.

„Du siehst wirklich gut aus!", meinte Großer Baum und wir nickten bestätigend.

Weißer Bär räusperte sich: „Nun komm, du wirst erwartet."

Unsicher blickte uns Mutiger Falke der Reihe nach an, dann fragte er zaghaft: „Bin ich dieser Aufgabe überhaupt gewachsen? Ich bin nicht so klug wie mein Vater, ich weiß nicht, ob ich das kann."

In unserem künstlerischen Eifer hatten wir nicht bemerkt, dass er durch wachsende Unsicherheit immer stiller geworden war.

„Klar kannst du das!", ereiferte ich mich sogleich.

„Wenn nicht du, wer dann?", fragte Großer Baum.

Weißer Bär legte ihm die Hand auf die Schulter.

„Du bist ganz deines Vaters Sohn und du weißt alles, was du wissen musst und ich bin sehr stolz auf dich, mein Junge!"

Mutiger Falke atmete tief durch, dann straffte er seine Schultern.

„Dann lasst uns gehen, die anderen haben Hunger..."

Lachend hakten Großer Baum und ich ihn unter und wir gingen nach draußen, wo er von strahlenden Gesichtern empfangen wurde.

Wir standen ums Feuer und sangen ein Lied, in dem wir um Weisheit, Schutz, Mut, Umsicht und Weitsichtigkeit für unseren neuen Häuptling baten, begleitet von Bambusrasseln und Stampfrohren. Bald kam immer mehr Bewegung in die Menge, bis auch das kleinste Kind, das laufen konnte, im Rhythmus um das große Feuer tanzte. Leidenschaftlich verloren wir uns in der Musik. Und endlich setzte Weißer Bär Mutiger Falke den Federschmuck Dunkler Rauchs auf das Haupt. Es war ein so feierlicher Moment, dass alles ringsherum mucksmäuschenstill war, im krassen Gegensatz zum vorangegangenen Gesang und Tanz.

Schließlich räusperte sich Mutiger Falke und sprach: „Ich danke für die große Ehre und das Vertrauen, das ihr in mich setzt. Ich bin kein großer Mann wie mein Vater, doch ich verspreche euch, stets nach bestem Wissen und Gewissen zu handeln und für jeden einzelnen von euch mit meinem Leben einzustehen. Euch gehört mein Herz."

Von diesem Tage an ging es Mutiger Falke wieder besser, endlich hatte er wieder eine wichtige Aufgabe. Er wuchs an ihr und Weißer Bär sollte recht behalten: er war ganz seines Vaters Sohn...

Kapitel 29

„Wie ist das, wenn ich eines Tages zu unseren Ahnen gehe, was glaubst du, Feder, werde ich dann mein Bein wieder haben?", fragte mich Mutiger Falke.

Wir saßen am Ufer und baumelten träge mit unseren Beinen, drei an der Zahl, im Wasser. Wir waren viel früher als sonst zum Fischen aufgebrochen, der Mond stand noch am Himmel. Wir hatten beide nicht schlafen können. Die Nacht war so schwül und heiß gewesen, dass man das Gefühl hatte, in seinem Schweiß zu baden.

„Natürlich wirst du dort dein Bein wieder haben. Jeder hat dort das, was er sich wünscht. Und wenn es dein Wunsch wäre noch eine zweite Nase zu haben, wirst du auch die haben." Wir lachten.

Es war viel Zeit vergangen seit seinem Unfall. Er wohnte wieder in seiner Hütte mit seiner Frau und seinem Sohn. Die Wunden waren verheilt. Er hatte sein Los akzeptiert. Dennoch ließ ihn die Tatsache, dass er sich nicht mehr alleine fortbewegen konnte, immer wieder mal traurig werden. Und dieses ständige „andere-um-Hilfe-bitten-müssen" ließ ihn nie vergessen, dass er ein Krüppel war. Es gab so vieles, was er nicht mehr konnte und manchmal weinte er heimlich, ich wusste es. Aber im Großen und Ganzen hatte er seine Lebensfreude und seinen Lebensmut wiedergefunden. Ganz würde die seelische Narbe wohl nie verheilen.

Wenn ich in seiner Nähe war, achtete ich stets auf ihn und versuchte, ihm zuvorzukommen, so dass er erst gar nicht um Hilfe bitten musste.

Auch heute Morgen hatte ich mir schon gedacht, dass es ihm wohl genauso ginge wie mir und er auch nicht schlafen könnte. Also hatte ich unser Angelzeug zum Ufer gebracht, war zurückgelaufen und in seine Hütte geschlichen. Er war richtig froh, aus seinem „Bad" erlöst zu werden. Ich hatte ihn untergehakt und so sind wir zum Fluss gegangen. Leuchtender Stern und Lächeln des Mondes hatten aneinander gekuschelt tief und fest geschlafen. Es war mir ein Rätsel, wie sie so, noch dazu in dieser Hitze, überhaupt schlafen konnten.

Selbst das Wasser wollte heute keine richtige Abkühlung verschaffen.

Ich hatte eine Wassermelone zwischen zwei Äste ins Wasser gelegt. Ich griff nun nach ihr und ließ sie auf den Boden fallen, so dass sie in mehrere Stücke zerbrach. Ich nahm zwei davon und setzte mich wieder neben Mutiger Falke.

„Hier." Ich hielt ihm das eine Stück hin.

„Danke."

Wir bissen hinein, die süße Flüssigkeit rann über unser Kinn, doch das störte uns nicht, wir waren ja unter uns und außerdem war es noch dunkel.

„Herrlich! Das war eine gute Idee, Feder!"

Ich grinste. „Ja, manchmal bin ich ganz nützlich..."

Wir waren in angenehm gelöster Stimmung, es war schön, einmal wieder ein bisschen Zeit nur zu zweit zu verbringen.

„Und ich kann dann wieder überall hingehen, wo ich will?"

„Du brauchst nur an einen Ort zu denken, an dem du gern sein möchtest und schon bist du dort. Oder an jemanden denken, bei dem du sein willst und schon bist du da."

„Aber dann bräuchte ich doch gar keine Beine mehr", alberte er.

„Natürlich nicht, du Dummkopf, aber wenn du sie unbedingt haben willst, dann nimm sie eben!" Wir prusteten los und die Melonenstückchen aus unserem Mund verteilten sich im Fluss und schwammen langsam davon.

„Was gibt's hier zu lachen?", fragte plötzlich direkt hinter uns eine tiefe, strenge Stimme.

Wir schraken zusammen und unsere Köpfe fuhren herum. Da stand Großer Baum direkt hinter uns. Riesig zeichnete sich seine Silhouette im Mondlicht ab, groß wie ein Baum eben.

„Komm, hol dir ein Stück Melone und setz dich zu uns. Konntest auch nicht mehr schlafen in der Hitze, was? Was hast du denn da, soll das eine neue Rute sein oder was?" machte ich mich lustig und Mutiger Falke und ich kicherten schon wieder.

Großer Baum hatte einen Stock neben uns auf den Boden gelegt, für eine Rute zu kurz und zu dick. Langsam ging er sich ein Stück Melone holen, kam langsam zurück, setzte sich gemächlich zu uns und biss genüsslich ins Fruchtfleisch.

„Und richtig in die Gänge kommst du heute auch noch nicht, wie?", zog ihn Mutiger Falke weiter auf.

Großer Baum wischte unbeeindruckt den Saft von seinem Kinn, sah uns dann an und sagte: „Im Gegenteil! Eigentlich war ich heute schon sehr produktiv, während ihr wahrscheinlich noch geschlafen habt. Ich habe mich die ganze Nacht bloß herumgewälzt und mir Gedanken gemacht, was man tun könnte, damit Mutiger Falke wieder laufen kann."

Fassungslos starrten wir ihn an, plötzlich waren wir ganz still.

Aber er aß einfach seine Melone weiter. Schließlich fand ich meine Stimme wieder: „Und? Wie stellst du dir das vor?"

„Hat das was mit dem Stock hier zu tun?", fragte Mutiger Falke misstrauisch.

„Hmm", bestätigte Großer Baum und kaute gemütlich weiter.

„Nun sag schon!", forderte ich ihn ungeduldig auf. „Sonst nehm ich dir jetzt die Melone weg!"

„Naja, ich bin nicht sicher, ob es funktioniert, aber einen Versuch ist es wert!"

Er stand auf und ging hinüber zu Mutiger Falke. Er richtete ihn auf, so dass er auf seinem Bein stand.

„Komm mal her Feder, hilf ihm, sein Gleichgewicht zu halten."

Ich stellte mich neben Mutiger Falke, hakte ihn unter, er legte seinen Arm um meine Schulter, um sich zu halten. So waren wir auch hergekommen...

„So, nun wollen wir mal sehen..." Großer Baum hatte den dicken Stock geholt. Nun konnten wir auch die Lederriemen sehen, die daran befestigt waren.

Vorsichtig schob er den Stock unter Mutiger Falkes abgeschnittenes Bein.

„Ich muss das hier noch etwas kürzen", murmelte er. Er band einen Riemen fest um seinen Bauch, so dass er straff saß. Dann band er die drei Riemen, die am Stock befestigt waren, an den Riemen um seinen Bauch. Einer vorne, einer hinten, einer seitlich. Er richtete sich auf.

„Probier mal. Ich muss ihn unten noch etwas kürzen, aber ich dachte, lieber zu lang als zu kurz...

Langsam ließ ich Mutiger Falke los. Zunächst stand er unsicher und unschlüssig, was er tun sollte. Dann versuchte er, sein Gewicht gleichmäßig zu verteilen. Er stand recht sicher auf seinem Bein und seinem Stock. Vorsichtig machte er den ersten Schritt. Es funktionierte! Er musste den Stock immer wieder zurecht schieben, weil er etwas verrutschte, aber er konnte damit gehen! Langsam zwar und unsicher noch, aber er konnte gehen. Ungläubig schaute er von einem zum anderen, wurde etwas mutiger. Zu mutig, denn er stolperte mit dem Stock über einen Stein und fiel hin.

„Los, schnell, helft mir auf!"

Das taten wir und langsam und vorsichtig lief er zurück zum Lager, von uns dicht gefolgt, damit wir ihn auffangen konnten, falls er nochmal stolperte.

Wir waren noch ein ganzes Stück entfernt, als er anfing zu lachen, ein lautes, leicht hysterisches Lachen.

„Ich kann gehen." Er lachte.

Dann lauter: „Ich kann gehen!" Wieder Lachen.

Dann schrie er: „Ich kann gehen! Ich kann gehen!" Und immer schneller wurden seine Schritte, immer lauter sein Lachen und immer lauter seine Rufe.

Mittlerweile hatte ihn auch der Letzte gehört und alle waren nach draußen gelaufen und sahen mit Staunen das kleine Wunder. Leuchtender Stern rannte ihm entgegen und fiel ihm weinend um den Hals, so stürmisch, dass wir ihn von hinten halten mussten, damit er nicht umfiel. Und ich sah seine Tränen und er flüsterte immer wieder in ihr Ohr: „Ich kann gehen! Ich kann gehen!"

Er schmiegte sein Gesicht in ihr Haar und schien mit seinem ganzen Gewicht auf ihren Schultern zu hängen, doch man merkte ihr die Last nicht an. Glücklich blickte sie zum Himmel und hielt ihren Mann fest in ihren Armen.

Kapitel 30

So verging die Zeit, langweilig wurde es nie, doch für Lächeln des Mondes brach nun eine ganz besondere Zeit heran, die Zeit, da er zum Mann erklärt wurde. Er war nun zwölf Jahre alt und zusammen mit zwei gleichaltrigen Freunden wurde er von Weißer Bär unterrichtet. Ich durfte ihnen den Kreistanz beibringen, Mutiger Falke übernahm das Flötenspiel und die Gespräche, Großer Baum die Gesänge.

Bisher hatte vorrangig Weißer Bär unterrichtet. Doch wir rangelten regelrecht darum, „unseren Kleinen" lehren zu dürfen und Weißer Bär hatte, mit dem Kommentar, er wäre langsam sowieso zu alt sich mit den Kleinen herumzureißen, uns zur Aufteilung aufgefordert.

Zu unserer Freude war Lächeln des Mondes verstandesmäßig und auch spirituell den anderen beiden voraus.

Der große Tag war gekommen. Großer Baum und ich bemalten „unseren Jungen" und als sein Vater ihm seinen Hocker überreichte, war das ein unglaublich feierlicher Moment. Meine Gedanken schweiften zurück und ich erinnerte mich, wie Großer Baum mir damals meinen gegeben hatte und all diese überwältigenden Gefühle von damals kamen in mir hoch. Hatten wir damals auch so abgemagert und ausgelaugt ausgesehen?

Nun war auch er ein Mann, wie im Fluge war die Zeit vergangen und ich machte mir klar, dass auch ich älter wurde- dann wurde mir schmerzlich bewusst, dass Weißer Bär mittlerweile ein alter Mann war. In letzter Zeit war ihm dies auch anzumerken. Ich betrachtete ihn, wie er da stand und mit den drei Jungen redete. Er war langsamer in seiner Bewegung geworden und seine harten Gesichtszüge waren gar nicht mehr so hart. Seine einst scharfen Augen ließen nach und sein etwas trübe gewordener Blick ließ viel mehr durchgehen als früher.

Das große Fest war grandios und irgendwie war es auch mein Fest, nur konnte ich es mehr genießen, als meine eigene Feier damals. Noch lange, nachdem Mutiger Falke den nun nicht mehr Kleinen, völlig Erschöpften in die Hütte getragen hatte, feierten wir weiter, um am nächsten Tag alles langsamer angehen zu lassen.

Wir alle waren unglaublich stolz auf Lächeln des Mondes. Kurz, aber nur ganz kurz, wurde Mutiger Falke etwas wehmütig, da nun die Zeit, dass sein Sohn richtig mit ihm auf die Jagd gegangen wäre, wäre er Jäger geworden und hätte Mutiger Falke noch beide Beine...

Ein paar Tage später kam Mutiger Falke auf mich zu: „Es ist jetzt auch bald Zeit, mit Lächeln des Mondes die Wald Tour zu machen und ich habe mich gefragt, ob du sie gerne übernehmen möchtest. Das Bein, das Großer Baum mir gemacht hat funktioniert zwar ganz gut, aber tagelang damit im Wald herumzustreifen, wird wohl nicht das Wahre sein."

Er zögerte kurz. „Außerdem habe ich Angst, dass ich ihn im Notfall vielleicht nicht beschützen kann, weil ich nicht schnell genug bin..."

„Natürlich! Liebend gerne!", antwortete ich freudestrahlend.

„Danke!", seufzte er erleichtert.

„Nichts zu danken! Es ist mir eine Ehre!"

Ich träumte. Ich träumte, ich wandelte schwerelos durch Wälder, über Wiesen... alles erschien wie im Nebel und völlig unwirklich. Immer wieder wechselte einfach die Landschaft und ich wusste nicht, was ich hier sollte. Und ich war ganz allein, so allein. Doch ich fühlte, dass es so sein sollte.

Ich erwachte und versuchte mir vorzustellen, völlig alleine zu sein- ich konnte es nicht, und schon gar nicht als normal. Von unrealistischen Einsamkeitsgefühlen früher abgesehen, war ich doch nie allein gewesen.

Ich erzählte Weißer Bär von meinem Traum. Er runzelte seine faltige Stirn. „Es hängt mit deinem Versprechen, deiner großen Aufgabe zusammen."

„Heißt das, ich werde eines Tages ganz allein sein? Werde ich etwa verbannt werden? So wie einst Wendiger Panther?", fragte ich entsetzt.

„Nein." Er tätschelte mir lächelnd die Wange. „Nein, mein Sohn. Du bist ein guter Junge und nichts dergleichen wird dir geschehen. Es gibt nichts, wovor du Angst haben musst", versicherte er mir.

Also konnte meine große Aufgabe nicht einfach nur darin bestehen, meine Brüder und Schwestern zu versorgen, das wurde mir mit einem Schlag klar. Doch Weißer Bär war nicht dazu zu bewegen, mehr zu erzählen.

So lief ich zu meinem Platz und setzte mich auf den Felsen. Aufgewühlt ließ ich meinen Blick umher schweifen. Über Bäume und Sträucher, hinunter ins Tal bis zum Fluss. Das Rascheln der Blätter, der Wind in meinem Haar und die Sonne auf meiner Haut vermochten, mich nach einer Weile zu beruhigen. Beim besten Willen konnte ich mir nicht vorstellen, was Weißer Bär meinte und ich begann mich damit zu trösten, dass auch er schließlich älter wurde.

Ich blickte nach oben und sah den Adler, gerufen durch das unsichtbare Band, das uns miteinander verband und ihn stets veranlasste zu kommen, wenn ich ihn brauchte. Ich legte mich zurück auf den warmen Stein, blinzelte gegen die Sonne und beobachtete ihn, wie er mit gezielter Sicherheit seine Kreise über mir zog und das war es, was er mir in diesem Augenblick vermittelte: Die Sicherheit, auf dem richtigen Weg zum Ziel zu sein.

„Hör mal, Lächeln des Mondes", er war gerade in die Hütte gekommen, „es wird Zeit für dich, in den Wald zu gehen."

„Was brauchen wir denn?" Er war schon im Begriff, den Korb zu holen.

Ich grinste. „Nein, ich meine es ist an der Zeit für dich, dass du für eine Weile alleine in den Wald musst."

Langsam ließ er den Korb sinken und blickte mich mit seinen großen Augen an. „Ha ha, ich weiß ganz genau, dass ihr nie einen Jungen alleine schickt."

Ich schnitt eine enttäuschte Grimasse. Mist! Ich war damals auf Großer Baum hereingefallen und hatte mich unheimlich erschreckt.

„Na ja", sagte ich beiläufig, „dann werde ich eben mit dir gehen."

„Au ja!", strahlte er. „Wann geht's los?"

Er gab dem Korb einen leichten Tritt, so dass er wieder an seinem Platz stand und sah mich erwartungsvoll an.

„Jetzt! Geh dich verabschieden, pack deine Sachen, dein Vater hilft dir dabei und dann geht's los!"

Jubelnd verließ er die Hütte und schon sehr kurze Zeit später stand er fertig mit Speer, Messer, Pfeil und Bogen wieder vor mir. Auch ich hatte meine Waffen angelegt. Wir verabschiedeten uns noch von Weißer Bär und liefen dann los in den Wald. Das Wetter war geradezu perfekt, der Schatten der Bäume und der leichte Wind, den die Blätter aufkommen ließen, waren äußerst angenehm. Ich wollte mit ihm dorthin, wo Großer Baum damals mit mir gewesen war. Ich war mir nicht sicher, den Weg wieder zu finden, doch als wir am Abend tatsächlich die kleine Höhle fanden, war ich stolz. Alle Erinnerungen an die Tage, die ich mit Großer Baum im Wald verbracht hatte, kehrten zurück und so brachte ich Lächeln des Mondes bei, wie man mit Steinen Feuer macht. Nur stellte er sich wesentlich geschickter an, als ich damals.

Ich fragte ihn, was er gerne essen wolle.

„Ach weißt du, Feder, eigentlich mag ich auch nicht jagen. Lass uns einfach Beeren und Früchte suchen. Es macht mir nichts aus, ein paar Tage kein Fleisch zu essen so wie du." Ich gebe zu, ich war erleichtert über diesen Entschluss.

Als wir ein paar Tage später tatsächlich die Stelle fanden, an der ich mit Großer Baum damals acht Tage verbracht hatte, brach ich in reines Freudengeheul aus. Ich schnappte Lächeln des Mondes, warf ihn ins Wasser und sprang direkt hinterher.

Nachdem wir uns ausgetobt hatten, traten wir ans Ufer und schüttelten das Wasser aus den Haaren. Wir sahen uns um. Der große Berg mitten im Dschungel, von dem große und kleine Wasserfälle herabstürzten und sich zu einem glitzernden See sammelten, der umsäumt war von Bäumen, Büschen und Blumenmeeren. Es war noch schöner, als ich es in Erinnerung hatte und auch Lächeln des Mondes ließ seine Blicke bewundernd umherschweifen. Für einen Moment wünschte ich, Großer Baum wäre auch hier.

Dann lachte ich. „Also, einen Fisch würde ich dir fangen."

Lächeln des Mondes nahm das Angebot dankbar an und so saßen wir am Abend am Feuer und brieten den Fisch. Tatsächlich fand ich sogar noch die Lianen, die Großer Baum und ich damals so arrangiert hatten, dass man schaukeln konnte und schon saß Lächeln des Mondes darauf. Ich setzte mich neben ihn und wir unterhielten uns lange. Er war so klug, so lebhaft und verständig und irgendwie... so erwachsen geworden.

Wir blieben acht Tage und machten uns dann in einem Bogen auf den Rückweg, so dass wir nicht den gleichen Weg zurücklaufen mussten.

Es war deutlich zu spüren, wie das Band zwischen uns mit jedem Tag, den wir alleine miteinander verbrachten, dicker wurde.

Wir waren schon ein paar Tage auf dem Rückweg, uns durch den dichten Dschungel schlagend, während Lächeln des Mondes munter vor sich hin plapperte, als ich plötzlich innehielt.

„Pst, sei mal kurz still. Hörst du das auch?" Abrupt blieb ich stehen und lauschte. Tatsächlich, jetzt hörte ich es deutlich. Es klang wie ein... ein Summen. Mitten im Dschungel? Was konnte das sein?

Lautlos schlichen wir in Richtung des Geräuschs und blinzelten dann durch das Blätterwerk. Und da sahen wir ihn: Einen Mann, der da am Eingang einer kleinen Höhle saß und vor sich hin summte. Er war ganz allein, bis auf die Knochen abgemagert, sein Blick völlig geistesabwesend auf einen Punkt im Nirgendwo gerichtet.

Sprachlos starrten wir auf die Szene, die sich uns bot. Und dann dämmerte mir, dass ich diesen Mann kannte. Wie hatte er dermaßen altern können? Ich gab Lächeln des Mondes ein Zeichen, mir zu folgen.

Als wir außer Hörweite waren, setzte ich mich auf einen Baumstamm und atmete tief ein.

„Was war das denn?", fragte Lächeln des Mondes. „Was macht der Mann ganz allein hier?"

„Das ist Wendiger Panther. Einst einer unserer Jäger, zusammen mit deinem Vater und mir zum Manne erklärt und verbannt, wegen der Diebstähle, die er an seinem Stamm beging. Und...", ich zögerte, „er hatte deinem Vater damals den Speer in den Brustkorb gerammt." Fassungslos starrte er mich an, wusste nicht, was er dazu sagen sollte.

Auch wenn es mir zuwider war, erlegte ich ein paar Kleintiere und trotz allem half mir Lächeln des Mondes, indem er Früchte sammelte. Nachts, als Wendiger Panther schlief, legten wir ihm alles vor seine Höhle. Mehr konnten wir nicht für ihn tun.

Als wir in unserem Lager ankamen, wurden wir mit großem Hallo empfangen. Leuchtender Stern kam uns entgegengerannt, um ihren Sohn in die Arme zu schließen. Abends wurde unsere Heimkehr natürlich gebührend gefeiert, wobei Lächeln des Mondes früh schon die Augen zufielen, er war doch recht erschöpft vom ungewohnten Dschungelaufenthalt und dem vielen Laufen- und nicht zuletzt vom aufgeregten Berichten über unser großes Abenteuer. Wir hatten uns darauf geeinigt, nicht gleich von unserer Begegnung mit Wendiger Panther zu erzählen. Stattdessen gingen wir, Mutiger Falke, Großer Baum, Lächeln des Mondes und ich am nächsten Morgen zum Fischen. Da erst erzählten wir von unserem Erlebnis im Wald und vom Zustand Wendiger Panthers. Dann trat nachdenkliches, bedrücktes Schweigen ein.

Schließlich räusperte sich Lächeln des Mondes. „Vater, sollten wir den Mann nicht wieder nach Hause holen? Ich glaube nicht, dass er noch irgendetwas Böses tun würde."

Erwartungsvoll schauten Großer Baum und ich zwischen Lächeln des Mondes und Mutiger Falke hin und her. Schließlich meinte Mutiger Falke: „Ich werde darüber nachdenken."

Des Abends am Feuer erhob sich Mutiger Falke und gab damit zu verstehen, dass er gedachte zu sprechen. Als alle Aufmerksamkeit auf ihn gerichtet und die Gespräche verstummt waren, begann er: „Feder und mein Sohn sind im Wald Wendiger Panther begegnet."

Er schilderte dessen Zustand und fragte dann: „Hätte jemand etwas dagegen, wenn wir ihn wieder nach Hause holten? Ich halte es nicht für wahrscheinlich, dass er sich noch einmal etwas zuschulden kommen ließe."

Betretene Gesichter gingen leisem Gemurmel voraus, dann ließen sich immer mehr zustimmende Rufe vernehmen.

Mutiger Falke wartete noch eine Weile und fragte dann noch einmal: „Spricht irgendwer dagegen?"

Niemand meldete sich. „So sei es denn. Feder zieht morgen zusammen mit Großer Baum los, um unseren Bruder Wendiger Panther nach Hause zu führen."

Wendiger Panthers Mutter fiel auf die Knie, schlug die Hände vors Gesicht und weinte bitterlich.

Kapitel 31

So kam es, dass ich am nächsten Morgen mit Großer Baum zusammen aufbrach. Am Mittag des dritten Tages fanden wir die kleine Höhle, in der Wendiger Panther hauste. Genauso wie das letzte Mal saß er völlig geistesabwesend und leise vor sich hin summend da, gerade so, als hätte er sich gar nicht gerührt. Bestürzt schaute Großer Baum hinüber zu ihm und flüsterte: „Der ist aber alt geworden."

„Das gleiche hatte ich auch gedacht."

Langsam gingen wir auf ihn zu. Wir standen nur noch wenige Meter entfernt, doch noch immer nahm er uns nicht wahr. Zögernd und mit leiser Stimme sprach ich ihn an: „Wendiger Panther, Großer Baum und ich sind gekommen, um dich nach Hause zu holen."

Er drehte langsam den Kopf in unsere Richtung, doch er starrte weiterhin summend ins Leere. Es war, als würde er uns weder hören noch sehen.

Ich stieß Großer Baum mit dem Ellbogen. „Was sollen wir tun?" Er zuckte ratlos die Schultern.

Fasziniert beobachteten wir den hageren Mann, Fliegen hatten sich auf ihm niedergelassen, doch er rührte sich nicht, er schien noch nicht einmal zu blinzeln. Dann richtete sich Großer Baum auf und seufzte entschlossen: „Wir nehmen ihn jetzt einfach und tragen ihn heim!"

Er hatte recht, etwas anderes blieb uns wohl kaum übrig, wenn wir ihn nicht einfach hier lassen wollten. Zögernd taten wir die letzten Schritte zu ihm hin, Großer Baum packte ihn am Oberkörper, ich nahm die Beine und so machten wir uns auf den Weg zurück. Wendiger Panther ließ es ohne jede Gemütsbewegung mit sich geschehen, es war, als wäre er schon tot. Er wog kaum Gewicht, doch die ungewohnte Haltung machte unseren Rücken zu schaffen und so beschlossen wir am frühen Abend auf einer Lichtung Nachtquartier zu beziehen. Wir setzten Wendiger Panther im Gras ab und ich machte uns Feuer, während Großer Baum uns zu essen besorgte.

Wieder saß Wendiger Panther ohne sich zu rühren, als säße er schon immer hier und sprach kein Wort. Es kam mir vor, als wäre er unserer Gesellschaft noch immer nicht gewahr geworden.

Großer Baum kam zurück: „Wunderbar, du hast schon Feuer gemacht. Ich glaube, heute Nacht wird es ziemlich kalt. Hier", er hielt Wendiger Panther eine Banane vors Gesicht, „iss!" Doch Wendiger Panther reagierte nicht. So wie er uns nicht wahrnahm, bemerkte er auch die Banane nicht. Langsam legte Großer Baum die Frucht vor ihm auf den Boden. „Ich bin jedenfalls hungrig", brummelte er.

„Ich auch, mein Magen knurrt."

Schweigend aßen wir, immer wieder zu Wendiger Panther hinübersehend, der sich nicht rührte.

Nach dem Essen rauchten wir, dann stand ich auf, hob die Banane vom Boden auf und schälte sie. Ich hielt sie Wendiger Panther vor den Mund.

„So iss doch. Sieh, du brauchst nur noch abzubeißen."

Nichts. Ich brach ein mundgerechtes Stück ab und steckte es ihm nun einfach in den Mund. Ohne zu kauen schluckte er es herunter. Na endlich! Ich steckte ihm immer wieder winzige Stückchen in den Mund, da er nicht gedachte zu kauen, aber immerhin schluckte er einfach. Zwischendurch hielt ich ihm immer wieder den Becher an die Lippen und ließ ihm etwas Wasser in den Mund laufen. Schlucken schien das einzige zu sein, das er automatisch noch tat, außer zu summen. Es schien eine Ewigkeit zu dauern, bis ich ihm die Banane verfüttert hatte, wie hatte er bloß die ganze Zeit überlebt?

Zwei Tage später waren wir wieder zu Hause. Wir setzten ihn einfach am großen Platz ab, es schien für ihn sowieso keine Rolle zu spielen, wo er sich befand.

Unbemerkt war seine Mutter herangetreten. Mit unbewegtem Gesicht stand sie vor ihm und betrachtete ihn, dann kniete sie sich vor ihn hin und streichelte sanft über seine Wange.

Es spielte sich so ein, dass man ihn morgens ins Freie setzte und abends in die Hütte seiner Mutter brachte, da er sich nicht mehr selbst versorgen konnte. Sie war es, die ihn Tag für Tag fütterte, ihn wusch und unermüdlich mit ihm redete, gerade so, als wäre er wieder ein Baby. Mit der Kraft, die nur Mütter aufbringen und in der Hoffnung, er würde wieder wie früher. Weißer Bär probierte auch allerlei aus, doch ohne irgendeine Besserung zu bewirken. Es schien, als habe sein Geist seinen Körper für immer verlassen.

Lächeln des Mondes setzte sich manchmal zu ihm und sprach mit ihm und auch die anderen Kinder versammelten sich oft um ihn und spielten da, damit er nicht so alleine war. Abends setzten wir ihn mit ans Feuer, doch er lebte in seiner eigenen, unerreichbaren Welt.

Auch Weißer Bär baute merklich ab, er wurde immer ruhiger, aß weniger, wurde schnell müde. Doch ich verdrängte es und schob alles auf sein vorgerücktes Alter und war sicher, dass er noch lange leben würde.

Doch eines Morgens kehrte ich vom Fischen zurück und er lag ganz gegen seine Gewohnheit noch auf seiner Schlafstatt. Ich setzte mich zu ihm.

„Fühlst du dich nicht wohl? Soll ich dir etwas bringen?"

„Hör zu Feder, ich werde sterben. Ich weiß es schon seit einer Weile, doch nun spüre ich den Tod schon ganz nah."

„Nein, nein! Das kann nicht sein! Sag mir, was dir weh tut, wir werden dich heilen!"

Er schaute mich aus großen Augen an, dann lächelte er milde.

„Du hast mich nicht ganz verstanden. Ich habe keine Schmerzen. Meine Zeit ist gekommen und dagegen sollte man sich nicht wehren."

„Ich glaube dir nicht! Das kann nicht sein! Du bist nicht krank!"

„Nein, Feder, ich bin nicht krank, doch die Ahnen rufen nach mir und ich werde ihrem Ruf folgen."

Ich spürte, wie mir heiße Tränen die Wangen herunterliefen. Ich war völlig durcheinander und wollte nicht glauben, was er sagte. Ich legte mich einfach neben ihn und weinte. Ich legte meinen Arm um ihn, als könnte ich ihn so festhalten und er strich mir tröstend über den Kopf.

Bilder meines Lebens zogen an mir vorüber, ein Leben, in dem er eine große Rolle gespielt hatte und das er in eine völlig neue Richtung gelenkt hatte. Ich erinnerte mich, wie er mich als Mann im besten Alter in seiner Hütte erwischte, als ich seinen Stein berührte, wie er mich bei sich aufnahm und in seine Lehre nahm. An die unendlich vielen Gespräche, die wir geführt hatten und er mir meinen Weg zeigte und mir mein Selbstbewusstsein geschenkt hatte. Wie er mich am Felsen einweihte. Und ich dachte an die Schwitzhütte, die er mir gebaut hatte.

Er war ein unersetzbarer Freund, ohne den zu leben ich mir nicht vorzustellen vermochte.

„Du kannst mich doch nicht einfach alleine lassen, das geht doch nicht!", schluchzte ich verzweifelt.

„Aber mein Junge! Hast du denn gar nichts bei mir gelernt?! Wenn du jetzt noch nicht weißt, dass ich dich niemals alleine lassen werde, dann war alles, was ich dir beigebracht habe, umsonst."

Kapitel 32

Weißer Bär stand nicht mehr auf.

Ich wich nicht mehr von seiner Seite. Weder ließ er sich behandeln, noch war er dazu zu bewegen, Nahrung zu sich zu nehmen. Innerhalb kürzester Zeit baute er erschreckend ab.

Am dritten Tage nahm er meine Hand. „Feder, erinnere dich an dein Versprechen, wenn es so weit ist."

Dann schloss er die Augen, für immer.

Bewegungslos blieb ich sitzen, ließ seine Hand auf meiner liegen, unfähig zu begreifen, dass es vorbei war.

Irgendwann kam Lächeln des Mondes herein, blieb kurz am Eingang stehen, trat dann näher.

„Ist er tot?", fragte er leise.

Ich zwang mich, mich aus meiner Erstarrung zu lösen und sah ihn an.

„Ja ", hauchte ich, dann sank ich in mich zusammen, legte meinen Kopf an Weißer Bärs Brust, spürte, dass sie mittlerweile kalt war und weinte bitterlich.

Das Begräbnis war nicht vergleichbar mit dem von Dunkler Rauch. Alle hatten sich tief mit Weißer Bär verbunden gefühlt und weinten nun, viele der Frauen laut wehklagend. Weißer Bär hatte jedem einzelnen von uns mehr als einmal geholfen. Ausgerechnet ich war es, der die Ansprache am Grab halten musste und noch nie in meinem Leben ist mir etwas so schwer gefallen.

Der Zug war am Berg unserer Ahnen angekommen und nun stand ich vor dem schwarzen Loch, das man für Weißer Bär gegraben hatte. Ich starrte hinein und fühlte mich selbst wie tot.

Vorsichtig legte Großer Baum seinen leblosen Körper hinein. Er sah aus, als würde er friedlich schlafen und irgendwie tat er das ja auch.

Ich kniete mich hin und legte seinen Stein, jenen, der mir einst zum Verhängnis wurde, auf seinen Bauch und legte seine Hände darauf. Der Stein war für ihn wichtig gewesen, er verhalf ihm zum Sehen und ich war mir sicher, er würde ihn, da wo er nun hinginge, bei sich haben wollen. Ich stand wieder auf.

„Ein großer Mann ist von uns gegangen, einer der größten überhaupt", begann ich mit brüchiger Stimme und scheinbar endlos rannen die Tränen aus meinen Augen. Wie viel Tränen kann ein Mensch vergießen? Ich fühlte mich so leer, so müde. Am liebsten hätte ich mich einfach zu ihm gelegt.

„Weißer Bär war unser aller Freund, ein guter Mensch, der seinesgleichen sucht. Er besaß die unschätzbare Gabe der bedingungslosen Liebe."

Ich schluchzte und fuhr dann mit erstickter Stimme fort.

„Er ist unersetzbar und wird für immer eine unfüllbare Lücke in unserem Kreis hinterlassen, ein schwarzes Loch, so schwarz wie das Loch in dem er gerade liegt. Er war einfach ein guter Mensch, stets bestrebt zu helfen und zu verstehen und wahrscheinlich wäre niemand anderes in der Lage gewesen aus mir den Menschen zu machen, der ich heute bin.

Weißer Bär, wir wissen, dass du stets an unserer Seite sein wirst, in unseren Herzen, doch werde ich dich vermissen, wie ich zuvor noch nie jemanden vermisst habe- wir werden dich vermissen."

Ich sank auf die Knie, drum herum war es mäuschenstill.

Nach einer Weile stimmte ich leise den Gesang an und leise fielen die anderen mit ein. Ich spürte, wie mein ganzer Körper zitterte und seit vielen Jahren zum ersten Mal überkam mich wieder dieses Gefühl der Einsamkeit. Ich wusste natürlich, dass ich nicht allein war, dennoch war es da.

„Heiliger Vater, Weißer Bär ist von uns gegangen,

nimm ihn liebevoll auf, in deinen Schoß,

führ ihn ins Licht, zu unseren Ahnen,

auf dass sein Geist auf ewig lebe,

in Frieden...."

Gespenstisch, wie durch einen Vorhang hörte ich unseren Gesang, als wäre meine Stimme eine fremde. Lange, lange sang ich, wollte nicht mehr aufhören, wollte nicht zurück, zurück in die leere, stille Hütte.

Lächeln des Mondes, Großer Baum und Mutiger Falke gaben sich alle Mühe, doch nichts und niemand vermochte mich zu trösten.

Ein paar Tage später hatte ich dann wieder eine Schmerzattacke, so schlimm wie nie zuvor, sie sollte mehrere Wochen anhalten und das Herz in meiner Brust schmerzte. Lächeln des Mondes und Großer Baum, der in dieser Zeit nicht zur Jagd ging, pflegten mich, so gut sie es vermochten, doch dieses Mal hinterließ diese seltsame Krankheit ihre Spuren: meine Finger waren teilweise verformt, auch später hin humpelte ich leicht und ein Leben ohne Schmerzen gab es für mich von da an nicht mehr. Und auch sonst wurde ich nie mehr ganz der Alte, es war, als wäre ein Teil von mir mit Weißer Bär gegangen.

Doch immerhin, nach Wochen der Trauer und Schmerzen, kam meine Seele wieder zu mir und ich bedankte mich herzlich bei Lächeln des Mondes und Großer Baum für ihre liebevolle Pflege, die sie mir hatten angedeihen lassen, brachte halbwegs wieder ein Lächeln zustande.

Allein diese kleine Geste ließ die beiden aufatmen und erst da wurde mir bewusst, welch große Belastung ich dargestellt hatte. Das bedauerte ich zutiefst und ich bat die beiden um Entschuldigung, die sie jedoch als nicht nötig abwiesen.

Ich riss mich also zusammen, nahm meine Arbeit mit hilfreicher Unterstützung von Lächeln des Mondes wieder auf und begann, wieder die Nähe meiner Freunde, meiner Schwestern und Brüder zu suchen.

Als ich abends zum ersten Mal wieder mit am Feuer saß, gaben sich alle redlich Mühe, mich zu unterhalten und versuchten, mich von der Tatsache abzulenken, dass Weißer Bärs Platz nun leer war. Dennoch starrte ich immer wieder auf den Platz, auf dem er gesessen hatte und niemand wagte es jemals, sich dahin zu setzen.

Großer Baum und Mutiger Falke holten abwechselnd Bier und am Ende des ersten Abends waren wir alle drei sturzbetrunken und nicht mehr in der Lage, alleine unsere Hütten aufzusuchen...

Doch gleich am nächsten Morgen holten mich alle drei zum Fischen ab, in der Bemühung, mich wieder in meinen normalen Tagesablauf einzubringen.

Ich bemühte mich, mich nach außen hin wieder normal zu geben und gegebenenfalls eine ausgelassene Stimmung an den Tag zu legen, doch das Loch, das in mir entstanden war, schloss sich nicht mehr, immer wieder überkam mich die Traurigkeit und ich weinte heimlich.

Kapitel 33

Zehn Jahre waren vergangen seit Weißer Bärs Tod. Ich war zweiundvierzig Jahre alt und davon abgesehen, dass mein Körper seit langer Zeit nicht mehr so funktionierte wie er sollte, verspürte ich in letzter Zeit immer öfter mein Herz rasen, manchmal griff ich an meine Brust mit dem Gefühl verhindern zu müssen, dass es heraussprang. Alles um mich drehte sich. Es fühlte sich an, als würden unsichtbare Hände meinen Brustkorb zusammendrücken und wollten mich nicht richtig atmen lassen. Nach einer Weile ließ es langsam wieder nach.

Nach wie vor lief ich jeden Tag zu dem Hügel auf unserem Heiligen Berg und brachte Weißer Bär frische Blumen.

Oftmals begleitete mich der Adler und ließ sich gar vor meinen Augen auf dem Hügel nieder und selbst sein Blick erschien mir traurig. Ich hatte ihm eine Maus mitgebracht und hielt sie ihm nun hin, es war mir kein anderes Zeichen der Dankbarkeit eingefallen dafür, dass er stets für mich da gewesen war. Als wäre es selbstverständlich, nahm er sie mir vorsichtig mit seinem großen Schnabel aus meiner Hand und fraß sie.

Ich hatte Lächeln des Mondes alles beigebracht, was ich von Weißer Bär gelernt hatte. Immer wieder hatten wir neue Dinge, neue Mischungen ausprobiert. Lächeln des Mondes war sehr kreativ und es kam das eine oder andere Brauchbare dabei heraus.

Er hatte inzwischen geheiratet, ein liebes Mädchen, sie war ihm eine gute Frau. Sie hatten einen kleinen Sohn und eine kleine Tochter, beide allerliebst.

Aus einer gewissen Melancholie hatte ich mich nicht mehr befreien können und eigentlich lebte ich nur noch in meiner Pflichterfüllung meinem Volk gegenüber und Lächeln des Mondes Lehre, wobei er mittlerweile so gut war, dass er die Arbeit allein verrichten konnte. Manchmal fragte ich mich, ob er nicht gar besser geworden war als ich.

Eines Tages fragte er mich: „Feder, bringst du mir dann auch die Sache mit den Händen bei?"

Ich überlegte kurz: „Ja, du hast recht, es ist Zeit! Nächsten Vollmond."

Und in der nächsten Vollmondnacht wanderte ich mit ihm unseren alten Berg der Ahnen hinauf, zum Felsenvorsprung, auf dem Weißer Bär mich damals eingeweiht hatte. Es war angenehm warm und keine Wolken am Himmel und so spendeten der Vollmond und die Sterne angenehmes Licht.

Wir setzten uns und ich fragte: „Was ist Gott für dich?"

„Unser aller Vater."

„Das ist richtig. Alles um uns herum ist Energie, überall. In uns, in den Tieren, in den Pflanzen, in jedem Stein, ja, in der Luft. Das ist unser Heiliger Vater. Er ist in jedem Hauch des Windes und alles ist durchtränkt mit seinem Licht und seiner Liebe.

Wenn du also den Heiligen Vater um seine Hilfe und seine Liebe bittest, saugst du sozusagen sein Licht und seine

Liebe in dich auf und bist dann in der Lage, diese in konzentrierter Form weiterzuleiten, in dem du demjenigen, dem du helfen willst, deine Hände auflegst. Und somit wird der Heilungsprozess gefördert, Körper und Geist kommen wieder in Einklang."

Lächeln des Mondes hatte angestrengt gelauscht und nun wartete ich eine Weile, bevor ich fragte: „Hast du dazu noch irgendwelche Fragen?"

„Wenn ich nun selbst etwas Schlechtes, eine Krankheit in mir habe, kann es dann passieren, dass ich auch etwas Schlechtes weitergebe?"

„Nein, mein Sohn, es ist die Liebe unseres Vaters, ausschließlich sie gibst du weiter und so kannst du mit dieser Behandlung niemals Schlechtes anrichten."

„Und wenn ich diese Liebe nun in mich hinein sauge, fehlt sie dann nicht woanders?"

„Gottes Liebe ist unerschöpflich, je mehr Liebe du verteilst, umso mehr Liebe wird es geben auf unserer Welt."

Er dachte kurz nach und nickte dann. „Ich bin bereit."

„So knie hin, mein Sohn, vor unserem Heiligen Vater, und bitte um seine Liebe und seine Gnade, sei voller Dankbarkeit."

Mühsam erhob ich mich. Ich stand am Rand des Felsens, schaute hinunter in die Schlucht, über die Ebene, bis hin zum Fluss, dessen Wasser der Mond in der Nacht glitzern ließ, dann hob ich mein Gesicht gen Himmel und war erfüllt von Liebe zu ihm und Dankbarkeit für alles wunderbare, das unser Vater geschaffen hatte.

Ich streckte meine Arme nach oben, schloss die Augen und fühlte, wie ich erfüllt wurde von Ruhe und Liebe. Ich bat den Heiligen Vater, Lächeln des Mondes nun die Gnade dieser guten Gabe zuteilwerden zu lassen und leise hallte meine Stimme in den Felsen wider. Ich fühlte die Zustimmung und wandte mich Lächeln des Mondes zu.

Ich legte meine Hände auf seine Schultern und merkte, dass meine Handflächen heiß waren. Er hatte die Augen geschlossen und er schien die starke Energie zu spüren, die nun floss, denn ergriffen schnappte er nach Luft. Er schien überwältigt von der Kraft.

Als ich fühlte, dass es vollbracht war, nahm ich langsam meine Hände weg und flüsterte: „So sei es! Du sollst deinem Volk ein guter Bruder sein und ihm stets deinen Dienst erweisen, so gut du nur kannst."

„Das werde ich", versprach er und öffnete langsam die Augen.

Schweigend blieben wir sitzen, genossen die Heilige Nacht, beobachteten den Sonnenaufgang, bevor wir zurückgingen.

Kapitel 34

Ich träumte.

Ich träumte, wie meine Brüder und Schwestern wirr durcheinander rannten. Ich hörte Schreie, sah weinende Kinder, die nach ihren Müttern und Vätern riefen, sah Mütter und Väter tot auf der Erde liegen.

Ich erwachte und überall lief Schweiß an meinem Körper herab und ich zitterte. Wieder einmal starrte ich hinüber zu der Stelle, die einst Weißer Bärs Schlafstatt gewesen war.

Er war nicht mehr da. Ich konnte meinen Traum nicht mehr mit ihm bereden, würde keinen Rat mehr von ihm bekommen.

Ich legte meinen Kopf auf meine Arme und schluchzte.

Als der Morgen graute, machte ich mich auf zu meinem täglichen Besuch bei Weißer Bär. Das Wetter war rau und der kühle Wind und der Regen machten mir zu schaffen. Wie stets pflückte ich unterwegs frische Blumen, die ich auf seinen Hügel legen wollte.

Aus der Entfernung bereits sah ich auf dem Hügel etwas liegen. Als ich nähertrat, erkannte ich meinen Adler. Er lag da, Flügel und Füße wie in einem Krampf von sich gestreckt. Ich setzte mich auf das nasse Gras, nahm ihn in meine Arme und hielt ihn fest, während meine Tränen sich mit dem Regen vermischten.

Ich fühlte mich plötzlich uralt.

Ich vergrub ihn neben Weißer Bär, ein kleiner, neuer Hügel neben dem großen, alten. Ich lief zurück zum Lager, verrichtete an diesem Tag notdürftig meine Arbeit, redete nur das Notwendigste und erzählte niemandem davon.

In der Nacht erwachte ich, geweckt von meinem rasenden Herzen und Schmerzen, die Besitz von meinem ganzen Körper ergriffen hatten.

Ich rief in Gedanken nach dem Adler und sah ihn vor meinem geistigen Auge, wie er landete, sich hinlegte und schlief.

Dann rief ich nach Weißer Bär und auch er erhörte mich. Jung und stark wie einst, als ich ein kleiner Junge war, stand er vor mir.

„Ist es so weit?", fragte ich ihn.

Er nickte. „Die Zeit ist gekommen. Deine große Aufgabe erwartet dich."

Mühsam stand ich auf, ging hinaus in die Nacht. Der Weg zu meinem Felsen erschien mir endlos und doch hatte ich es irgendwann geschafft.

Ich legte mich auf ihn, fühlte weder Hitze noch Kälte, ich machte mir keine Gedanken mehr, wusste, dass ich die Schmerzen zum letzten Mal ertrug und erwartete meinen Tod.

Kapitel 35

Als die Sonne am Morgen ihre ersten Strahlen schickte, war es vorbei. Mein Geist verließ meinen Körper, ich sah ein Licht, das an Schönheit alles übertraf, was ich vorher gesehen hatte und ging darauf zu.

Plötzlich befand ich mich auf einer riesigen Wiese, übersät mit Blumen in allen erdenklichen Farben und da stand ein Baum, wunderschön. Er musste uralt sein, denn riesengroß stand er da, wie Arme streckten sich seine Äste in alle Richtungen und unter seinem dichten Blätterdach hätten alle meine Brüder und Schwestern Platz gefunden.

Zwei Menschen lehnten an seinem Stamm, nun kamen sie freudestrahlend und mit ausgestreckten Armen auf mich zu und ich wusste, es waren meine Mutter und mein Vater. Wir umarmten und küssten uns und endlich war ich zu Hause.

So etwas wie Zeit gab es nicht mehr, denn wie lange wir einander umarmten, es konnte für die Dauer eines Augenzwinkerns sein oder aber eine Ewigkeit.

Es dauerte ganz einfach so lange ich es brauchte, das Gefühl von Geborgenheit, Liebe, Zärtlichkeit und Wärme.

Als alle diese Bedürfnisse endlich gestillt waren, dachte ich an Weißer Bär. Raum gab es auch nicht mehr, denn plötzlich befand ich mich auf dem Felsen und da saß er und erwartete mich. Ich setzte mich zu ihm.

„Hier bin ich."

„Ja, da bist du. Ich habe dich erwartet."

„Was geschieht nun?", wollte ich wissen.

„Lass uns achtgeben auf unsere Brüder und Schwestern."

So saßen wir schweigend nebeneinander auf dem Felsen, schauten hinunter ins Lager, schauten in die Menschen hinein, die da lebten, hörten ihre Worte und ihre Gedanken und wann immer sie Hilfe suchten, redeten unsere Geister mit ihren Geistern. Manchmal erhörten sie sie und manchmal überwogen ihre eigenen Gedanken, so dass ihr Geist den unseren überhörte.

Neue Seelen kamen zu unserem Volk, alte, bekannte Seelen verließen es. Wir empfingen sie liebevoll, dann gingen sie ihren eigenen Weg, ihre eigenen Aufgaben zu erfüllen.

Mit Stolz erfüllt beobachtete ich, wie gut Lächeln des Mondes seine Arbeit tat und freute mich an dem glücklichen Leben, das er führte. Seine Kinder gediehen prächtig.

Wendiger Panthers Geist, als er dessen Körper verließ, war einfach plötzlich weg. Ich machte mir Sorgen um ihn und so beschloss ich, ihn aufzusuchen.

Ich fand mich an einem Fluss, dessen unfreundliche, reißende Strömung mit furchteinflößender Schnelligkeit dahinfloss, das Wasser war von trübem Schwarz.

Schwarz war auch der Himmel, grau in grau von Wolken verhangen, als gäbe es keine Sonne und auch die Luft war erfüllt von trübem Wasser, es regnete in Strömen. Kalter Wind bog die Bäume, so dass ihre Stämme drohten zu brechen, alle Blätter hatte er bereits hinweggefegt. Keine

Blume fand hier ihren Platz und Tiere waren keine zu hören oder zu sehen. Eine Landschaft des Grauens, wie tot.

Wendiger Panther saß am Ufer und starrte bewegungslos ins Wasser. Er hatte mich nicht bemerkt und selbst als ich mich neben ihn setzte, sah er nicht auf.

„Was tust du hier?" Er reagierte nicht.

Ich berührte ihn. „Wendiger Panther, sag, warum bist du an einem solch unfreundlichen Ort?"

Ohne seinen Blick zu heben antwortete er: „Ich war böse, deshalb bin ich hier."

„Und warum sitzt du so starr hier am Ufer?"

„Ich sehe ins Wasser, damit ich nicht mitbekomme, was um mich herum vor sich geht."

Gesprächig war er also auch nicht sonderlich.

„Warum willst du nichts sehen?"

„Weil ich Angst habe."

Langsam begann ich zu begreifen.

„Wendiger Panther, du hast Angst und ein schlechtes Gewissen wegen dem, was einst geschah. Deshalb bist du an diesem schrecklichen Ort. Wir kommen stets an jenen Ort oder zu jener Seele, an den oder die wir denken oder zu dem oder der wir uns wünschen. Somit sieht das Jenseits genau so aus, wie wir selbst es uns vorstellen. Du selbst bist der Grund, dein eigenes Empfinden, dass du hier bist. Du denkst, du hättest nichts Besseres verdient."

Ich schluckte, instinktiv wusste ich, dass ich recht hatte.

„Das glaube ich nicht. Ich war böse und das ist meine Strafe. Ich muss hier warten und die Angst ausstehen, bis dann etwas Schreckliches passiert."

„Nein!" Ich umfasste sein Gesicht und zwang ihn, mich anzusehen.

„Nein, Wendiger Panther, so ist das nicht! Vertrau mir! Du bist hier, bei unseren Ahnen, du selbst hast dir diesen Ort geschaffen. Es ist Zeit, dass du dir selbst verzeihst, denn alle anderen haben dir längst vergeben! Schüttle die Angst und dein schlechtes Gewissen von dir ab, steh auf und geh hinaus ins Paradies."

Zweifelnd schaute er mich an. Was konnte ich noch sagen, damit er mir glaubte? Mir kam eine Idee. Ich könnte gleich vor mir, neben seinem Schreckensort, meine eigene Welt entstehen lassen mit meiner Vorstellungskraft und so floss gleich rechts von mir der Fluss ruhig weiter, in dessen klarem Wasser sich die Sonne spiegelte. Übermütige Fische kamen bis an die Wasseroberfläche. Der Himmel war von strahlendem Blau und wunderschöne, riesige Bäume säumten das Ufer. Freundlicher Vogelgesang erfüllte die klare Luft und wie ein bunter Teppich füllten die Blumen das Gras.

Während er noch im Regen saß, starrte er ungläubig die wenigen Meter hinüber, wo der Schrecken sein Ende fand. So dicht beieinander saßen wir, doch er in seinem Ort des Grauens und ich im Paradies.

„Siehst du", flüsterte ich, „alles ist gut! Du musst nur aufstehen und hinübergehen. Du bist frei! Deine Gedanken sind frei! Geh und erschaffe eine Welt, die schöner nicht sein kann. Besuche deine Brüder und Schwestern, sie alle werden dich mit Liebe empfangen!"

Langsam stand er auf, zögernden Schrittes lief er hinüber. Ich sah ihm nach, bis ich ihn nicht mehr sehen konnte, dann kehrte ich zurück zu Weißer Bär und setzte mich wieder neben ihn.

Kapitel 36

Was geschah dort unten, was war da los?

Gebannt starrten wir hinunter ins Lager. Von weit her kamen fremde Männer, sie sahen anders aus als wir, sie saßen auf Tieren, die ich nie zuvor gesehen hatte. Die Tiere trugen sie auf ihren Rücken mit hoher Geschwindigkeit in Richtung unseres Stammes. Ich fühlte, dass sie nicht in Freundschaft kamen und wurde erfasst von blanker Panik.

Hilflos mussten wir zusehen, wie sie in unser friedliches Lager einfielen. Sie töteten unsere Männer mit Waffen, die Feuer spien und sie führten lange, spitze Messer. Sie mussten sie einzig zum Zweck des Tötens hergestellt haben, denn für die Alltagsarbeit wären sie völlig ungeeignet gewesen. Was sie den Frauen und Mädchen antaten, möchte ich nicht schildern. Danach töteten sie auch von ihnen die meisten. Kaum jemand überlebte den Angriff, schwer verletzte Menschen lagen dem Tode geweiht auf der kalten Erde, Kinder liefen weinend und schreiend durcheinander und suchten nach ihren Müttern und Vätern. Die Fremden waren weitergezogen, ich war völlig fassungslos, konnte nicht verstehen, was da geschehen war.

Weißer Bär und ich begaben uns hinunter an den Ort des Grauens. Einige derer, die im Sterben lagen konnten uns sehen. Ich fand Lächeln des Mondes blutüberströmt am Boden liegen.

„Feder", krächzte er mit letzter Kraft, „pass auf meine Kinder auf."

Seine Frau und seine Kinder hatte ich zuvor schon gefunden- alle tot.

„Mach dir keine Sorgen", hauchte ich. „Sei ganz ruhig, du wirst sie gleich wieder sehen."

Ich blieb bei ihm, bis er die Augen schloss. Ich sah, wie sein Geist seinen Körper verließ und ins Licht ging, wo er bereits von seiner Frau, seinen Kindern und seinen Ahnen erwartet wurde.

Ich sah mich um. Immer mehr Seelen verließen ihre Hüllen. Einige gingen ins Licht. Doch mussten wir zusehen, wie etliche das Licht gar nicht wahrnahmen, sondern aus dem Leben gerissen verzweifelt nach ihren Kindern, Müttern, Vätern, Schwestern und Brüdern suchten, die wiederum teilweise nicht mehr da waren. Sie irrten umher, ihre rastlosen Seelen, verzweifelt, suchend.

Das hatte es zuvor niemals gegeben. Diese Art von Tod hatte es zuvor nie gegeben, nicht diese Art zu sterben. Stets war unser „Ablauf" des Körperverlassens und des ins Lichtgehens ein ganz natürlicher gewesen, doch dies hier hatte nichts Natürliches mehr und somit war der Kreislauf gestört.

Hilflos irrten Seelen, Menschen, die wir stets versuchten zu schützen, umher, nicht wissend, wo sie hingehörten, wo sie hinzugehen hatten.

Weißer Bär stand plötzlich vor mir.

„Das", sprach er, „das, Feder, ist deine große Aufgabe, die du einst gelobtest zu übernehmen. Eine Aufgabe, die es vorher niemals zu erfüllen gab. Sprich zu den verlorenen Seelen, zeige ihnen das Licht, führe sie nach Hause."

Langsam, ganz langsam verstand ich. Das also war die Aufgabe, von der er immer wieder gesprochen hatte.

„Ich frage dich nun dennoch ein letztes Mal, bist du bereit, diese schwere Last, diese große Verantwortung zu tragen?"

Ich nickte.

Dann ging er, auf ihn mochten andere Aufgaben warten.

Information

Die Guarani-Indianer leben heute völlig verarmt und um alles gebracht in Dörfern, verdrängt in Gebiete, die niemand wollte, d.h. das, was noch von ihnen übrig ist.

Nicht mehr in Freiheit, am Fluss des Bunten Vogels, am Rio Uruguay.

Wer mehr wissen möchte, oder vielleicht sogar helfen möchte:

guarani-hilfe.de

Teil 2

Flug der Feder

Seelensammler

Kapitel 1

So streifte meine Seele über das Schlachtfeld, wo die Geister meiner Lieben verloren und verzweifelt nach ihren Liebsten suchten. Ich sprach mit jedem einzelnen, zeigte ihnen das Licht und überzeugte sie davon, dass es hier nichts mehr zu tun gab. Mein Geist ruhte nicht, bis auch die letzte Seele ins Licht gegangen war. Ich habe keine Ahnung, wie lange es dauerte, denn Raum und Zeit gab es nicht mehr...
Irgendwann war es geschafft, ich hatte alle nach Hause gebracht.
Und nun?
Meine Aufgabe war erfüllt, so konnte auch ich wieder zurück - dachte ich.
Doch da hörte ich von weit her Weißer Bärs Stimme: „Feder, die Welt ist groß. Deine Hilfe wird noch von vielen anderen Menschen gebraucht. Du solltest deine Gabe nicht nur auf deine Stammesbrüder beschränken, denn alle Menschen dieser Welt sind Brüder und Schwestern."
Na schön, er hatte recht - wie immer...
Ich dachte einfach an den nächsten Ort, an dem meine Hilfe gebraucht würde und landete auf dem nächsten Schlachtfeld. Auch hier hatte ich alle Hände voll und geraume Zeit zu tun, bis ich auch die Letzten davon überzeugen konnte, ins Licht zu gehen. Verzweifelte, suchende Seelen sind nämlich nicht leicht zu überreden, den Blick nach oben zu wenden, um das Licht zu sehen und loszulassen. Sie glauben, sie könnten hier noch etwas ausrichten, was bedauerlicherweise unmöglich ist. Erst durch das Licht, erst von der jenseitigen Welt aus, vermögen sie zu sehen, zu finden, zu verstehen -

und somit auch zu helfen.

Dies war also meine neue Aufgabe, mein Geist wanderte umher um zu helfen und bekam nur Leid, Not, Elend, Blut und Tränen zu sehen. Nur Schreie, Stöhnen, Weinen und Klagen zu hören.

So verging Jahr um Jahr. Tatsächlich war die Welt viel größer und es gab viel mehr Menschen und vor allem viel mehr Leid, als ich mir je hätte vorstellen können. Ich entdeckte, wie unterschiedlich und doch gleich die Menschen waren.
Irgendwann musste ich mir eingestehen, dass ich mit meiner Arbeit nur einen minimalen Teil der verlorenen Seelen abdecken konnte, einen viel zu kleinen Teil! Ich erkannte, dass dies ein Fass ohne Boden war, in jeder Sekunde kamen zahllose neue dazu. Ich fühlte mich verzweifelt und hilflos, meine Seele weinte.

Keine Angst, ich werde nun nicht die ganze Zeit davon berichten, wie ich von Krieg zu Krieg zog, es ist offensichtlich, dass ich so mein Dasein fristete.
Erzählen werde ich von Schicksalen, die ich beobachten durfte und die mich bewegten. Einige davon sollten eines Tages mein eigenes Schicksal prägen.

Kapitel 2

Ein Schlachtfeld eines von mir nie gesehenen Ausmaßes. Das Grauen packte mich beim Anblick des vielen Blutes. Noch immer wurde gekämpft, obwohl schon unzählige, verlassene Leiber sich stapelten und bereits unzählige verlorene Seelen umherirrten. Und noch immer nicht genug. Was dachten sich die Menschen nur dabei? Nicht vorstellbar, mit welcher grauenvollen Fantasie sie Waffen herstellten, um den Gegner möglichst lange leiden zu lassen, bevor sie ihn töteten.

Ich ging umher, fassungslos. Ratlos, wo ich überhaupt beginnen sollte. Und plötzlich war es wieder da: das Lied, das mir einst die Götter als Junge im Kreistanz schenkten.

Ich stellte mich auf eine Anhöhe, so dass alle mich sehen konnten, erhob meine Stimme und begann zu singen:

"All ihr verlorenen Seelen, kommt nach Haus, kommt nach Haus.
Hier werdet ihr nicht finden was ihr sucht, kommt nach Haus.
Zuhause könnt ihr sehen,
von dort aus könnt ihr helfen,
hier werdet ihr verstehen,
kommt nach Haus.
Seht nach oben,
seht das Licht, das euch geleitet,
in aller Liebe, kommt nach Haus."

Nach und nach sahen immer mehr der umherirrenden Seelen

zu mir, lauschten gebannt auf meinen Gesang. Und ich sang und sang...

Immer mehr schauten nach oben, sahen das Licht. Und ich sang und sang... Nach und nach gingen sie hinein, immer mehr, wie Glühwürmchen, die dem Himmel entgegen strebten. Ich verließ das Feld erst, als auch die letzte Seele ihren Platz gefunden hatte.

Einige, die näher dem Tod als dem Leben standen, konnten mich auch sehen, doch nicht für alle war die Zeit gekommen.

Aber ihre vor Schmerz verzerrten Gesichter und zuckenden Leiber entspannten sich, sie erkannten, dass sie nicht allein waren, nie sein würden.

Erleichtert da ich nun wusste, wie ich meine Aufgabe besser angehen und bewältigen konnte, zog ich weiter.

Wieder vergingen Jahre und irgendwann war ich an einem Punkt, da ich es nicht mehr ertrug. Ich zog mich zurück, hatte genug von all dem Elend, das ich nicht wirklich zu bessern vermochte, streifte umher.

Bis ich im Wald an einer Lichtung anlangte. Ich schaute mich um, begab mich in die Mitte, bestrahlt vom Licht der Sonne, der Wind ließ die Blätter leise rauschen, da vorne plätscherte ein kleines Bächlein huldvoll vor sich hin. Das Gras, saftig und grün, die Bäume, alt und unberührt, hier ließ ich mich nieder. Hier ruhte ich aus, hier tankte ich Kraft und erinnerte mich daran, dass die Welt auch schön war.

Und wenn ich wieder zur Ruhe gekommen war, zog ich weiter.

Stets, wenn ich die unbegreifliche Gewalt, zu der Menschen fähig waren und die mir bislang völlig fremd gewesen war, nicht mehr ertrug, begab ich mich zur Waldlichtung. Sie wurde zu meinem Lieblingsort in dieser lieblosen Zeit, meine Sammelstelle, mein Kraftplatz. So, wie dies einst der Felsen auf dem Heiligen Hügel unserer Ahnen war...

Je mehr Zeit verging und je weiter ich reiste, desto mehr veränderten sich die Menschen. Andere Rassen, anderes Aussehen... andere Sitten.
So zog es mich einst nach Afrika, wo ich Zeuge ganz besonders schlimmer Verbrechen werden musste.
Tatsächlich gab es Stämme, die Ritualmorde an unschuldigen Kindern begingen, sie folterten, vergewaltigten, opferten. Aus ihren toten Körpern und ihrem Blut bereiteten die Medizinmänner „Zaubertränke" zu, die Reichtum und Glück bringen sollten. Es war grauenhaft, was ich hier mit ansehen musste.
Ich kümmerte mich um die Kinderseelen besonders liebevoll, nahm mich ihrer einzeln an, doch hier das nächste Problem: meine Erscheinung erschreckte sie, so dauerte es länger, ihr Vertrauen zu erwecken und mir zu folgen.
Ich entschied, meine Gestalt zu verändern und nahm das Aussehen einer jungen, zierlichen Frau an, mit langem, dunkelblondem Haar. Ich trug ein weißes Kleid und niemand hatte mehr Angst vor mir oder erschreckte sich bei meinem Erscheinen.

Kapitel 3

Irgendwann zog es mich nach Holland, wo sich zwei Städte bekriegten. Ich wusste gar nicht, worum es dabei überhaupt ging. Wahrscheinlich wissen die meisten Kämpfenden das selbst irgendwann nicht mehr...

Es war vorbei, meine Arbeit getan und ich wunderte mich, warum ich noch immer hier war, als ich plötzlich spürte, dass dieser kleine Städtekrieg nur die Spitze des Eisbergs war.

Ich suchte Hunde auf, die mich spüren konnten und schreckte sie auf, in der Hoffnung, es wäre eine Warnung. Ich suchte Sterbende und versuchte ihnen zu verstehen zu geben, dass sie den anderen sagen sollten, dass sie flüchten müssten. Leider war ich nicht allzu erfolgreich, die meisten Menschen glaubten nicht mehr so wie wir damals und vertrauten nicht auf ihr Gefühl, nur wenige spürten die Gefahr und versuchten zu entrinnen. Ob sie es schafften oder nicht, vermag ich nicht zu sagen, denn alles ging sehr schnell.

Plötzlich verdunkelte sich der Himmel. Es war, als würde auf einmal die Nacht hereinbrechen und der schlagartig einsetzende Wind wurde in rasender Geschwindigkeit immer stärker. Die Wellen des Meeres schlugen immer höher.

Die Menschen rannten panisch schreiend durcheinander. Da sie ihre Zeit mit diesem unnötigen Krieg vergeudet hatten, waren die Dämme vernachlässigt worden und in schlechtem Zustand.

Unaufhaltsam wehte der Sturm das Wasser immer stärker in

Richtung Land. Ich fand zwei Gruppen von Männern, die stritten. Sie stammten aus besagten beiden Städten und hatten tatsächlich nichts anderes zu tun, als hier zu stehen und sich anzuschreien. Nicht zu fassen!
„Seht doch, was geschieht!", schrie ich sie an. Doch sie hörten nicht.
Und dann war es so weit: die Dämme brachen mit ohrenbetäubendem Lärm, das Wasser stürzte wie eine ausgeschüttete Badewanne über das Land.
Die Menschen rannten schreiend in Panik umher, kreuz und quer, ohne zu wissen, wohin. Sie befanden sich im Wettrennen mit dem Wasser.
Die Männer, die sich am Ufer im Streit befunden hatten, waren die ersten, die von einer riesigen Welle mitgerissen wurden und ertranken.
Ich stand da und konnte wie immer nichts mehr weiter tun, als auf die suchenden Seelen zu warten.
Es wurden zweiundsiebzig Dörfer an diesem Tag überschwemmt, einige verschwanden für immer, versumpften, sozusagen. Welch Utopie: die beiden benachbarten Städte, die sich kurz zuvor bekriegten, waren von nun an getrennt. Die eine davon war an einem einzigen Tag zur Insel geworden...

Kapitel 4

Ich befand mich vor der Stadt Castillon, die von den Engländern angegriffen werden sollte. Die Franzosen waren stark in der Überzahl, hatten das Quartier der Engländer mit Gräben eingekreist und bereits einen Wall von 300 Kanonen errichtet.
Der englische Befehlshaber näherte sich mit 1300 Rittern dem französischen Hauptlager. Die Rüstungen der Männer strahlten in vollem Glanz. Die Horde, eng zusammengerückt, erschien wie ein See, in dem sich die Sonne spiegelte.

Als die Europäer in unser Land einfielen, war das furchtbar, doch etwas Faszinierendes brachten sie mit. Es waren ganz wunderschöne Geschöpfe mit muskulösen Körpern, langen, schlanken Beinen, die sie trugen so schnell wie der Wind. Sie nannten diese Tiere Pferde und ich konnte mich nicht an ihnen satt sehen.

Eines der Pferde zog nun ganz besonders meine Aufmerksamkeit auf sich. Eine schneeweiße Stute, mit langer, wehender Mähne und perfektem Körperbau. Es war das Pferd des englischen Befehlshabers. Wie gefesselt hing mein Blick an ihr.
Er ritt auf dieser Schönheit voraus.
Mit einer schier unglaublichen Unerschrockenheit trug sie ihren Reiter über das Feld, an Tapferkeit und Anmut kaum übertroffen.
Die Engländer fügten den gegnerischen Bogenschützen

einige Verluste zu. Das Gebrüll verstärkte sich und sie kämpften motiviert und immer übermütiger. Dann erhielten sie Kunde, die Franzosen würden sich zurückziehen. Der Befehlshaber zog seine Armee zusammen und rückte weiter vor. In dem französischen Lager wurden sie jedoch von einer riesigen Überzahl des Gegners überrascht und nach einer Stunde wurden sie von bretonischer Kavallerie flankiert.

Die Männer hatten keine Chance mehr, trotzdem kämpften sie tapfer weiter-

bis, ja, bis die weiße Stute getroffen wurde.

Sie stürzte schwer zu Boden und Blut sickerte aus ihrem schönen Körper und färbte ihr weißes Fell rot.

Ihr Reiter, unverletzt, ließ sie achtlos liegen und gab sich weiter dem Kampf hin.

Ich trat zu ihr und setzte mich neben sie auf den Boden. Mit angsterfüllten, weit aufgerissenen Augen starrte sie mich an.

Sie konnte mich sehen!

Ich streichelte zärtlich über ihren Hals.

„Du brauchst keine Angst zu haben, der Schmerz ist bald vorbei. Ich tu dir nichts. Ganz ruhig, du hast es gleich geschafft."

Sie verstand mich!

Sie fühlte mich!

Ich streichelte sie weiter, ihr Körper entspannte sich, sie kam zur Ruhe. Und dann schloss sie erschöpft ihre Augen, ihr Geist verließ ihren Körper und so stand er vor mir, ganz strahlende Schönheit. Sie wollte nicht gehen, sie wollte bei mir bleiben.

„Bist du dir sicher, dass du diesen Weg mit mir gehen

willst?"
„Ja."
Schlicht und ergreifend. So saß ich auf. Ich war nicht mehr alleine und meine Seele war erfüllt von Freude!
Ich lächelte, zum ersten Mal, seit ich die Aufgabe angetreten hatte.
„Nun denn, Pferd, dann lass uns unsere Arbeit tun!"

Unter den umherirrenden Seelen befand sich auch der Befehlshaber. Er war von einem französischen Bogenschützen erkannt und erschlagen worden.
Endlich zogen sich die Engländer zurück, doch aufgrund der schweren Verluste hatten sie uns jede Menge Arbeit hinterlassen.

Kapitel 5

Eines Tages kamen Pferd und ich in ein italienisches Dorf, dessen Männer ausgezogen waren in den Krieg. Nur Frauen, Kinder und Alte fand ich vor, die verzweifelt versuchten die Männerarbeit mit zu verrichten, um zu überleben.
In Italien tobten die Renaissance-Kriege, irgendwie bekämpfte jeder jeden und ich hatte jede Menge Arbeit.
Ich war erleichtert, ausnahmsweise nicht auf einem Schlachtfeld angekommen zu sein. Doch gleich darauf machte das Gefühl der Erleichterung dem Gefühl der Verwunderung Platz. Ich fragte mich, was ich hier sollte.
So beschloss ich, mich hier umzuschauen, ich würde meine Aufgabe hier schon finden. Bei dem Gedanken fühlte ich Kälte, tat mir doch der Anblick der friedlichen Menschen hier, wenn auch im Elend, so gut.
Ich begab mich in eine Hütte. Am Tisch saßen eine alte Frau, ein alter Mann. Trübsinnig starrten sie auf die Tischplatte. Am Feuer stand eine junge Frau und bereitete das Essen zu. Auf dem Boden saßen vier kleine Kinder, doch sie spielten nicht. Ihre Gesichter waren eingefallen, ihre Augen ausdruckslos. Keiner sprach. Sie alle erschienen unendlich müde.
Auch draußen ging es recht ruhig zu. Ich erinnerte mich an unser Dorf, an die Alten, die schwatzend am Feuer gesessen hatten, die Kinder, die spielend umhertollten, an die Frauen, wie sie lachend und plaudernd am Fluss saßen und die Kleidung wuschen. Hier schienen die Menschen jeglicher Energie beraubt.

Ich streifte weiter umher. Überall das gleiche, alle gingen traurig schweigend so gut es ging der Arbeit nach, alle waren bis auf die Knochen ausgehöhlt. Traurig, sehr traurig, und dennoch, welche Ruhe, welch „Frieden".
Wieder packte mich nackte Angst. Ich befand mich hier wohl kaum, um die Ruhe zu genießen. Es war klar, dass irgendetwas im Argen war... Ich streifte am Dorfrand entlang und spähte umher, ob von irgendwoher Gefahr drohte, doch es war nichts zu sehen.
Ich dachte darüber nach, mich an den nächsten Ort zu begeben, ich würde hier schon wieder landen, wenn ich gebraucht würde, als zwei Stimmen meine Aufmerksamkeit auf sich lenkten. Neugierig begab ich mich auf die kleine Lichtung, wo ich zwei Frauen fand, die erregt aufeinander einredeten.
Eine junge, hübsche Frau mit langem, schwarzem Haar stand da.
„Ich halte es hier nicht mehr aus! Ich habe so viel von unserem Alten gelernt. Unsere Männer sterben auf dem Schlachtfeld und ich sitze hier und koche, während sie im eigenen Blut ertrinken, weil niemand da ist, der ihre Wunden versorgt!"
„Kind!", meldete sich die ältere zu Wort. „Auch hier wird deine Hilfe gebraucht! Wir brauchen hier jede Hand. Seit die Männer fort sind, ist die Arbeit hier kaum zu bewältigen, kaum genug zu essen da! Denk an deine Kinder! Sie brauchen dich!" Ihre Stimme wurde immer schriller. „Ist es nicht schlimm genug, wenn sie ihren Vater verlieren?! Sollen sie auch noch ohne Mutter aufwachsen?"
Die Jüngere straffte die Schultern, ihre Augen drückten

Entschlossenheit aus. Ihre ganze Haltung zeugte von einer Bestimmtheit, die keinen Widerspruch mehr duldete.
„Mutter, vielleicht ist es mein Mann, dein Sohn, der gerade in diesem Augenblick verletzt am Boden liegt und stirbt, weil ich nicht da bin, um ihm zu helfen."
„Maria, mein Kind!", flehte die Alte mit zitternder Stimme, „ich bitte dich, bleib! Lauf du nicht auch noch in den Tod!"
Maria nahm sie in den Arm.
„Gib gut auf die Kinder Acht, bis ich wieder da bin", flüsterte sie ihr ins Ohr. „Heute Abend, wenn sie schlafen, werde ich gehen."
Sie löste sich aus der Umarmung, drehte sich um und ging davon.
„Ich werde mit den Kindern reden, sie werden es verstehen", rief sie.
Die Alte starrte ihr nach, dann sank sie auf die Knie, schlug die Hände vors Gesicht und weinte. Ich versuchte, sie zu trösten. Ich weiß nicht, ob sie mich in irgendeiner Form wahrnehmen konnte, doch bald versiegten ihre Tränen, sie stand auf, entschlossen, sich ihrer Aufgabe zu widmen und sich um die Kinder zu kümmern.

Kapitel 6

Ich folgte ihr. Wir betraten die Hütte und sie setzte sich an den Tisch, an dem Maria bereits mit ihren Kindern saß. Das kleinste, vielleicht ein halbes Jahr alt, hockte auf ihrem Schoß und spielte mit ihrem Haar. Das Mädchen sah ihr sehr ähnlich, es hatte die gleichen großen, dunklen Kulleraugen wie ihre Mutter, die so gütig waren und doch sagten: „Ich tu, was ich für richtig halte."
Die beiden Jungs, schätzungsweise vier und fünf Jahre alt, saßen auf ihren Hockern und kauten nervös an ihren Fingernägeln, ihr schwarzes Haar war zerzaust und mit ängstlichen, schmalen Gesichtern verfolgten sie die Worte ihrer Mutter.
„Mama", wagte der kleinere einzuwenden, „ich hab Angst! Ich will nicht, dass du fortgehst. Bitte bleib hier!"
Der größere legte eine Hand auf seinen Rücken.
„Ich weiß, mein Liebling ", versuchte Maria ihn zu beschwichtigen.
„Aber wir dürfen jetzt nicht nur an uns denken. Sieh, wir alle, das ganze Dorf ist eine Familie, nicht nur wir. Wir machen gerade schwere Zeiten durch und jeder muss seinen Dienst tun, wo er am meisten von Nutzen ist, den meisten Sinn ergibt."
„Aber woher soll man denn wissen, wo das ist?" versuchte es der Kleine erneut.
„Das sagt uns unser Herz. Und mein Herz sagt mir, dass mein Platz dort ist, da werde ich gebraucht. Euer Vater braucht mich dort."

Man sah dem Kleinen an, dass er angestrengt überlegte, wie er seine Mutter vielleicht doch noch zum Hierbleiben überreden könnte, doch fiel ihm wohl nichts mehr ein. Traurig ließ er den Kopf hängen.
Sein großer Bruder streichelte ihm sanft den Rücken. Müde sah er seiner Mutter in die Augen.
„Wir verstehen, was du meinst Mama. Auch Papa sagt immer, ein Mann muss tun, was ein Mann tun muss. Warum sollte das bei Frauen anders sein."
Ich staunte über so viel Verständnis eines noch so kleinen Jungen, Maria musste eine gute Mutter sein. Sehnsüchtig dachte ich an Lächeln des Mondes und betrachtete den Kleinen liebevoll.
„Ich werde auf Großmutter und Fabio aufpassen, bis du mit Papa wieder da bist."
Mit feuchten Augen strich Maria ihm durchs dichte Haar.
„Oh Marco, ich wusste, dass du mich verstehst. Ja, du bist nun der Mann im Haus, gib gut acht auf die beiden. Ihr werdet sehen, bald schon ist alles vorbei und dann komm ich mit Papa zurück. Bald ist alles wieder gut, versprochen!"
Sie zog die beiden Jungen zu sich heran, bis alle drei Kinder auf ihrem Schoß Platz gefunden hatten und sie saßen lange schweigend, einfach nur engumschlungen in gegenseitigem Verständnis. Selbst ich glaubte daran, dass alles gut werden würde, wollte es glauben...

Am Abend brachte sie die Kinder zu Bett, doch keines, außer der Kleinen, würde in dieser Nacht wirklich schlafen.
Sie suchte alles, was im Dorf an Verbandszeug und zur Wundversorgung entbehrt werden konnte zusammen und

packte es in eine alte, zerschlissene Tasche, die einst dem Alten gehörte, der das Dorf medizinisch versorgt hatte, aber vor geraumer Zeit verstorben war. Er war ihr ein guter Lehrer gewesen und dankbar gedachte sie ihm, während sie die schwere Tasche schulterte.
„Leb wohl, Mutter. Bete für uns. So Gott will, sind wir bald zurück."
Die Alte nickte mit grauem Gesicht.
Maria öffnete die Tür, atmete tief durch, dann lief sie los ins Ungewisse. Ich beschloss, sie zu begleiten, wusste ich sowieso nicht, was ich hier sollte und mochte sie. Ich wollte wissen, was mit ihr geschah.
Sie hatte nichts zu essen mitgenommen, da die Lebensmittel im Dorf eh schon knapp waren und so ernährte sie sich von Beeren, die sie beim Laufen am Wegesrand fand. Sie rastete nicht, lief den ganzen Tag durch. Erst des Abends, wenn ihre Beine sie gar nicht mehr tragen wollten, suchte sie sich eine geschützte Stelle im Unterholz, schlief sofort ein. Nach wenigen, traumlosen Stunden erhob sie sich schon wieder, noch ehe der Morgen graute und zog weiter.

Am dritten Tage endlich kamen wir an. Von weitem schon waren die Schüsse und das Kriegsgebrüll zu hören. Marias Gesicht wurde immer entschlossener, je näher sie dem Geschehen kam. Sie zeigte keinerlei Unsicherheit oder Angst. Immer lauter wurde es. Sie ging vom Weg ab und begann, sich durchs Gebüsch zu schlagen, wobei ihre Arme und Beine bald von blutigen Striemen übersät waren. Hätte ich ein Herz gehabt, es hätte vor Aufregung schneller geschlagen, doch auch so war mein Geist höchst angespannt und voller Furcht, was Maria dort erwarten würde.

Dann geschah etwas, was mir im Moment gar nicht passte: Es zog mich weg, weg von Maria. Ich durfte sie nicht weiter begleiten, ich wurde woanders gebraucht. Unabänderlich zog es meinen Geist hinweg und plötzlich befand ich mich wieder im Dorf, wo Marias Weg begonnen hatte.

Hätte ich Blut in den Adern gehabt, es wäre gefroren!

Alles lag in Schutt und Asche, und wenn ich sage, alles, dann meine ich alles. Das einzige Zeichen dafür, dass hier noch vor kurzem Leben war, war der Rauch, der von den abgebrannten Hütten aufstieg. Traurig machte ich mich an meine Arbeit...

Auch Marias Schwiegermutter fand sich schließlich unter den Suchenden. Ihre Seele irrte zwischen den Trümmern umher und rief die Namen ihrer Enkelkinder. Ich sprach sie an, doch sie reagierte gar nicht, sah mich nicht an. Verzweifelt suchte sie den Boden ab, suchte nach Spuren der Kleinen oder Lebenszeichen. Schließlich verstellte ich ihr den Weg: „Mutter!"

Erschrocken sah sie auf und musterte mich misstrauisch. So etwas wie mich hatte sie wohl noch nie gesehen.

„Wer bist du?", fragte sie ängstlich.

„Ich bin Feder. Ich weiß, du suchst die Kinder, aber du kannst sie hier nicht mehr finden. Du musst mitkommen, hier ist kein Platz mehr für dich."

„Das geht nicht! Ich habe versprochen, auf sie aufzupassen!"

„Ich weiß, du hast es Maria versprochen."

„Woher weißt du...?"

„Sieh, Mutter, du kannst hier nichts mehr tun. Sind sie tot,

so sind sie bereits gegangen, dann findest du sie, wenn du ins Licht gehst. Leben sie noch, so kannst du ihnen von hier aus auch nicht mehr helfen. Doch von zuhause aus findest du sie immer und überall und kannst mit ihren Geistern reden."
Sie zögerte, ich hatte sie bereits verunsichert.
„Bitte, vertrau mir. Geh ins Licht. Ich glaube nicht, dass sie noch hier sind, ich konnte überhaupt keine Lebenszeichen feststellen. Geh nach Hause, du wirst erwartet."
Langsam hob sie ihren Blick und endlich sah sie das Licht. Sie ging zögerlich ein paar Schritte darauf zu, drehte sich noch einmal zu mir um. Ich nickte, dann ging sie.
Es war, als würde die Zeit stillstehen, während ich meine Arbeit tat- und ich hatte noch einiges zu tun.
Als ich sie beendet hatte, fühlte ich mich völlig leer, ich selbst war ausgebrannt. Nicht ein lebender Mensch war übrig geblieben. Ich begab mich an den Platz, an dem Marias Hütte gestanden hatte.
Aber wo waren Marias Kinder tatsächlich? Ich hatte sie nicht gesehen. Entweder waren sie tatsächlich gleich ins Licht gegangen, was am wahrscheinlichsten war, oder aber sie lebten noch. Nein, nicht möglich. Oder? Ich dachte intensiv an sie und tatsächlich: es zog mich Richtung Wald...

Da waren sie! Sie hatten es geschafft, sie waren entkommen! Ich freute mich wie schon so lange nicht mehr. Die Kleine hockte völlig unversehrt auf dem Waldboden und warf Blätter um sich. Marco aber lag verletzt am Boden, er blutete aus einer großen Wunde am Bauch. Fabio kniete

neben ihm und weinte.
„Was soll ich denn tun? Marco, sag mir, was ich tun soll!"
„Lass mich einfach liegen, Fabio. Ich will nur noch schlafen. Nimm die Kleine und lauft weg. Du bist jetzt der Mann, du musst auf sie aufpassen."
„Nein! Ich geh nicht von dir weg!"
Marco hatte sein Versprechen gehalten, er hatte seine Geschwister beschützt und in Sicherheit gebracht. Ich näherte mich ihnen, wollte nach ihm sehen.
Mit halbgeschlossenen Augen sah er mir entgegen. Er konnte mich sehen! Sein Zustand war so schlecht, dass der Vorhang bereits dünn war.
„Wer bist du?", wollte er wissen.
„Ich bin Feder. Keine Angst, ich bin ein Freund."
„Wo ist meine Großmutter?"
Ich setzte mich neben ihn auf den Boden und strich über sein pechschwarzes Haar.
„Sie ist tot. Du musst hierbleiben und dich und deine Geschwister in Sicherheit bringen, bis eure Eltern wieder da sind. Bleib hier, mein Junge."
„Ich bin so müde."
„Ich weiß. Aber jetzt wird nicht geschlafen."
„Mit wem redest du?", wollte Fabio wissen. Die scheinbaren Selbstgespräche seines Bruders machten ihm Angst.
„Mit Feder."
„Aber da ist niemand!" Mit großen, ängstlichen Augen blickte er um sich.
Doch auch die Kleine schien das anders zu sehen. Sie betrachtete mich offen und warf juchzend einige Blätter in meine Richtung. Auch sie nahm mich wahr.

„Hör zu, Marco", ich versuchte, ihn wachzuhalten, „ich werde dir jetzt sagen, was zu tun ist und du sagst es Fabio, damit er dir helfen kann."

Der Junge nickte schwach, aber er kämpfte tapfer gegen die Müdigkeit, die seinen Körper in den ewigen Schlaf wiegen wollte.

Ich zeigte ihm im Umfeld einige Kräuter, die wir brauchten. Er gab Fabio die Anweisungen, der gehorsam alles sammelte. Dann ließ ich ihn sein Hemd zerreißen, die Kräuter auf die Wunde legen, dann musste der Kleine einen festen Verband machen.

Wieder musste er verschiedene Kräuter sammeln, schnell zum Bach laufen, etwas Wasser holen und dann Marco den Sud zu trinken geben. Marco trank in kleinen Schlucken.

„Sag Fabio, er soll nun noch einmal die gleichen Kräuter sammeln und ins Wasser legen, du brauchst heute noch mehr davon."

Er tat es, dann konnte er die Augen nicht mehr offen halten und schlief ein. Diesmal ließ ich ihn, jetzt würde der Schlaf ihm guttun.

Fabio verrichtete ganz tapfer und sorgfältig die ihm aufgetragenen Aufgaben. Dann begann auch noch die Kleine zu weinen, sie hatte Hunger. Emsig lief er umher und sammelte Beeren für seine kleine Schwester und gab sie ihr zu essen. Dann holte er ihr noch Wasser zum Trinken. An sich selbst dachte er gar nicht.

Ich durfte zwei Tage an der Seite der Kinder verbringen und zusehen, wie es Marco besser ging, dann wurde ich zu Marias Kriegsgeschehen zurückgezogen...

Der Kampf neigte sich dem Ende, das Feld voller Seelen, die nicht gehen wollten, nach Hause wollten zu ihren Familien.

Ich war erleichtert. Ich sah Maria von einem zum anderen hetzen. Stellte sie den Tod fest, schnappte sie ihre Tasche, die mittlerweile nicht mehr schwer war und eilte zum nächsten, um zu retten, was zu retten war. Sie machte keinen Unterschied mehr zwischen „Freund" und „Feind", sah nur noch die Menschen, die im Schmerz alle gleich schrien. Meine Bewunderung für sie stieg ins Unermessliche.

Ich tat meine Arbeit und als ich fertig war, fand ich Maria unter einem Baum sitzend. Sie starrte ins Leere, neben ihr die leere Tasche.

Irgendwann stand sie endlich auf, Zeit, wieder zurückzugehen, zu ihrem Dorf, ihren Kindern... Sie machte sich auf den Weg.

Ich tat dies mit einem Gedanken und war direkt bei den Kindern. Ich weiß nicht, wie viel Zeit vergangen war, aber es war schön zu sehen, dass es Marco sichtlich besser ging. Er saß an einen Baum gelehnt, die Kleine zwischen seinen Beinen, Fabio daneben. Sie hatten Beeren neben sich liegen und auch Wasser hatte Fabio genügend besorgt. Sie unterhielten sich.

Ich trat vor. „Marco", er horchte auf, blickte suchend umher, sah dann in meine Richtung. Ein Glück, er konnte mich noch immer hören und sehen.

„Pst!", befahl er seinen Geschwistern. „Seid mal kurz still."

„Hör zu Marco, in drei Tagen ist eure Mutter zurück, geht dann zurück ins Dorf, sie wird euch sonst suchen."

Er lächelte.

„Und Papa?"
„Euer Vater ist nach Hause gegangen. Aber eure Mutter kommt zurück- in drei Tagen!"
Schon zog es mich wieder weg...

Kapitel 7

Irgendwann verspürte ich wieder Sehnsucht nach „meiner Waldlichtung" und begab mich mit Pferd, wie ich die Stute nannte (warum auch nicht, in meiner Ebene hier gab es schließlich kein anderes), dorthin.
Auch sie genoss die Pause sichtlich. Ich hockte mich mitten auf die Lichtung, der Mond schien eine riesige Scheibe zu sein.
In der Nähe hielten sich Wölfe auf, die um die Wette heulten. Was für eine wunderschöne Nacht, der Himmel war sternenklar, hier war die Welt in Ordnung.
Ich kann es jedem nur empfehlen, sich so einen Platz zu suchen, an dem er sich besonders wohlfühlt, weit abseits von allem. Einen Platz, an dem man zur Ruhe kommen kann, Abstand nehmen und in Ruhe nachdenken kann. Vielleicht alles wieder aus einer anderen Sicht betrachten kann. Sozusagen ein Fluchtort. Eine Wohltat!
Mein Geist entspannte sich also, ich genoss die Idylle, als ich plötzlich ein leises Rascheln vernahm. Ein riesiger Wolf betrat die Lichtung. Er hob den Kopf, spitzte seine Ohren, schaute sich um. Dann blieb sein Blick an mir hängen.
Tatsächlich können einige Tiere uns wahrnehmen, das erzählte ich schon in der Geschichte in Holland, als die Sturmflut kam und ich versuchte, die Hunde aufzuscheuchen.
Er stand also da und starrte mich regelrecht an.
Ich versuchte, mit seinem Geist zu sprechen. Ich möchte vorweg nehmen, dass dies bei weitem nicht mit allen Tieren funktioniert. Wovon dies abhängig ist, weiß ich nicht.

„Hallo mein Freund. Keine Angst, ich tu dir nichts."
Er senkte leicht den Kopf.
„Ein schönes Tier bist du! Warum bist du nicht bei deinem Rudel?" Ich lächelte.
„Hast uns wohl bemerkt und bist neugierig geworden."
Dann sagte ich nichts mehr, betrachtete ihn einfach nur, fühlte mich wohl in seiner Gesellschaft.
Nach einer Weile schien er Vertrauen zu fassen und kam zögernd ein paar Schritte auf mich zu, blieb wieder stehen. Ich rührte mich nicht. Saß nur da und wartete ab, was er wohl tun würde.
Er schien darüber nachzudenken und irgendwann setzte er sich langsam in Gang. Er kam zu mir her, Schritt für Schritt, konzentriert und wachsam. Dann stand er vor mir, schaute mich an mit seinen klugen, gelbbraunen Augen.
Endlich traf er eine Entscheidung. Er setzte sich neben mich, zusammen betrachteten wir den Mond und er heulte. Und ich heulte mit.
Ich hatte einen Freund gefunden.
Von da an kamen Pferd und ich öfter zur Lichtung, nicht mehr erst dann, wenn ich das Gefühl hatte, nicht mehr zu können. Nein, wir kamen, um unseren Freund zu besuchen. Stets spürte er sofort unsere Anwesenheit, trennte sich von seinem Rudel und kam zu uns.
Warum das so war, weiß ich nicht, aber wir genossen die gegenseitige Gesellschaft...

Wir waren geraume Zeit unterwegs gewesen, als ich plötzlich an Maria und die Kinder dachte. Wie es ihnen wohl erging?

Ich beschloss, nach ihnen zu sehen.

Mit einem Gedanken waren wir dort.

Sie waren in ein anderes, entlegenes, kleines Dorf übersiedelt.

Ich staunte. Wie groß die Kinder geworden waren, die Kleine war schon sechs. Sie half gerade ihrer Mutter bei der Wäsche.

Fabio fand ich bei einem Hufschmied, dem er beim Beschlagen der Pferde half und Marco auf einem Dach, er war bei einem Zimmermann in die Lehre gegangen.

Ich freute mich, dass es ihnen gut ging.

Da schallte eine helle Stimme durch die Straße.

„Maria, Maria! Hilfe! Schnell! Komm!"

Ein kleines Mädchen mit langen, dunklen Locken rannte in Richtung Marias Haus, so schnell, dass ihr Haar wie eine Fahne hinter ihr her wehte. Sie schien sehr aufgelöst zu sein.

Da kam Maria auch schon aus dem Haus gestürzt. Sie hatte die alte Arzttasche unter den Arm geklemmt und lief dem Mädchen entgegen. Die Tasche sah mittlerweile wirklich sehr schäbig aus, doch scheinbar konnte und wollte sie sich nicht von ihr trennen.

Sie nahm das Mädchen an der Hand und zusammen gingen sie den Weg zurück, den die Kleine hergekommen war.

Dass ich mitging versteht sich selbstredend.

Wir betraten ein kleines Häuschen, das aus einem einzigen Zimmer bestand. Hinten links befand sich die Kochstelle, daneben standen ein Tisch und zwei Stühle und an der Wand entlang hatte man die Schlafstatt errichtet, auf der eine junge Frau lag.

Sie war sehr blass, Schweiß rann von ihrer Stirn und ihr

Haar klebte am Kopf. Ihr schmerzverzerrtes Gesicht blickte uns entgegen.
Maria stellte ihre Tasche auf dem Tisch ab und öffnete sie.
„Was fehlt dir? Wo tut es weh?", wollte sie wissen.
„Mein Bauch!", stöhnte die junge Frau und im nächsten Moment krümmte sie sich und stöhnte in einem Kolik artigen Anfall.
Maria wartete, bis sie sich wieder etwas entspannte, tastete ihren Bauch ab, dann winkelte sie ihr rechtes Bein leicht an und zog es langsam nach oben. Die Frau schrie auf.
„Du hast die Seitenkrankheit", schloss Maria.
„Das Gleichgewicht deiner Säfte ist gestört. Wir haben abnehmenden Mond, ich werde einen Aderlass machen."
Sie griff in ihre Tasche und entnahm ihr ein merkwürdig aussehendes, geschwungenes, kleines Messer. Sie wandte sich der Kleinen zu und bat sie, ihr einen Eimer zu holen. Das Mädchen rannte hinaus und kam in Windeseile zurück. Maria nahm dankend den Eimer entgegen und schickte das Kind hinaus.
Sie stellte das leere Gefäß neben die Kranke, nahm deren Arm und schnitt in Längsrichtung in die Blutader der Ellenbeuge. Die von Schmerz gepeinigte Frau biss tapfer die Zähne zusammen. Sie hatte gut getroffen, das Blut floss den Arm hinab und dann in den Eimer.
Ich dachte wehmütig zurück an die Zeit mit Weißer Bär, als wir zusammen arbeiteten. Was hatte er mir nicht alles beigebracht. Ob Maria ihren Lehrer auch so sehr geliebt hatte? Nachdem sie noch immer die alte Tasche benutzte, hatte sie wahrscheinlich auch sehr an ihm gehangen.
Mittlerweile hatte die Frau etwa einen halben Liter Blut

verloren. Maria legte ihr einen leichten Druckverband an und das Blut bildete einen immer größer werdenden Kreis in dem weißen Stoff.

Maria drehte den Kopf Richtung Tür. „Du kannst wieder hereinkommen."

Sofort kam die Kleine herein gehüpft. Sie hatte wohl direkt vor der Tür gestanden und nur auf diesen Satz gewartet. Erschrocken starrte sie auf den blutigen Arm, ihre dunklen, von langen Wimpern umrahmten Augen weiteten sich.

„Koch Wasser ab", bat Maria. Es war gut, dass sie dem Mädchen zu tun gab. Sie selbst brachte den Eimer hinaus.

„Du wirst die nächste Zeit nur noch Obst und Gemüse essen, ich bringe euch jeden Tag welches vorbei. Und du", sie blickte hinüber zur Kochstelle, „machst deiner Mutter bitte ganz viel Tee und drückst ihr Zitronensaft hinein."

Wieder flogen die Locken beim eifrigen Nicken.

„Ich komm nachher wieder, um nach dem Rechten zu sehen. Wenn irgendetwas ist, holst du mich schnell."

Maria nahm ihre Tasche und trat ins Freie. Sie schloss die Augen, ließ sich die Sonne kurz ins Gesicht scheinen und atmete tief durch. Dann machte sie sich auf den Rückweg.

Sie tat also weiterhin, wozu sie sich berufen fühlte, ich war stolz auf sie.

Sie wurde schon erwartet.

„Sieh mal, Mama", rief ihr Töchterchen stolz, „ich habe alleine weitergemacht und alles ist sauber!"

Maria lächelte. „Zeig mal her." Sie stellte die Tasche beiseite und begutachtete die Wäsche von allen Seiten.

„Das hast du sehr gut gemacht, Francesca!", lobte sie und gab ihr einen dicken Kuss auf die Wange. Die Kleine strahlte über beide Backen. Sie sah ihrer Mutter immer ähnlicher, sicher würde sie einmal eine sehr hübsche Frau werden.

„War es sehr schlimm?"

„Gulias Mama ist sehr krank."

„Kannst du sie wieder gesund machen?", fragte Francesca besorgt.

„Ich hoffe es." Maria seufzte.

„Nach dem Abendessen werde ich wieder hinübergehen und über die Nacht bei ihr bleiben."

„Darf ich mit?"

„Nein, bleib lieber hier." Sie wollte Francesca nicht unnötig belasten. Dann fiel ihr etwas ein.

„Ich werde dir Gulia herüberschicken, sie soll bei dir schlafen."

„Oh ja!" Francesca strahlte.

„Komm, hängen wir die Wäsche auf."

Danach richteten sie das Abendbrot und gleich darauf kamen Marco und Fabio zur Türe herein.

„Oh, hier riecht es aber gut, ich habe einen Riesenhunger!"

„Ich auch!"

Schnell setzten sie sich an den Tisch. Maria goss allen dampfenden Tee ein und setzte sich dann auch.

„Wie war euer Tag?"

„Wir mussten heute den Braunen beschlagen", erzählte Fabio.

„Stell dir vor, er hat voll ausgetreten und hat den Meister getroffen. So fest, dass er umgefallen ist! Jetzt hat er einen riesigen blauen Flecken auf dem Bauch."

Maria stöhnte. „Dann werde ich mir das noch ansehen,

bevor ich zu Gulias Mutter gehe."

Sie wärmte ihre Finger an dem heißen Becher und blickte müde auf den Tisch.

„Und wir haben angefangen, Leones Dach zu reparieren, ich glaube das ist ein Haufen Arbeit." Marco gestikulierte begeistert.

Maria lächelte. „Euch macht die Arbeit wirklich Spaß, das freut mich sehr!"

„Ja", bestätigte Marco, „es ist wunderbar! Zu sehen, wie etwas entsteht. Etwas zu bauen, das dann da steht und du hast es gemacht! Und von den Dächern aus kann man gaaaanz weit schauen, das ist herrlich. Ich frage mich, wie groß die Welt ist! Der Meister sagt, wenn man ganz weit geht, dann reden die Leute anders als wir! Wenn ich vierzehn bin zieh ich los. Der Meister sagt, es ist gut, wenn ich von anderen lerne und dann ganz viel neues Wissen mit nach Hause bringe. Da freu ich mich schon drauf!"

Maria verschluckte sich an ihrem Tee und musste husten. Entsetzt fuhr sie herum. „Du willst fort?"

„Aber ja! Der Meister sagt, das macht man in unserem Beruf und stell dir doch mal vor, dieses Abenteuer! Ich werde die ganze Welt sehen!"

Maria stand unter Schock. Ihre Gedanken schlugen Purzelbäume und sie war nicht in der Lage, etwas zu erwidern. Dann zwang sie sich zur Ruhe, schluckte schwer und stieß hervor: „Ja, was für ein Abenteuer", und dachte im Stillen: ʹBis dahin ist noch viel Zeitʹ. Und für den Moment war ihr der Gedanke ein Trost.

Sie wünschte ihren Kindern eine gute Nacht, nahm ihre

Tasche und ging.
Wohin lief sie denn? Sie ging Richtung Waldrand, außerhalb des Orts. Was wollte sie denn da? Sie setzte sich ins Gestrüpp, öffnete die Tasche und entnahm ihr dieses merkwürdige Messer. Gespannt verfolgte ich ihr Tun. Sie setzte es an und schnitt sich genauso, wie sie es bei Gulias Mutter getan hatte. Sie ließ das Blut eine Weile laufen, es bildete einen kleinen See auf dem Waldboden und versickerte langsam. Dann verband sie sich, zog ihren Blusenärmel wieder herunter, stand auf, nahm die Tasche und lief zu Fabios Meister, um nach dessen Bluterguss zu sehen.
Warum hatte sie das getan? War sie krank? Nein, war sie nicht. Warum tat sie das?
Kaum hatte ich mir die Frage gestellt, erhielt ich die Antwort. Wie einen Film im Schnelldurchlauf bekam ich all das Elend zu sehen, das sie gesehen hatte, all die Krankheiten und all die Wunden, die sie verarztet hatte. Ich sah sie hilflos am Bett ihrer Mutter stehen, die sehr oft krank gewesen war. Und ich fühlte ihre furchtbare Angst, selbst krank zu werden, krank zu sein, die sie zwanghaft dazu trieb, sich selbst ständig zu untersuchen und alle möglichen Vorsichtsmaßnahmen zu treffen. Angst, die sie fast in den Wahnsinn trieb.
Den Rest der Nacht verbrachte sie am Bett der kranken Frau, wich nicht von ihrer Seite, flößte ihr immer wieder Tee ein, machte Wadenwickel, unermüdlich sprach sie ihr gut zu. Gegen Morgen fiel die Kranke endlich in einen ruhigen Schlaf. Maria aber wachte weiter, fühlte ihr den Puls, wischte ihr den Schweiß von der Stirn.

Als sie am Morgen völlig ausgelaugt nach Hause kam, schickte sie Gulia mit der Bitte sie sofort zu rufen, wenn es ihrer Mutter schlechter ginge, heim. Die Jungs waren bereits fort.
„Ich leg mich ein bisschen hin, Schatz."
„Ist gut, Mami. Magst du erst noch was essen?"
„Nein, Liebes, danke. Nur noch schlafen. Weck mich, falls irgendwas ist."
„Mach ich", versprach Francesca und schlüpfte zu Maria ins Bett.
„Wenn ich groß bin, will ich genau so sein wie du." Sie streichelte liebevoll über Marias Haar, die daraufhin den Arm um sie legte und sofort einschlief.

Ich schaute bei Gulia und ihrer Mutter vorbei.
Die Kranke atmete schwer und fieberte. Sie redete wirr durcheinander. Das Mädchen kniete neben ihr auf dem harten Boden und hielt ihre Hand.
„Bitte lieber Gott, mach meine Mama wieder gesund!", flüsterte sie kaum hörbar ununterbrochen.
Ich wollte ihr so gerne helfen! Ich nahm Verbindung mit Weißer Bär auf und fragte ihn, ob er ihr nicht helfen könne. Er kam. Es war so wundervoll ihn zu sehen. Er nickte und ich ging.

Am Abend ging Maria hinüber und schickte Gulia über Nacht wieder zu Francesca.
„Wie geht es deiner Mama?", fragte sie sofort.
„Ich glaube, es geht ihr besser." Gulia wagte ein vorsichtiges Lächeln.

„Gott sei Dank! Komm, dann lass uns noch ein bisschen spielen", freute sich Francesca.

Ich ging zu Maria, die Gulias Mutter versorgte. Sie war wieder bei Sinnen, das Fieber war wohl gesunken. Mit halbgeöffneten Augen und angestrengtem Gesicht lauschte sie Marias Worten.
„Ich mach dir gleich einen Tee, er wird die Entzündung hemmen und die Schmerzen erträglicher machen." Sie wechselte gerade den Verband.
„Gulia ist drüben bei Francesca. Sie kann da übernachten. Ich werde bei dir bleiben."
Ein dankbares Lächeln huschte über das zermarterte Gesicht der Kranken.
Ich beobachtete noch eine ganze Weile Marias Tun, vieles erinnerte mich an früher... Ich dachte an Weißer Bär, unsere gemeinsame Arbeit. Ich erinnerte mich daran, wie wir Lächeln des Mondes hinausgeschickt hatten, als wir Mutiger Falkes Bein abnehmen mussten. Hatte er auch einen Freund gehabt, der ihn während der Zeit des Wartens mit Spielen versuchte abzulenken?
Irgendwann sah ich wieder nach den Kindern. Sie lagen alle bereits im Bett und schliefen fest. Gulia hatte sich fest an Francesca geschmiegt, die ihren Arm um die Freundin gelegt hatte.
Fabio murmelte im Schlaf: „Ruhig, Brauner! Ganz ruhig!"
Ich trat an Marcos Bett und betrachtete ihn. Er schlief unruhig, wälzte sich von einer Seite zur anderen, bis er schließlich blinzelte.
„Hallo Feder!", begrüßte er mich schläfrig.

Hätte ich noch ein Herz gehabt, wäre es vor Freude darüber, dass er mich noch wahrnehmen konnte, gehüpft!

„Hallo Marco! Wie geht es dir?"

„Dank dir wieder gut!" Er grinste.

Plötzlich wurde er ernst. „Ist was passiert?", fragte er ängstlich.

„Aber nein! Warum fragst du?"

„Weil du nach so langer Zeit wieder auftauchst und das letzte Mal, als ich dich sah..."

„Nein, Marco, mach dir keine Gedanken! Ich wollte nur gern nach euch sehen."

Erleichtert atmete er auf. Dann überlegte er weiter.

„Bist du unser Schutzengel?"

Ich dachte nach. Hm, war ich so etwas Ähnliches? Eigentlich nicht, dennoch hatte ich ihnen gegenüber einen gewissen Beschützerinstinkt entwickelt.

„Hättest du mich denn gern als deinen Schutzengel?"

„Aber ja, kann ja nichts schaden!"

„Ich bin kein Engel, aber ich werde immer mal nach euch sehen, wenn´s euch recht ist. Und wenn du Hilfe brauchst, dann ruf mich ganz laut mit deinen Gedanken und ich werde kommen. Und wenn ich dir helfen kann, dann tu ich es."

„Kannst du mir jetzt was helfen?"

Meine Gedanken kreisen um die momentane Situation.

„Du kannst was tun. Sag deiner Mama, sie braucht keine Angst zu haben, sie ist nicht krank."

„Wieso? Denkt sie das?"

„Richte es ihr einfach aus, mein Junge." Ich zwinkerte ihm zu und verschwand.

Am nächsten Morgen kam Maria nach Hause. Die Mädchen hatten schon das Frühstück gerichtet und mit einem dankbaren Lächeln setzte sie sich an den Tisch.
„Danke! Das ist sehr lieb von euch. Ich habe einen Riesenhunger."
„Wie geht es Mama?", fragte Gulia besorgt.
„Es geht ihr besser. Ich denke, du brauchst keine Angst mehr zu haben."
Maria strich dem Mädchen zärtlich übers Haar und sie entspannte sich etwas.
„Nun iss erst mal gemütlich, dann kannst du zu ihr rübergehen."
Maria nahm sich selbst ein Stück Brot, nahm einen großen Bissen und goss sich dampfenden Tee ein. Marco räusperte sich.
„Letzte Nacht war Feder da."
Maria hob den Kopf. „Du hast geträumt, mein Schatz."
„Nein Mami, das war kein Traum. Sie war wirklich hier!"
Maria war übermüdet und so entgegnete sie ärgerlich: „Hör auf mit dem Unsinn!"
„Das ist kein Unsinn!" Trotzig zog er die Stirn in Falten. „Sie war wohl da!"
Als er sich im Halbschlaf befunden hatte, konnte er mich hören und sehen. Jetzt, im Wachzustand und unter Ablenkung konnte er mich nicht wahrnehmen, obwohl ich direkt neben ihm stand.
Marco nahm nun all seinen Mut zusammen: „Und ich soll dir ausrichten, dass du keine Angst haben musst, weil du nicht krank bist."
Maria wollte gerade ihren Becher zum Mund führen. Nun

fiel er ihr aus der Hand und rollte polternd über den Holzboden. Sie war noch blasser geworden und stand schweigend auf, holte einen Lappen und wischte den verschütteten Tee auf. Und ich dachte erschrocken, dass es wohl ein Fehler gewesen war, mich zu zeigen und mit Marco zu sprechen. Dabei wollte ich nur helfen!
Schweigend aßen sie zu Ende, dann schickte Maria die Jungen zur Arbeit und Gulia nach Hause.
„Darf ich sie begleiten?", fragte Francesca, „ich kann ihr dabei helfen, ihre Mutter zu versorgen und du wirst wohl sowieso gleich schlafen?"
„Meinetwegen", murmelte sie.
„Bis später."
Die Mädchen rannten los. Als die Tür hinter ihnen ins Schloss gefallen war, legte Maria sich aufs Bett, starrte zur Decke und begann herzzerreißend zu schluchzen. Ihr Körper schüttelte sich unter Tränen.
Erschrocken trat ich zu ihr. Warum war sie so traurig? Was war passiert? Oder war sie so böse auf Marco? Und ich war schuld daran!
Dann berührte ich ihren Geist und begriff, dass ihr Körper all die Anspannung und Angst von Jahren abschüttelte. Angst, die sie mit niemandem hatte teilen können, mit der sie ganz allein gewesen war. Ein Felsen fiel von ihrer Seele und machte sich nun Platz in einem Meer von Tränen.
Sie hatte niemals mit irgendjemandem darüber gesprochen und Marco konnte das schließlich nicht erfunden haben.
Von da an ging es ihr besser und sie schaffte es, dem stetigen Drang sich selbst zu untersuchen, zu widerstehen. Und wenn es manchmal dennoch zu arg wurde, fragte sie

Marco: „Was solltest du mir ausrichten?"
Er schüttelte manchmal den Kopf über sie, zumal er selbst mit der Aussage nichts anzufangen wusste. Aber stets antwortete er dann gutmütig: „Du brauchst keine Angst zu haben, weil du nicht krank bist."

Kapitel 8

Pferd und ich machten uns wieder auf den Weg und taten unsere Arbeit.
Die Kriege in Italien wüteten noch immer. Sie kämpften nun schon seit Jahren und ich verstand nicht, wie man sich so lange bekriegen konnte, ohne sich wieder zu vertragen, ohne eine Lösung zu finden.
Wie einfach wurde so etwas damals in unserem Stamm beigelegt. Die Situation wurde dem Häuptling dargelegt, der dann mit Anstand und Moral entschied und diese Entscheidung wurde auch von jedem akzeptiert.
Mir schien es, als läge es an der Möglichkeit heutzutage weit zu reisen. Die Menschen sahen mehr von der Welt und wollten mehr und mehr von ihr besitzen, wie kleine Kinder, die genau das haben wollen, was der andere hat, ließen sie sich führen von Macht- und Habgier.
Oder gab es Anstand und Moral nicht mehr?

Pferd und ich fanden es an der Zeit, Wolf mal wieder zu besuchen. Er erwartete uns schon. Wölfe haben wirklich einen unglaublichen Wahrnehmungssinn. Langsam erhob er sich und trottete humpelnd auf uns zu. Sein mittlerweile grau gewordenes, stumpfes Fell sah leblos aus und durch seinen abgemagerten Körper zeichneten sich die Rippen ab. Er hatte nicht mehr genug Kraft zum Jagen, um genug Nahrung für sich zu fangen.
„Na mein Alter, wie geht es dir?", begrüßte ich ihn freundlich und blickte in seine müden Augen.

Er legte sich wieder hin, das Gehen tat ihm weh. Ich setzte mich zu ihm und wusste, dass sein Körper nicht mehr lange lebte. So blieb ich bei ihm und zusammen heulten wir den Mond an.

In der dritten Nacht wurde sein Heulen immer kürzer und schwächer und irgendwann gab er es auf. Er legte seinen Kopf auf seine Pfoten, seine traurigen Augen sahen sehnsüchtig zum Mond, der all die Jahre sein Begleiter gewesen war und winselte. Nach einer Weile schaute er mich dankbar an, dann schloss er seine Augen mit einem tiefen Seufzen.

Ich sah, wie sein Geist langsam seinem Körper entwich.

„Lass mich mit dir kommen", bat er.

„Nein, Wolf, geh nach Hause ins Licht. Da ist es schöner als das, was du mit mir zu sehen bekommst."

„Nein, ich möchte dich begleiten."

„Bitte Wolf. Tu dir das nicht an."

„Aber Pferd darf auch mit dir gehen."

Ich überlegte, er hatte ja Recht.

„Na schön", gab ich zögernd nach.

Ich gebe zu, dass ich mich natürlich freute.

„Aber in der Gestalt des Wolfes erschreckst du die Menschen. Es wäre nett von dir, wenn du deine Erscheinung in die eines kleinen Hundes wandeln würdest. Es ist wichtig, dass wir immer möglichst schnell das Vertrauen wecken können. Auch ich musste das tun."

Ohne ein weiteres Wort gab er meiner Bitte nach und ich sah einen kleinen Hund mit großen Knopfaugen vor mir, mit langem, weichem, weiß-braun geflecktem Fell. Ein richtiges Schoßhündchen, das ich einfach mit auf Pferd nehmen

konnte und vor dem sich mit Sicherheit niemand fürchtete.
So kam es, dass wir von nun an als ein merkwürdiges Trio unterwegs waren, eine kleine, sonderbare Familie.
Ich erinnerte mich an die Zeit, da ich als Kind mit Einsamkeitsgefühlen kämpfte, obwohl ich in diesem wunderbaren Stamm lebte.
Sie waren erst verschwunden, nachdem Weißer Bär mich zu sich aufgenommen hatte und Mutiger Falke mein Freund wurde.
Genau dieses Gefühl war nun wieder gegenwärtig und all die Wärme fühlte ich in diesem Augenblick.

Du darfst nun nicht denken, ich hätte nichts gearbeitet und hätte nur Leute beobachtet. So war das nicht! Natürlich tat ich gewissenhaft meine Arbeit. Du musst aber bedenken, dass eine Zeitspanne, die uns hier wie eine halbe Ewigkeit erscheint, für mich damals nur ein Augenblick war und ich dir ersparen möchte, die meiste Zeit von all dem Elend, das ich sah, zu erzählen. Das wäre sicher auch bald langweilig.
Wenn ich also z.B. Marias Geschichte erzähle, verbringe ich da nicht Jahre, sondern wenn ich sie besuche, zeigt mir ihr Geist alles, was in der Zwischenzeit passiert war. Bedenke, dass Raum und Zeit in dieser Existenzform nicht bestehen.

Wieder waren drei Jahre vergangen, ehe wir Maria erneut besuchten.
Marco war nun vierzehn und wuchs zu einem stattlichen jungen Mann heran. Die Debatten über sein Weggehen spitzten sich zu. Maria wollte nicht, dass er gehe, doch war es sein sehnlichster Wunsch, die Welt zu sehen. Oft weinte

sie nachts, bis sie vor Erschöpfung einschlief.
Auch Fabio konnte sich mit seinen dreizehn Jahren sehen lassen. Noch immer verrichtete er seine Arbeit mit Begeisterung. Er wollte nicht weg, er war glücklich, genau da wo er war.
Und die nun neunjährige Francesca wurde immer hübscher. Sie eiferte ihrer Mutter nicht nur im Aussehen nach, sondern bestand weiterhin darauf, genauso zu werden wie sie. Sie begleitete Maria bei ihren Arztbesuchen, half, so gut sie konnte und lernte fleißig.
Merkwürdig. Die Kriege wurden immer größer und brutaler, doch eigentlich blieben die Menschen in ihrem Alltag dieselben...
Eines Tages kamen Fremde ins Dorf. Sie kamen von sehr weit her, waren aus ihrem Land geflüchtet. Ein Mann mit seiner Frau und einem kleinen Mädchen.
Das Kind trug er, es sah geschwächt und völlig erschöpft aus. Maria untersuchte es. Die Kleine hatte einen leichten Husten und Maria gab ihr Tee, mit dem es ihr bald besser gehen sollte.
Nicht nur, dass sie eine Sprache verwendeten, die hier niemand verstand, sahen sie auch anders aus. Ihre Haut war dunkler, als die der Menschen hier, ihr Haar von tiefem Schwarz und ihre Kleidung sehr bunt.
Man stellte ihnen ein leer stehendes Häuschen zur Verfügung, gab ihnen Essen und Trinken. Der Mann war sehr kräftig und so fand er Arbeit im ganzen Dorf und ging zur Hand, wo man ihn brauchen konnte.
Zwei Tage später stand die Frau vor Marias Tür, redete aufgeregt und gestikulierte wild. Schließlich gab sie ihr zu

verstehen, dass sie mitkommen solle.

„Francesca", bat sie ihre Tochter, „sei so lieb und mach das Essen fertig, ich werde wohl gleich wieder da sein."

Maria ging mit der Frau zu deren Haus. Das Mädchen lag auf dem Bett, das kleine Gesicht war verschwitzt und gerötet. Maria legte ihre Hand auf die Stirn. „Du hast ja hohes Fieber!"

Der Husten war auch nicht besser geworden und die Kleine zeigte auf ihren Hals und ihren Kopf, um ihre Schmerzen zu zeigen.

„Ich bin gleich wieder da", sagte Maria zu der Fremden, die sie nicht verstand.

Maria lief schnell nach Hause, nahm verschiedene Kräuterbündel und rannte zurück.

„Das hier ist gegen den Husten." Sie zeigte auf das eine Kräuterbündel.

„Und das hier gegen das Fieber." Sie zeigte auf das zweite.

Die Frau nickte und versuchte ihr zu folgen. Maria zeigte ihr, in welchen Konzentrationen der Tee gekocht werden musste und versprach, gegen Abend wiederzukommen.

Sie wollte nicht, dass Francesca mitkäme zu den Fremden und gab ihr jedes Mal, wenn sie zu ihnen ging, irgendeine Aufgabe.

Am nächsten Tag ging es dem Mädchen schlechter, das Fieber war noch gestiegen und auch die Mutter sah sehr erschöpft aus. Einen Tag später lag auch sie mit Fieber im Bett und der Mann ging nicht zur Arbeit, weil er sich nicht wohlfühlte.

Maria folgte ihrem Instinkt, der ihr ein unbehagliches Gefühl in der Magengrube verursachte und achtete darauf,

ihren Kindern nicht zu nahe zu kommen mit der Begründung: „Ich weiß nicht, woher sie kommen und was sie haben. Vielleicht ist es nur eine Erkältung..."
Mittlerweile ging es der ganzen Familie schlecht und Maria war immer nur kurz zuhause, um nach dem Rechten zu sehen.
Über eine Woche war vergangen, als sie hinter den Ohren der Kleinen einen großflächigen Ausschlag entdeckte, der sich am nächsten Tag über den ganzen Körper ausgebreitet hatte. Derselbe Ausschlag suchte zwei Tage später auch die Eltern heim, alle husteten fürchterlich, die Bronchien rasselten, das Fieber war kaum in den Griff zu bekommen.
Ein paar Tage später kamen andere, die sich krank fühlten. Alle wussten, wo Maria war und suchten sie in dem Haus der Fremden auf. Leute, die mit dem Mann zusammengearbeitet hatten. Maria lief nach Hause. Panik hatte sie erfasst. Sie riss die Tür auf und rief hysterisch nach ihren Kindern.
„Bleibt da stehen!" Ihr Ton duldete keinen Widerspruch.
„Hört mir gut zu! Ich gehe jetzt wieder da rüber. Ich weiß nicht, wann ich wiederkomme. Ihr verschließt die Tür und lasst keinen herein. Keiner von euch verlässt das Haus!"
In den Kinderaugen spiegelten sich Verwunderung und Furcht.
„Habt ihr mich verstanden?!"
Drei kleine Köpfe nickten. Maria schlug die Tür zu. Sie lief durch das Dorf und rief laut: „Alle herhören, es ist wichtig! Alle, die merken, dass sie sich nicht wohlfühlen, kommen unverzüglich ins Haus der Fremden. Bringt Matratzen mit. Niemand darf das Dorf verlassen."

Sie lief durch jedes Sträßchen und schrie ihre Botschaft.

Das Häuschen der Fremden füllte sich, der ganze Boden war mit Matratzen ausgelegt und dicht an dicht lagen die Menschen.

Maria spürte, dass sie selbst mittlerweile Fieber hatte, trotzdem kümmerte sie sich unermüdlich um die Kranken. Außer diversen Tees gab sie ihnen viel Milch zu trinken, ansonsten war sie mit ihrem Latein am Ende. Auch ihre Kräfte würden es bald sein.

Eines Nachts war Marco nur in leichten Schlaf gefallen und ich sprach ihn an:

„Marco! Marco! Kannst du mich hören?" Er drehte sich um.

„Marco, hör mir zu!" Er blinzelte.

„Feder?! Was machst du denn hier?"

„Marco, im Dorf geht eine Seuche um. Du und deine Geschwister seid noch gesund. Viele Menschen werden sterben, die Krankheit ist nicht aufzuhalten."

Er sah mich mit großen Augen an. Waren sie doch die letzten paar Tage im Haus verschanzt gewesen und hatten nichts mitbekommen.

„Hast du verstanden, was ich dir gesagt habe?" Er nickte langsam.

„Pass auf, pack jetzt das Nötigste zusammen, weck deine Geschwister und geht jetzt in der Nacht, da euch niemand begegnet, ins nächste Dorf."

Er starrte mich an. Er brauchte etwas Zeit, um die Nachricht zu verdauen. Dann fragte er leise: „Und Mama?"

„Auch sie hat die Krankheit", verkündete ich ihm zögernd.

„Auf keinen Fall!", stieß er hervor. „Auf keinen Fall gehen wir ohne unsere Mutter fort!" Er weinte.

„Marco, ich weiß, das ist jetzt sehr schwer für dich. Aber niemand kann hier helfen und wenn ihr nicht geht, werdet ihr alle sterben."
„Lieber sterbe ich, als meine Mama im Stich zu lassen."
„Du kannst ihr nicht helfen. Niemand kann das. Denk an deine Geschwister, du bist für sie verantwortlich."
„Nein! Niemals gehen wir einfach fort!"
In meiner Ratlosigkeit ging ich hinüber zum Haus der Fremden. Auch Maria lag nun auf einer der Matratzen und hatte hohes Fieber. Vielleicht, wenn ich Glück hatte, durch das Fieber...
Die fremde Familie war nacheinander der Krankheit erlegen, das Mädchen war als erste gestorben.
„Maria!", versuchte ich sie zu erreichen.
„Maria, hör mich an!"
Sie öffnete die geröteten Augen und betrachtete mich ungläubig mit glasigem Blick.
„Wer bist du?" Das Sprechen strengte sie an. Ihr Hals schmerzte fürchterlich.
„Ich bin Feder."
Ihre Augen wurden etwas größer.
„Feder?", krächzte sie. „Dann gibt es dich also wirklich? Die Frau, die nur erscheint, wenn es übel aussieht. Und ich wollte Marco nicht glauben..."
„Maria, alle hier werden sterben. Aber deine Kinder sind noch gesund. Sie müssen hier weg und das so schnell wie möglich! Marco hört nicht auf mich, er will dich nicht allein lassen. Wenn du nichts unternimmst, werden auch sie sich bald angesteckt haben."
Ihre Pupillen wurden dunkler und mit aller Kraft stemmte

sie sich auf und erhob sich. Langsam setzte sie einen Fuß vor den anderen und lief nach Hause. Ich hätte ihr so gern geholfen...

Ich ging voraus.

„Marco, schnell, geh´ an die Tür, deine Mutter kommt."

Er stürzte zur Tür.

„Nicht aufmachen!", warnte ich ihn, aber er riss sie trotzdem auf.

So blieb Maria ein paar Meter weit entfernt stehen und man hörte nur ihre Stimme im Dunkel: „Bleib wo du bist, Marco! Ich will, dass du jetzt deine Geschwister nimmst und fliehst!"

„Aber..."

„Sofort!" Ihre Stimme war tränenerstickt.

„Nehmt mit, was ihr tragen könnt und geht. Gib gut auf sie Acht!"

„Aber..."

„Du musst, Marco, ich flehe dich an! Rette dich und deine Geschwister! Ihr werdet Hilfe finden! Ich liebe euch!"

Dann drehte sie sich um und schleppte sich davon. Wir hörten nur die kleinen Äste unter ihrem Schritt knacken.

Marco stand noch ein paar Minuten an der Tür und starrte in die Nacht, als würde er warten, dass sie wiederkäme und etwas anderes sagte. Aber sie kam nicht. Er schloss die Tür und weckte seine Geschwister.

Maria ging schweren Schrittes und gebeugt zurück zur Hütte der Verlorenen. Zwei Meter vor der Türe brach sie zusammen.

So verstarb unsere schöne Maria, zu jung, ohne dass sie

hätte ihre Kinder großziehen können. Ich wartete, bis ihr Geist die weltliche Hülle verließ.
Erstaunt betrachtete sie mich.
„Ich möchte mich bei dir bedanken, du hast uns viel geholfen." Nach einer kurzen Pause fragte sie: „Sind meine Kinder in Sicherheit?"
„Sie packen gerade und werden dann das Dorf verlassen."
„Ich muss zu ihnen!"
„Nein, Maria, du kannst ihnen auf diese Art nicht helfen. Geh nach Hause, von da aus kannst du sie begleiten und erreichen."
„Bist du dir sicher?", fragte sie besorgt. „Versprichst du es mir?"
„Versprochen! Vertrau mir und geh."
„Nur wenn du mir versprichst, weiterhin auf sie aufzupassen!"
Ich nickte. „Ich verspreche dir, ich werde auf sie aufpassen, so gut ich kann."
Sie nickte, dennoch blieb sie unsicher.
„Glaub mir, Maria, es ist der einzig richtige Weg."
Sie zögerte, dann flüsterte sie: „Ich vertraue dir."
So ging sie und ich dachte daran, wie ich damals mit Weißer Bär zusammen über unsere Brüder und Schwestern wachte. Dasselbe würde sie nun tun.

Versprochen ist versprochen, und so kehrte ich zu den Kindern zurück.
Sie waren schon unterwegs, jedes trug so viel es konnte. Das würde alles sein, was sie noch haben würden. Alle drei

weinten und sprachen kein Wort, liefen lautlos durch die kalte Nacht, weg vom Ort des Verderbens.
Im Morgengrauen erreichten sie das nächste Dorf. Sie klopften an der ersten Tür und eine alte Frau öffnete. Mit verschwollenen Augen erzählten sie, was geschehen war. Die Alte bat sie hinein, machte Feuer, damit sie sich wärmen konnten, gab ihnen zu essen und zu trinken.
„Jetzt ruht euch erst mal aus, später werden wir sehen, wie´s mit euch weitergeht."

Die Frau hielt ihr Versprechen und kümmerte sich rührend um die drei Kinder. Sie bekamen ein kleines Häuschen, das leer gestanden hatte. Sie sprach mit dem Schmied, der sich über Fabios Hilfe freute und mit dem Zimmermann, der Marco bei sich arbeiten ließ. Die kleine Francesca half der alten Frau bei der Hausarbeit und nahm ihr allerlei Gänge ab. Sie kümmerte sich um das Essen für sich und ihre Brüder und die Wäsche. Sie wurde in ihrem zarten Alter zur selbstständigen Hausfrau. Die Möglichkeit, einmal die gleiche Arbeit wie ihre Mutter zu tun, hatte sie nun nicht mehr.
Marco hingegen musste seinen Traum von der großen, weiten Welt begraben. Er musste hierbleiben und sich um seine Geschwister kümmern, schließlich war er der Älteste. Er verlor nie ein Wort darüber, doch manchmal sah man ihn auf einem Dach sitzen und sehnsüchtig in die Ferne blicken.

Von da an führten sie ein recht normales Leben, mit allen Höhen und Tiefen, die es so mit sich bringt.
Alle gründeten zu gegebener Zeit ihre eigene Familie und

wurden alt. Ein Eingreifen meinerseits war nie mehr nötig gewesen.

Kapitel 9

Dreitausendzweihundertsechzig Jahre.
Dreitausendzweihundertsechzig Jahre war ich nun als Seelensammler unterwegs.
Eine Zeit, die in ihrer Dauer im Menschenleben nicht mit der Seele erfasst werden kann…
Und ich war so müde.
Ich wollte nicht mehr.
Kann nicht jemand anders meinen Job erledigen? Ich möchte diese Form der Existenz nicht weiterführen!
Ich will wieder Mensch sein. Ich sehne mich so sehr nach Liebe und Kontakt, dass es schmerzt! Ich will Kinder, die bei mir aufwachsen, eine Mutter, die mich großzieht, ich will eine Familie!
Ich habe Sehnsucht…

Doch, es geht, Zeit für die Ablösung.
Ich geh nach Hause.
Und ich werde wiedergeboren.
Wir schreiben das Jahr 1860, eine kleine Siedlung in Frankreich.

Als ich drei Jahre alt war verstarb mein Vater, weshalb meine Mutter mit mir zu ihrer Mutter zog, damit wir uns über Wasser halten konnten. Meine Mutter selbst hatte keinen Beruf erlernt, meine Großmutter war Schneiderin, wovon sie leidlich leben konnte. Wir lebten in einem Zimmer über einem Gasthof. Da ging es zwar abends recht laut her, dafür war das Zimmer billig und meine Mutter

konnte hier gleich beim Schankwirt eine Arbeitsstelle als Bedienung bekommen, wofür sie täglich Reste des Essens bekam.
Der alte Holzdielenboden sah sehr mitgenommen aus, der alte Holzofen diente gleichermaßen als Kochstelle und Heizung, weshalb im Sommer nur selten gekocht wurde... Großmutter hatte zwei Betten, die ursprünglich nebeneinander standen. Wir hatten sie hintereinander geschoben und nun schlief ich mit meiner Mutter zusammen im Bett. Der alte Holztisch war schon sehr wackelig und ich hatte immer Angst, dass er auseinanderfiel wenn ich meinen Becher abstellte.
Meine Großmutter brachte mir das Schneidern bei, so dass ich ihr zur Hand gehen konnte.
Ich war eine gelehrige Schülerin und bereits in recht jungen Jahren eine Hilfe.
Wir waren nicht reich, aber wir hatten uns und unser Verhältnis untereinander war sehr liebevoll. Wir hielten zusammen und zogen an einem Strang. So wuchs ich wohlbehütet und bedingungslos geliebt auf.

„Großmutter, " ich schluckte. Ich spürte, wie mir das Blut in die Wangen schoss und überlegte, ob ich meine Frage stellen sollte.
„Was denn mein Kind?" Sie nähte gerade an einem Kleid und hielt Nadel und Faden recht nah am Gesicht, weil sie nicht mehr so gut sah. Als ich nicht antwortete sah sie auf.
Ich zwirbelte nervös eine lange Strähne meines dunklen Haars um den Finger. Mit fragendem Blick legte sie ihr Nähzeug auf den Tisch.

„Nun Liebes, was liegt dir denn auf dem Herzen?"

„Omi, wann hast du dich zum ersten Mal verliebt? Und war das Opa? Wie alt warst du da?"

Großmutter lächelte und lehnte sich im Stuhl zurück. Es schien, als blicke sie in weite Ferne.

„Ich war fünfzehn als ich deinen Großvater kennenlernte und er achtzehn. Er war ein sehr attraktiver junger Mann. Es war auf dem Markt, ich kaufte ein und da sah ich ihn. Ich hatte mich auf der Stelle in ihn verliebt. Als er Feierabend hatte, holte er mich ab und wir gingen spazieren, so lernten wir uns kennen."

Sie schaute mich an und, ich hätte es mir denken können, war es, als schauten ihre Augen geradewegs in mich hinein.

„Warum fragst du? Bist du etwa verliebt?"

„Aber nein!", schüttelte ich rasch den Kopf, so dass meine Haare nur so flogen. „Ich bin nicht verliebt! Es ist nur so, dass ich unbedingt mal Kinder haben will und mich frage, wann denn für so was der richtige Zeitpunkt ist."

Großmutter lachte und stupste mit ihrem Finger meine Nase.

„Weißt du mein Schatz, den richtigen Zeitpunkt für so was gibt es nie. Du bist noch so jung, erst zwölf. Du hast noch jede Menge Zeit. Du bist ein hübsches Mädchen und glaub mir, wenn der Richtige kommt, dann weißt du es. Alles zu seiner Zeit!" Sie zwinkerte mir zu.

Alles zu seiner Zeit, das sagte sie immer, wenn ich ungeduldig war, nicht gerade eine große Hilfe, ärgerte ich mich.

„Omi", fragte ich deshalb, darf ich ein bisschen raus spielen gehen?"

„Aber ja, sei bis Sonnenuntergang zurück." Sie machte eine

Schnute und streckte sie mir entgegen. Ich stand auf und gab ihr einen dicken Schmatz, dann rannte ich nach draußen.
Ich lief etwa zwanzig Minuten bis zu meinem Platz. Ein Bach, umsäumt von Bäumen, schlängelte sich durch die Landschaft und an meiner Stelle lag ein Baum quer darüber, so dass ich mich darauf setzen konnte und nun meine Füße ins kalte Wasser baumeln ließ. Hier kam ich immer her, wenn ich allein sein wollte.

Vier Jahre später.
Es war ein wunderschöner Frühlingsmorgen. Ich genoss die ersten Sonnenstrahlen auf meiner Haut, die unaufhörlich meine Nase kitzelten, so dass ich niesen musste. Lächelnd schaute ich nach oben in den Himmel und betrachtete die kleinen Schäfchenwolken. Endlich! Das Ende des Winters kündigte sich an.
„Hoppla junge Dame!"
„Oh, Entschuldigung!" stammelte ich verwirrt und starrte auf die breite Brust, mit der ich zusammengestoßen war. Langsam glitt mein Blick nach oben und ich starrte in das schönste Männergesicht, das ich je gesehen hatte. Sehr markantes Gesicht, starkes Kinn. Er war über einen Kopf größer als ich und hatte sehr breite Schultern. Ein Mann wie ein Baum! Am liebsten hätte ich mich angelehnt.
„Tut mir leid!", stotterte ich und merkte, wie ich mal wieder rot wurde.
„Schon gut, bin ja noch ganz." Er grinste. Was für ein charmantes Lächeln.
„Ich muss weiter." Und schon war er weg. Ich zuckte mit den Schultern und lief den restlichen Weg nach Hause ohne

mich ablenken zu lassen. Das eben war peinlich genug. Ich betrat die Gaststube und rief meiner Mutter zu, dass ich wieder da wäre. „Ich bring Oma die Sachen hoch, dann komm ich runter und helfe dir."
„Ist gut."
Da ich beide Hände voll hatte kletterte ich vorsichtig die schmale Stiege hoch und öffnete die knarrende Holztür.
„Hallo Omi, ich bin wieder da. Ich hab deine Besorgungen alle erledigt", rief ich und legte alles auf den Tisch. Sie saß zurückgelehnt auf ihrem Stuhl, die Hände im Schoß und ihr Kopf lag seitlich auf ihrer Schulter. „Bist du eingeschlafen", murmelte ich und lächelte. Ich holte ein Kissen und klemmte es ihr liebevoll in den Nacken. Aber irgendwas war seltsam.
„Oma? Oma!" Dann schrie ich. „Ooooomaaaaa!" Ich hörte, wie meine Mutter die Stiege hochgerannt kam, taumelte, hielt mich am Tisch, der daraufhin mit lautem Krachen zerbarst.
„Was ist passiert?!" Mama kam hereingestürzt, da kniete ich schon auf dem alten Holzdielenboden, die Arme um meine Großmutter geschlungen. Ich hatte meinen Kopf in ihren Schoß gebettet und schluchzte haltlos.

Wir begruben sie auf dem kleinen Friedhof, es regnete und fast alle waren gekommen. In einer so kleinen Siedlung kannte jeder jeden…

„Isabelle, " begann meine Mutter beim Frühstück, „wir brauchen einen neuen Tisch."

Wir saßen auf dem Boden zum Essen.
„Ja, Mama. Tut mir leid…"
„Das braucht dir nicht leid zu tun, es war sowieso nur eine Frage der Zeit, bis er auseinanderfiel. Ein junger Mann ist hier vor ein paar Wochen zugezogen, er hat das alte Haus der Batistes gekauft, das so lang leer stand. Er hat eine kleine Zimmerei eingerichtet. Gehst du nachher bitte hin und fragst ihn, was das kostet?"
„In Ordnung." Zerknirscht legte ich den Rest meines Brots auf die Decke.
„Ich hab eh keinen Hunger, ich geh gleich. Bis nachher." Ich gab ihr einen Kuss auf die Wange und stand auf.
Ich verließ das Haus, strich mein Kleid glatt, das Oma für mich genäht hatte und lief los, voll schlechten Gewissens, weil wir uns eigentlich keinen neuen Tisch leisten konnten.
Es war nicht weit und ein paar Minuten später stand ich vor dem ehemaligen Batiste-Haus. Es war fast nicht wieder zu erkennen. Die Fassade hatte einen neuen Anstrich bekommen in einem dezenten Grauton und die blinden Scheiben waren durch hübsche, neue Holsprossenfenster ersetzt worden. Über der Tür prangte ein großes Schild, das ich aber leider nicht entziffern konnte, ich konnte ja nicht lesen. Ich stieg die beiden Stufen hoch und betrat das Haus. Eine kleine Glocke, die über der Türe befestigt war, läutete und kündigte meine Ankunft an. Er hatte auch den Innenraum umgestaltet. Ich befand mich in einem kleinen Vorraum, in dem allerlei Kleinmöbel zum Anschauen standen, wieder und hinten entdeckte ich eine Theke, natürlich alles aus Holz. Ich strich mit der Hand über die Oberfläche der Theke. Sie fühlte sich gut an, so glatt und

warm, ein schönes dunkles Holz. Das hier war bestimmt nicht billig...

Hinter der Theke befand sich ein Durchgang, der sicherlich zur Werkstatt führte, denn der starke Duft von Leim und Holz drang hindurch. Ich schloss die Augen und sog ihn ein, ich empfand ihn so angenehm, zugleich beruhigend und berauschend.

„Ah, die Träumerin!"

Erschrocken vom Klang der warmen Stimme öffnete ich die Augen und wer stand vor mir? Der junge Mann, mit dem ich vor einer Weile zusammengestoßen war, als ich die Sachen für Großmutter besorgt hatte. Wie peinlich! Und wieder spürte ich die Röte ins Gesicht schießen. Gab es denn keine Möglichkeit, das abzustellen?

„Äh, hallo!", stieß ich hervor. Isabelle, reiß dich zusammen!

„Hallo!" Sein Lächeln war wirklich unwiderstehlich. „Wie kann ich dir helfen?"

„Wir brauchen einen Tisch." Ich räusperte mich. „Haben Sie vielleicht einen Gebrauchten?" Er musterte mich mit warmherzigem Blick. „Möchtest du eine Tasse Tee? Ich heiße Jerome."

„Ja, gerne!", antwortete ich überrascht.

Er ging nach hinten und holte eine Teekanne und zwei Tassen. Er stellte alles auf die Theke und goss ein. Was für schöne Hände. Groß, mit langen, schlanken Fingern.

„Nun, wie heißt du? Oder soll ich dich weiter Träumerin nennen?", lachte er. Ich feixte. „Isabelle."

„Isabelle." Wiederholte er und es hörte sich an, als würde er meinen Namen auf seiner Zunge zergehen lassen.

„Wunderschöner Name. Also, Isabelle, ich möchte dir einen

Vorschlag machen. Ich hab hier sehr viel Arbeit und weiß bald nicht mehr, wo mir der Kopf steht. Ich bräuchte dringend Hilfe. Was hältst du davon, wenn du mir den Haushalt machst, einkaufen und so und für mich kochen würdest? Dann könnte ich an meiner Arbeit bleiben und du könntest den Tisch abarbeiten?"
„Im Ernst? Ich könnte bei Ihnen arbeiten?" Ich strahlte.
„Im Ernst! Und ich sagte, ich heiße Jerome, so alt bin ich nun auch nicht", zwinkerte er mir zu. Und wieder dieses schöne Lächeln, bei dem zwei Grübchen zum Vorschein kamen.
„Wenn du willst, kannst du gleich anfangen. Der Ausstellungsraum und mein Zimmer oben sind ziemlich staubig…"
„Ja, gern!"
So kam es, dass ich Arbeit hatte und meine Mutter unterstützen konnte. Und wir würden einen neuen Tisch bekommen. Ich war so stolz auf mich! Und ich würde Jerome nun täglich sehen…

Neun Tage später.
„Isabelle, ich begleite dich heute nach Hause."
„Wieso das denn?"
„Dein Tisch ist fertig."
Oh, ich freute mich ja, aber wenn er mitkam, würde er sehen wie wir wohnten… Aber es würde mir wohl nichts anderes übrig bleiben, den Tisch würde ich schlecht allein heim bekommen.
„Toll! Wo steht er denn? Zeig mal her!", forderte ich ihn auf.

„Hier ist er." Er schleppte den Tisch gerade aus der Werkstatt. Er hatte ihn mit einem großen Tuch abgedeckt, so dass ich nichts sehen konnte. „Du darfst ihn erst daheim sehen, wenn er an seinem Platz in eurer Essstube steht."
Essstube, wenn der wüsste, wir hatten doch nur eine Stube.
„Dann lass mich wenigstens mit anpacken."
Wir schleppten den Tisch zum Gasthaus. „Mama, Jerome und ich bringen den neuen Tisch."
„Wundervoll, dann brauchen wir nicht mehr auf dem Boden zu essen," lachte sie. „Wartet, ich helfe euch."
Es war gar nicht so einfach, das gute Stück die schmale Stiege hochzubekommen, aber schließlich war es geschafft. Wir kamen in unser Zimmer und Jerome sah sich kurz um. Ich beobachtete ihn, er hatte die Lage schnell erfasst. Er schob den Tisch in die Ecke, wo schon die beiden Stühle standen.
„Jetzt kommt der große Augenblick." Er zog das Tuch mit einem Ruck weg und zum Vorschein kam der schönste Tisch, den ich je gesehen hatte. Richtig massiv und robust, den würde so schnell nichts umhauen. Und aus dem wunderschönen dunklen Holz, aus dem die Theke war. Auweia, wie lange würde ich den wohl abarbeiten müssen?
„Er ist wunderschön! Viel zu schön für unsere bescheidene Stube." Mutter strich ehrfürchtig über das edle Holz. „Vielen Dank!"
„Ihre Tochter hat auch sehr fleißig und ordentlich dafür gearbeitet. Und ab morgen bezahle ich sie, dann haben Sie finanzielle Unterstützung. Sie können stolz auf sie sein, sie ist mir wirklich eine große Hilfe."
Ich wurde rot. Das war nicht sein Ernst! Er wollte mich ab

morgen schon bezahlen? „Aber…"
„Nichts aber! Angestellte zahlen nur die Materialkosten."
„Danke!", stieß ich hervor.
„Nichts zu danken." Er warf mir einen schüchternen Blick zu und diesmal errötete er.

Wie jeden Tag lief ich zu dem kleinen Friedhof, um meine Großmutter zu besuchen. Da der Friedhof etwas außerhalb lag, kam ich an einer Wiese vorbei. Ich pflückte ein paar Blumen, bis ich einen kleinen Strauß in der Hand hatte, der gerade noch in meine Hand passte. Ich ging zu ihrem Grab.
„Sieh mal, Großmutter, die hab ich dir mitgebracht." Ich kniete mich auf die Erde und legte die Blumen ab.
„Wir vermissen dich, Mutter und ich. Wie geht es dir da oben? Was denkst du, wenn du zu uns runter schaust? Hast du den schönen, neuen Tisch gesehen? Jerome hat ihn gemacht. Er ist ein netter Kerl, nicht wahr? Großmutter, ich weiß nicht, was ich tun soll. Ich glaube, ich habe mich in ihn verliebt." Ich strich über die feuchte Erde, in der Nacht hatte es geregnet und die Sonne hatte den Boden noch nicht ganz getrocknet.
„Wie macht man das? Wie bekomme ich raus, ob er mich auch mag?"
Ein leichter Windstoß wehte mir die Haare ins Gesicht, so dass ich für den Moment nichts mehr sehen konnte. Was würde Großmutter antworten, wäre sie noch hier? Und in meinem Kopf sah ich ihr Gesicht, wie sie mich mit ihren gütigen Augen betrachtete und sagte: „Alles zu seiner Zeit, mein Kind."
Ich lächelte und stand auf. Ja, das hätte sie gesagt. Ich

klopfte den Schmutz von meinem Kleid.
„Ich muss los, Oma. Sonst komm ich zu spät zur Arbeit. Bis morgen, ich hab dich lieb."
Ich zog mein Cape enger um die Schultern und machte mich durch den kühlen Morgen auf den Weg zu Jeromes Haus.

„Isabelle, kommst du mal bitte?" rief Jerome nach oben.
„Ich komme." Ich legte den Putzlappen zur Seite und machte mich auf den Weg nach unten in die Werkstatt, wobei ich meine Hände an der Schürze abtrocknete.
„Sieh mal, was meinst du dazu?" Er deutete auf die Zeichnung, die auf dem Tisch lag. Ich beugte mich darüber und erkannte den Entwurf eines Schranks, drei große Türen und zwei Schubladen. In den Ecken oben rechts und links hatte er Schnitzereien angedeutet und die Standfüße waren rund gedrechselt. Die Türen waren mit Schlössern abgebildet.
„Der ist aber schön!", rief ich begeistert.
„Findest du´s perfekt? Oder würdest du was ändern?"
Das war das erste Mal, dass er mich um meine Meinung fragte. Verwundert hob ich eine Augenbraue und betrachtete den Entwurf nochmal, trat einen Schritt zurück, dann wieder vor. Er beobachtete mich gespannt. Wollte er es wirklich wissen oder wollte er einfach nur meine Bewunderung? Ich beschloss, meine Vorschläge an den Mann zu bringen.
„Nun, " räusperte ich mich, „ich persönlich fände es etwas geradliniger vielleicht schöner. Ich würde die Schlösser weg lassen, was muss man im Kleiderschrank schon verschließen. Dafür würde ich vielleicht auf der mittleren Tür einen Spiegel anbringen... aber das ist natürlich alles

reine Geschmackssache."

Nun beugte er sich auch über den Entwurf und stellte sich die Änderungen vor. Wie zufällig legte er dabei seine Hand auf meine, die ich auf der Tischplatte neben der Zeichnung abgelegt hatte. Es fühlte sich an, als durchzucke mich ein Blitz und dann fing mein ganzer Körper an zu kribbeln. Erschrocken wollte ich meine Hand wegziehen, doch er spürte es und umfasste sie mit festem Griff. „Isabelle, " er sah mir tief in die Augen. Ein Schauer lief mir über den Rücken, als er mit seinem Daumen sanft meine Finger streichelte. „Isabelle, möchtest du nicht ganz bei mir wohnen? Als meine Frau?"

„Ja, ich will", hauchte ich.

Mutter hatte sich sehr über die Nachricht gefreut. Ich wohnte nun ganz bei Jerome, als seine Ehefrau. Sie besuchte uns nicht oft, meist nur, wenn wir sie einluden. Sie hatte wohl immer Angst, uns zu stören, obwohl das natürlich totaler Humbug war. Also besuchte ich sie fast täglich, so wie Großmutter, denn ich glaube, dass sie sich nun doch recht einsam fühlte. Und die nächste frohe Botschaft brachte sie ganz aus dem Häuschen: „Das ist großartig! Ich freu mich ja so, mein Kind!"

„Sieh nur, Großmutter! Ich trage dein erstes Enkelkind unter dem Herzen!" Ich kniete auf der Erde, meine linke Hand lag auf ihrem Grab und meine rechte auf meinem Leib. Wie du immer sagst, alles zu seiner Zeit…"

Ich brachte ein wunderschönes, kleines Mädchen zur Welt.

Schwarzes, dichtes Haar und ganz dunkle, fast schwarze Augen. Wir waren überglücklich und nannten sie Claudine. Sie war sehr unkompliziert und brav. Mutter legte ihre dumme Angewohnheit endlich ab und besuchte uns nun jeden Tag, sie war so vernarrt in ihre kleine Enkelin wie wir. Ein Jahr später war ich wieder schwanger und brachte einen hübschen Jungen zur Welt, Marcel. Die beiden sahen sich sehr ähnlich und wir alle waren sehr stolz auf unsere hübschen Kinder. Mama verbrachte nun zu meiner Freude noch mehr Zeit bei uns.
So verstrich die Zeit, es ging uns allen gut, alles war perfekt.

„Zeit fürs Bett", rief ich.
„Nur noch ein bisschen!", bettelten die beiden.
Claudine war mittlerweile fünf Jahre alt und Marcel fast vier.
„Kommt her, ihr Süßen!" Jerome saß auf einem Stuhl und breitete die Arme aus. Das ließen sie sich nicht zweimal sagen. Claudine hüpfte auf sein rechtes und Marcel auf sein linkes Bein.
„Noch eine Runde drücken." Die Kinder schmiegten sich an seine breiten Schultern, alle drei genossen diesen zärtlichen Augenblick, während ich liebevoll die Szene beobachtete.
Ich brachte die beiden in ihre kleine Stube in der das Bett stand, das Jerome für sie gebaut hatte.
„Komm noch kurz in die Mitte", bat Claudine. Ich folgte ihrer Aufforderung nur zu gerne und so lagen wir zu dritt eng aneinandergeschmiegt. Ich genoss die Wärme und die

Liebe, die mich von beiden Seiten durchströmte.
„Ach Mami." Sie legten ihre Köpfe auf meine Brust und Claudine flüsterte schläfrig: „Wenn ich mal groß bin, will ich genauso werden wie du."
„Und ich will sehen, wie groß die Welt ist", sagte Marcel mit bereits geschlossenen Augen.
Ich zog die beiden noch enger an mich. Sie waren bereits eingeschlafen, ich hörte es an ihren gleichmäßigen Atemzügen, und überlegte, ob ich nicht einfach hier bei ihnen liegen bleiben sollte.

Ich träumte. Ich träumte, ich stünde auf dem Friedhof, doch es war nicht Großmutters Grab. Es war Jeromes. Ich weinte.

Ich erwachte schweißgebadet und fühlte eine Träne, die sich den Weg über meine Wange bahnte. Ich erhob mich vorsichtig, um die Kinder nicht zu wecken und schlich mich hinüber in unsere Schlafstube. Jerome lag im Bett und schlief fest. Ich legte mich zu ihm und im Schlaf zog er mich an sich. Ich legte meinen Kopf an seine Brust und nahm seinen ihm eigenen Duft in mich auf und wartete darauf, dass mein Herzschlag sich wieder beruhigen würde.

Ein Jahr verging in dem ich den Traum immer wieder träumte, anfangs in größeren Abständen, die mit der Zeit jedoch immer kürzer wurden und jedes Mal schnürte mir die Angst die Kehle zu.

„Ich muss etwas tun." Jerome saß am Tisch und hatte sein Gesicht in die Hände gestützt. Ich spülte gerade das Geschirr vom Mittagessen und die Kinder saßen spielend auf dem Holzdielenboden, den ich am Vormittag frisch gescheuert hatte.
„Wir müssen das Dach erneuern, sonst fällt uns irgendwann die Decke auf den Kopf. Aber unser Geld reicht nicht aus. Ich hab mir überlegt, dass wir unser bisschen Erspartes folgendermaßen investieren: wir schaffen uns ein Pferdegespann an und ich fahre samstags mit Ware in die Stadt auf den Markt. So kann ich unseren Umsatz bestimmt enorm steigern. Auf diese Art kann ich auch zu neuen Auftraggebern kommen. Ich denke, dass wir das Geld für das Gespann recht schnell wieder reinbekommen, dann können wir mehr auf die Seite legen…"
„Das halte ich für eine sehr gute Idee!"
Das war meine Antwort und von da an verfolgte mich mein Albtraum in jeder Nacht.

Jerome hatte Recht: durch diese Geschäftserweiterung verdiente er nun wesentlich mehr Geld und schon nach vier Monaten hatte sich das Pferdegespann bezahlt gemacht.

Ich träumte. Ich träumte, ich stünde auf dem Friedhof, doch es war nicht Großmutters Grab. Es war Jeromes. Ich weinte. Ich sah, wie unser Pferd scheute und stieg. Und es war Freitagnacht.

In dieser Nacht machte ich kein Auge mehr zu. Ich war völlig aufgewühlt und wartete, bis Jerome am Morgen endlich erwachte.

„Liebling, fahr nicht! Fahr heut nicht zum Markt!"

Jerome rieb sich die Augen und richtete sich auf. „Wieso? Ist was passiert? Ist eins von den Kindern krank?"

„Nein."

„Warum soll ich dann nicht fahren?"

„Jerome", ich legte meine Hand auf seine, „du darfst nicht fahren. Es wird etwas Schreckliches passieren!" Ungläubig schaute er mich an.

„Was sollte denn passieren?"

„Du wirst einen furchtbaren Unfall haben, wenn du heute fährst, bitte, bitte bleib heute hier!"

„Woher willst du das wissen?"

Ich senkte den Kopf. „Ich habe es geträumt."

Er hob mein Kinn an. „Sieh mich an, mein Schatz, alles ist gut, *mir* geht es gut. Du brauchst keine Angst zu haben. Du hast nur schlecht geträumt. Gar nichts wird geschehen, du wirst sehn." Er küsste mich zärtlich. „Ich geh mich jetzt waschen."

Er wusch sich, dann zog er sich an. Ich ging zu ihm und legte meine Arme um ihn.

„Jerome, bitte, es ist nicht einfach nur ein schlechter Traum, ich weiß es! Dieser Traum verfolgt mich bereits seit über einem Jahr und letzte Nacht…"

„Jetzt reicht's aber, Liebling! Das war nur ein Traum! Mir wird nichts passieren! Ich mach jetzt den Wagen fertig und fahre. Rechtzeitig zum Abendbrot bin ich wieder da und dann lachen wir darüber!" Er raufte sich die Haare und wandte sich von mir ab.

„Jerome, ich flehe dich an!", krächzte ich und fühlte, wie mir die Tränen in die Augen schossen. Er ging hinaus und ich hörte ihn die Treppe hinunterstampfen. Schnell schlüpfte ich in meine Kleider.

„Mama!" Die Kinder waren wach geworden. Ich huschte schnell zu ihnen rüber.

„Guten Morgen, ihr zwei." Ich versuchte ein Lächeln. „Ich muss schnell…"

„Habt ihr euch gestritten?", fragte Marcel mit weinerlicher Stimme und Claudine sah mich prüfend an.

„Aber nein!" Ich setzte mich zu ihnen aufs Bett und nahm sie in die Arme. „Alles gut!"

„Ehrlich?"

„Ehrlich!"

Claudine strich mir sanft mit dem Finger über die Wange. „Aber du siehst traurig aus."

„Ich verspreche es euch, es ist wirklich alles gut und Mami ist nicht traurig. Aber ich lauf jetzt schnell noch zu Papa, bevor er losfährt. Ich muss ihm noch was sagen. Ich bin gleich wieder bei euch", versprach ich und küsste beide auf die Wange. Dann stürzte ich hinunter, gerade noch rechtzeitig, um das Gespann von hinten zu sehen. Jerome war gefahren. „Neeeeein!" Es war mein Herz, das schrie.

Kapitel 10

So saß ich den ganzen Tag zu Hause bei den Kindern, mein Kopf dröhnte und die Angst schnürte mir die Kehle zu. Am Nachmittag war das Gefühl unerträglich. Es regnete in Strömen und es war kalt, so dass ich ein Feuer im Ofen entzündet hatte. Ich wartete und wartete und war keines klaren Gedanken fähig. Es wurde Zeit fürs Abendbrot und Jerome war noch immer nicht zurückgekehrt. Ich brachte die Kinder zu meiner Mutter, die mich zwar für verrückt hielt, sich aber dennoch bereit erklärte, auf sie aufzupassen. Ich zog meine Stola enger um meine Schultern und lief los. Ich war schon jetzt nass bis auf die Knochen. Als ich den Nachbarort erreichte, sah ich Holzsplitter auf der Straße liegen. Ich blieb stehen und sah mich um. Der Kloß in meinem Hals wurde immer größer und ich hatte das Gefühl, ein bleierner Gürtel läge um meine Brust. Ich entdeckte einen alten Mann, der am offenen Fenster saß und hinaus in den Regen starrte. Ich lief zu ihm hin.
„Entschuldigen Sie bitte", sprach ich ihn höflich mit zitternder Stimme an. „Warum liegen hier überall Holzsplitter herum?"
„Mon Dieu, ich kann Ihnen sagen, da war heut vielleicht was los! Da war ein junger Mann mit seinem Pferdegespann, den Wagen vollgeladen mit Möbeln. Auf einmal scheut das Pferd, keiner weiß warum, steigt und prescht los! Das Wagenrad bricht und plötzlich sieht man nur noch Holzteile fliegen. Ich sitze schon den ganzen Tag hier und hab alles mitangesehen. Na ja, das Gröbste wurde schon aufgeräumt, das hätten Sie mal heute Morgen sehen

sollen!"

„Was ist mit dem Mann? Wo ist er?"

„Oh, der war sofort tot, dem konnte keiner mehr helfen!"

Das Blut rauschte in rasender Geschwindigkeit durch meine Adern und pulsierte so in meinem Kopf, dass er eigentlich hätte platzen müssen. Ich drehte mich um und lief davon. Der Mann rief mir noch etwas nach, aber ich hörte es wie durch einen Schleier und lief einfach weiter. Wie von Sinnen weiter und weiter durch den strömenden Regen, die Kälte spürte ich nicht mehr.

Plötzlich fand ich mich an meinem Platz am Bach wieder, wo ich mich auf den Holzbalken legte und schrie und weinte.

Ich stand auf dem Friedhof, doch es war nicht Großmutters Grab. Es war Jeromes. Ich weinte.

Und ertrug kaum den Schmerz und die Last, die auf meinen Schultern weilten.

Wie sollte es nun weiter gehen?

Ich saß mit meiner Mutter an ihrem Tisch. Dem Tisch, den Jerome gebaut hatte und durch den wir uns so nahe gekommen waren. Ich strich mit den Fingern über das warme Holz und wusste, dass ich nie mehr einen Mann an mich heranlassen würde.

„Ich kann das Haus allein nicht halten."

„Ich weiß."

„Früher oder später werde ich arbeiten müssen und die Kinder sind noch so klein."

„Ich weiß." Mutter hatte ihre Hand nun auf meine gelegt.

„Komm zurück, Isabelle. Kommt zu mir. Das zweite Bett steht noch da. Zusammen schaffen wir das."
Eindringlich und liebevoll sprach sie auf mich ein und ich wusste, dass es keine andere Möglichkeit gab.
So packten wir unsere Sachen und ich kam zurück in Mutters Stube, zu dritt. In das Zimmer, das Schlafzimmer, Küche, überhaupt alles in allem war.
Ich vermisste Jerome. Ich hasste Jerome, weil er nicht auf mich gehört hatte. Ich hasste ihn, weil er mich allein zurück ließ, die Kinder allein ließ. Er hätte hier sein müssen, bei uns! Er hätte mit mir zusammen unsere Kinder großziehen müssen, er hätte mit mir alt werden müssen. Aber er hatte uns allein gelassen. Hätte er auf mich gehört. Ich hasste ihn. Ich liebte ihn. Der Schmerz wollte mich zerreißen.

Und so begann unser Leben ohne meinen geliebten Jerome.
Hatten wir früher schon ärmlich gelebt so mussten wir nun sehen, wie wir mit doppelt so vielen Personen herumkamen. Dabei wollte ich, dass es meinen Kindern mal besser geht…
Das gleiche Schicksal hatte meine Mutter ereilt, sicher hatte sie damals genauso gefühlt und empfunden. Mein Verständnis wuchs. Unser Verhältnis wurde inniger denn je.
Wie also konnte ich meinen Beitrag leisten? Ich konnte nichts, hatte nichts gelernt. Außer von Großmutter, der ich beim Schneidern zugesehen und geholfen hatte. Ich begann damit, meine Dienste für kleinere Näharbeiten anzubieten und stellte mich gar nicht so ungeschickt an. Ich kramte in meinen Erinnerungen und holte heraus, was ich bei Oma gesehen hatte. Ich wurde immer mutiger und meine Arbeiten immer besser. Ich begann, selbst Kleidung zu nähen und es

sprach sich herum, dass es wieder eine gute Schneiderin gab, die Kleine von der Alten. Mutter arbeitete nach wie vor abends in der Gaststube, so war eine von uns immer für die Kinder da. Ich arbeitete zuhause, musste nur hin und wieder weg, um Maße zu nehmen. So schlugen wir uns durch und kamen über die Runden. Das Leben ging weiter, ohne Jerome. Ich ertrank in meiner Liebe für ihn und zugleich grollte ich ihm.

„Oh, Madame erwartet Sie bereits. Treten Sie ein." Das Dienstmädchen gebot mir Einlass und führte mich in ein hübsches kleines Zimmer.
„Warten Sie bitte hier." Sie ging hinaus und ließ die Tür offen, so hörte ich etwas entfernt die Stimmen.
„Madame Isabelle ist hier, um Maß für Ihr neues Kleid zu nehmen."
„Ich komme gleich."
Ich sah mich um. Der Raum war sehr hell, ein großes Fenster ließ die Sonne herein. Gutes Licht zum Arbeiten. In der Ecke stand ein sehr gemütlicher Ohrensessel, mit edlem Stoff bezogen. Gleich daneben stand ein kleiner Tisch, auf dem ein aufgeschlagenes Buch lag. Ich stellte mir vor, wie die Hausherrin völlig entspannt mit einer Tasse Tee in ihrem Sessel saß und las. Mein Blick wanderte über das große Wandregal, das regelrecht vollgestopft war mit Büchern. Welche Geschichten mochten sich darin verbergen? Wie gerne würde ich lesen können, versinken in anderen Welten, abtauchen aus dem Alltag. Ich hätte wohl nie die Gelegenheit, es zu lernen…
„So, da bin ich, Isabelle. Wir können anfangen."

Die Jahre vergingen, wir schlugen uns durch, die Kinder wuchsen heran, Mutter und ich wurden älter.
Marcel war nun sechzehn. Er hatte das Talent seines Vaters geerbt und war in die Lehre des Zimmermanns gegangen, der Jeromes Werkstatt übernommen hatte. Manchmal stand ich wehmütig vor dem Haus, in dem wir unsere gemeinsamen Jahre verbracht hatten, nahm die vertrauten Gerüche wahr und oft liefen mir die Tränen bei den glücklichen Erinnerungen. Marcel war sehr geschickt und sein Meister lobte ihn in den höchsten Tönen. Immer öfter sprach mein Junge davon in die Welt hinaus zu gehen. Begeistert erzählte er von der Walz des Meisters und seine Augen leuchteten vor Fernweh. Mein Herz blutete jedes Mal bei dem Gedanken, auch noch meinen Jungen zu verlieren. Ich sagte nie viel dazu in der Hoffnung, dass er von selbst den Gedanken verwerfen würde, bis er es eines Abends auf die Spitze trieb:
„Der Meister sagt ich bin bald soweit!" Freudestrahlend nahm er ein Stück Brot und biss hinein. Wir saßen alle zusammen am Tisch und Mutter warf mir einen verstohlenen Blick zu.
„An meinem siebzehnten Geburtstag will er mir seine alte Tracht geben, stell dir vor! Und dann geht's los!"
Mein Herz zerriss, ich konnte nicht mehr klar denken, nicht mehr ruhig bleiben.
„Du bleibst hier!", erwiderte ich schärfer als beabsichtigt.
Er ließ sein Stück Brot auf den Teller fallen und starrte mich mit großen Augen an.
„Aber wieso nicht?", fragte er entgeistert.

„Weil ich nicht will, dass du fort gehst. Du bleibst hier, das ist mein letztes Wort!"
Ich lief hinaus und rannte zu Großmutters Grab, die Tränen verschleierten mir die Sicht.

Er verlor kein Wort mehr über dieses Thema.
An seinem siebzehnten Geburtstag ging er morgens fort zur Arbeit und kam nie wieder zurück.
Etwas in mir zerbrach.

Doch ich war nicht allein betroffen. Claudine war sehr ruhig geworden. Oft streichelte sie meine Hand und abends im Bett schmiegte sie sich eng an mich. Mutter ergraute zusehends schnell und ihr stets glasiger Blick verweilte oft auf Marcels Stuhl. Beim Abendessen schauten wir immer wieder zur Tür in der Hoffnung, er würde plötzlich hereinkommen, so als ob nichts gewesen wäre. Wir alle vermissten ihn schrecklich. Die Ungewissheit darüber, wie es ihm ging, zermürbte uns alle.
So kam es, dass ich meine Mutter nur drei Monate später morgens tot im Bett auffand, sie war einfach eingeschlafen.
Wir begruben sie neben Großmutter. Hier würden wir eines Tages selbst liegen. Claudine und ich standen da, Arm in Arm und starrten fassungslos auf den Grabstein, auf dem eingemeißelt stand: Sie starb an gebrochenem Herzen.
„Jetzt sind wir beide ganz allein, Mama." Claudine schmiegte sich eng an mich.
„Ja, mein Schatz." Ich drückte sie noch fester.
„Ich lass dich nie allein, versprochen, Mama. Ich bleib für immer bei dir!"

Kapitel 11

So verbrachten Claudine und ich die nächsten beiden Jahre in innigster Verbundenheit. Sie führte den Haushalt, während ich für unseren Unterhalt sorgte. Der Alltag, der sich eingespielt hatte, tat uns beiden gut. Doch wie das Leben so spielt... nichts ist für ewig, mein Mädchen war schließlich neunzehn...
Ich hätte wissen müssen, dass sich irgendwann wieder alles ändern würde und die nächste Kreuzung bevorstand.
„Mama, ich muss mit dir reden."
Oh weh... Ich horchte auf, legte meine Näharbeit zur Seite und sah sie aufmerksam an. Sie senkte ihren Blick und ich bemerkte, dass ihre Wangen gerötet waren. Zögernd fuhr sie fort: „Mama, ich habe jemanden kennengelernt, Pierre. Er wird dir gefallen, bestimmt, sehr sogar!" Ihre Wangen glühten. „Er hat ein großes Haus im Nachbardorf und er kann für uns sorgen. Er... er hat mir einen Heiratsantrag gemacht." Sie räusperte sich und sah nun auf. Ich schluckte und versuchte, die Fassung zu wahren.
„Mama? Was sagst du dazu? Ich heirate ihn nur, wenn du einverstanden bist!" Ihre großen Augen betrachteten mich nun ängstlich und flehend.
„Liebst du ihn?", krächzte ich.
„Ja Mama. Aus tiefstem Herzen!" In ihren Augen schwammen Tränen, wohl aus Angst, ich würde sie nicht gehen lassen. Doch wer liebt, muss auch loslassen können. Ich würde einen solchen Fehler nicht wiederholen!

„Dann werde mit ihm glücklich!"
Sie stürzte in meine Arme und wir weinten beide.

Pierre war tatsächlich ein reizender, höflicher und gutaussehender junger Mann. Ein wenig erinnerte er mich sogar an Jerome. Sie boten mir an bei ihnen einzuziehen, das Haus wäre schließlich groß genug, damit ich nicht so allein wäre. Doch ich lehnte dankend ab und bestand darauf, die beiden in ihrer Zweisamkeit nicht zu stören. So verbrachte ich eine sehr einsame Zeit, zum ersten Mal in meinem Leben ganz allein, in der ich begann, Selbstgespräche zu führen.
Erst ein Jahr nach der Hochzeit, als mein erstes Enkelkind zur Welt kam, ein wunderhübsches Mädchen namens Sarah, gab ich dem Drängen nach, weil Claudine darauf bestand, dass sie nun wirklich meine Hilfe bräuchte. Sarah war ein sehr pflegeleichtes Baby, das genauso entzückend aussah, wie ihre Mutter damals.

Endlich! Endlich änderte sich mein Leben abermals gänzlich, doch dieses Mal wieder zum Guten. Vorbei mit der Einsamkeit, vorbei mit der Armut. Ich bezog ein eigenes Zimmer im Erdgeschoß das groß genug war, dass ich von hier aus meiner Arbeit weiter nachgehen konnte. Ich bemühte mich, dem jungen Paar nicht im Weg zu sein und nicht zu stören, half, wo ich konnte und natürlich nahm ich meine Enkelin so oft wie nur möglich. Eine wunderschöne Zeit hatte begonnen und sie wurde noch schöner, als Claudine nur sechzehn Monate später einen kleinen Jungen zur Welt brachte: Raphael, der sich ebenso wie seine große

Schwester als allerliebst entpuppte.

Fast jeden Abend, wenn die Kinder schliefen, lief ich hinüber in unser altes Dorf und besuchte die Gräber. Ich brachte Mama, Großmutter und Jerome jedes Mal frische Blumen mit und erzählte von meinen bezaubernden Enkeln und dem glücklichen Leben, das ich nun führte, von einem dicken Wermutstropfen abgesehen.
„Wie sehr ich wünschte, ihr wärt noch da!", seufzte ich dann, nicht ohne einen allabendlichen, vorwurfsvollen Blick zu Jeromes Stein.
Den Rückweg schlug ich stets so ein, dass ich an unserem alten Haus vorbeikam. Marcels Lehrmeister hatte alles so gelassen wie es war. Lediglich das Dach hatte er erneuert und das Straßenschild ausgetauscht, das ich leider nicht lesen konnte. Traurig starrte ich ins Schaufenster. Er war es! Er war schuld, dass Marcel einfach weggegangen war und sich nie mehr gemeldet hatte. Oder wäre mein Junge auch so einfach fortgegangen? Ich wusste es nicht und würde es wahrscheinlich nie erfahren.
Ich betrachtete mein Spiegelbild in der etwas schmutzigen Scheibe. Wie alt ich geworden war!
Es folgten wundervolle Jahre, Jahre der Erfüllung, die ich mit meiner Tochter erleben durfte und in denen ich meine Enkelkinder heranwachsen sah, die sich wundervoll entwickelten.
Das Leben hatte mich wieder versöhnt.

Ich war stolze sechsundsiebzig Jahre alt, als ich begann zu fühlen, dass mein körperliches Dasein sich dem Ende nahte.

Es begann mit Kopfschmerzen, Übelkeit, Schwindelanfällen. Ich wurde schnell schwächer, mein Körper baute zusehends ab. Claudine kümmerte sich unglaublich liebevoll um mich und auch die Kinder leisteten mir täglich Gesellschaft.
Zwei Monate später schon war der Schmerz überall und allgegenwärtig. Ich konnte nur noch im Bett liegen und fühlte mich nur noch als Last, wollte nicht, dass meine Liebsten mich so shen und mit mir leiden mussten.

Hatte man die Reise erst einmal angetreten, so gab es keinen Weg zurück. Sterben konnte man immer, zu jeder Zeit. Und überall, an jedem Ort.
Ich war bereit.
Ich konnte schon die ganze Nacht kein Auge zu tun, so stark war der Schmerz. Im Haus war es absolut ruhig, alle schliefen.
Marcel! Wo bist du nur? Eine letzte Träne kullerte aus meinem Augenwinkel.
Bitte! Ich bitte um Erlösung!
Und endlich, endlich war es so weit. Meine Seele löste sich aus meinem zerfallenen Körper, ich fühlte mich leicht und alles Elend hatte ein Ende.
Ich danke dir, Claudine! Ich danke dir von ganzem Herzen, dass du mich nicht allein gelassen hast und für mich da warst!

„Hallo Isabelle, da bist du ja!" Jerome strahlte mich an, so dass seine süßen Grübchen zum Vorschein traten, die ich so sehr vermisst hatte.

„Ich habe auf dich gewartet, endlich können wir wieder zusammen sein. Komm!" Er streckte mir seine Hand entgegen.

„Moment, nicht so schnell! Das muss ich mir erst mal überlegen."

„Bist du immer noch böse auf mich? Weil ich nicht auf dich gehört habe?"

„Du hast mich und unsere Kinder alleine gelassen. Durch schwere Zeiten mussten wir gehen. Einige davon wären nicht gewesen, wärst du hiergeblieben und andere wären an deiner Seite leichter zu ertragen gewesen."

Alle Traurigkeit, die sich in meinem Leben angesammelt hatte, kochte noch einmal nach oben.

Immer noch hielt er mir seine Hand entgegen.

„Isabelle, ich flehe dich an! Bitte verzeih mir, das war so dumm von mir! Aber dass ich nicht an deiner Seite gewesen wäre stimmt nicht, ich war immer, immer da!" Er trat noch einen kleinen Schritt näher an mich heran.

„Bitte, Isabelle, ich verspreche dir, dass das nie wieder vorkommt. Ich verspreche dir, dass ich dich nie wieder allein lasse. Bitte, lass uns zusammen gehen. Ich liebe dich so sehr."

Zögerlich ergriff ich seine Hand, erst nur mit den Fingerspitzen, dann umschlangen sich unsere Finger und wir versanken in ewiger Umarmung, aus der wir über unsere Familie wachten.

Kapitel 12

Etliche Jahre später...

„Was nun?" Jerome legte den Arm um mich. „Wollen wir es nochmal versuchen?"
„Na schön. Aber du lässt mich nicht mehr allein, ich möchte wieder zwei Kinder, ich möchte eine Schwester, will eine große Familie! Will mit meinen Eltern alt werden und zwar mit beiden! Ich wünsche mir, dass es uns gut geht und ich will lesen und schreiben können! Ich will ein Pferd und einen Hund!"

Hallo!
Wir schreiben das Jahr 2014.
Ich heiße Alexandra und bin zweiundvierzig Jahre alt.
Meinen Ehemann habe ich schon im zarten Alter von achtzehn Jahren kennen- und lieben gelernt, seitdem sind wir die Unzertrennlichen.

Mit zweiundzwanzig gebar ich unseren ersten Sohn. Mit siebzehn sprach er ständig davon, in die USA auszuwandern. Der Gedanke, dass er für immer so weit fort gehen könnte, machte mich ganz fertig! Aber dann lernte er seine Freundin kennen und wurde sesshaft. Aber das Ausziehen ließ er sich nicht nehmen. Sie haben beide ihr Studium in Kaiserslautern begonnen, ungefähr eine Stunde Autofahrt von hier. Wenigstens weiß ich, dass es ihm gut geht und sehe ihn regelmäßig. Dennoch war ich traurig, als es so weit war und der Umzugswagen vor der Tür stand und ging rein, weil ich heulen musste.

Mein jüngerer Sohn fand mich, nahm mich in den Arm und drückte mich ganz fest. Dann wischte er mir die Tränen weg und sagte: „Wein doch nicht, Mama, ist doch alles gut. Du hast doch mich noch und ich bin doch dein Lächeln!" Er ist nämlich erst fünfzehn und bleibt mir somit noch eine Weile erhalten.
„Ja, mein Schatz, das bist du: mein Lächeln!" Dankbar lehnte ich meine Stirn an seine.

Es ist nicht immer einfach mit den Kindern.
Aber auch hier hatte ich Glück! Ich habe nämlich eine beste Freundin. Wir lernten uns kennen, als wir damals die beiden Dachgeschoßwohnungen eines Mehrfamilienhauses bezogen. Sie hat eine Tochter im gleichen Alter wie mein Ältester. Die beiden waren damals noch kein Jahr alt. Die beiden wuchsen wie Geschwister auf. Wir verbrachten jeden Tag Zeit zusammen und helfen uns bis heute alle gegenseitig, obwohl uns mittlerweile lächerliche drei Kilometer trennen.

Mit zur Familie gehört natürlich noch unser Hund. Echt witzig! Manchmal setzt sie sich vor einen hin und fängt an zu heulen wie ein Wolf, als wolle sie etwas erzählen…

Ach so, was ich sonst noch so mache? Ich hab´s endlich geschafft, mein Hobby zum Beruf zu machen. Ich war so versessen darauf, lesen und schreiben zu lernen, dass meine Eltern genötigt waren, es mir mit fünf Jahren beizubringen. Seitdem verschlinge ich Bücher und schreibe für mein Leben gern!

Meine geliebte Großmutter, mit der ich sehr viel Zeit verbringen durfte, sagte immer „alles zu seiner Zeit, mein Kind!"
So, das Pferd ist auch versorgt und nun ist es an der Zeit, dass wir uns auf den Weg machen. Mein Vater hat nämlich Geburtstag und ich habe meiner Mutter versprochen, dass ich früher komme, um ihr noch bei den Vorbereitungen zu helfen. Schließlich sind wir ein Haufen Leute, außer uns dreien kommt natürlich auch mein Ältester mit seiner Freundin, meine Schwester mit ihrem Mann und ihren drei Töchtern, meine Schwiegereltern, die drei Brüder meines Mannes mit ihren Familien… Das wird ´ne Party. Ist ja aber auch ein runder, Papa wird sechzig!

Also, wir sehen uns!

Und so leben und treffen wir uns wieder in der immerwährenden Gegenwart…
(Roswitha Hedrun)

Ich will dich daran erinnern, wie wertvoll, wie wunderbar, einzigartig und besonders du bist.
Dich an deine Ziele erinnern, an deine Träume und Wünsche, daran dass dir alle Möglichkeiten offen stehen und du viel mehr Kraft in dir hast, als du wahrhaben willst.
Jeder Tag ist ein Geschenk.

Hier noch ein dickes Bussi an meinen Sohn Nico dafür, dass er sich für mich durch die Technik gequält hat und meinen Neffen Bastian für das wunderschöne Cover!
Und natürlich an meine Freundinnen Heidi, Nina und Moni für´ s Testlesen!

Danksagung

Liebe(r) Leser(in),

ich danke dir von Herzen dafür, dass du mir deine Aufmerksamkeit geschenkt hast und dieses Buch bis zum Ende gelesen hast.
Ich möchte noch kurz anmerken, dass mein Mann mir zu Weihnachten eine Rückführung unter Hypnose geschenkt hatte und ich hier meine Erlebnisse aufgeschrieben habe.

Über eine Rückmeldung von dir in Form einer Rezension würde ich mich sehr freuen!
Wer möchte findet mich auf facebook, ich freu mich auf dich!

Mehr von der Autorin

Die Kurzgeschichte fürs Herz:

Für immer mit dir

Julia ist wütend auf ihren Mann Georg, weil er den Hochzeitstag vergessen hat.

Dann findet sie auf dem Dachboden das alte Tagebuch ihrer Großmutter und kommt als neuer Mensch ins Wohnzimmer zurück...

Der Augenblick mit dir (Paul 1), Roman

Paul ist verzweifelt, seine Beziehung mit sexy Ute läuft nicht ganz wie gewünscht! Linda ist auch ganz nett, aber sie hat einen Freund.

Bei all dem Liebeskummer macht er sich auch noch Gedanken um seine Freunde Nico, dem Musiker, und Daniel, dem ewigen Single.
Und dann ist da auch noch seine Mutter, die immer zu allem ihren Senf dazu gibt... Diese Geschichte wird dich zum Schmunzeln und zum Weinen bringen.

Ein Schritt zum Himmel (Paul 2), Roman

Über ein Jahr ist es her, dass Paul starb.

Noch immer fällt es seinen Angehörigen schwer, mit seinem Tod klarzukommen.

Sie versuchen irgendwie weiterzumachen, jeder kämpft auf seine Art um ein halbwegs normales Leben und ein bisschen Glück.

Wildrosengeflüster, Roman

Ein Frauenschicksal!

Annas Ende naht. Im Abschiedsbrief an ihre Enkelin Bella offenbart sie große Geheimnisse, die ihre Familie und auch sie selbst betreffen. Schließlich muss Bella eine wichtige Entscheidung treffen...

Herstellung und Verlag:
BoD - Books on Demand, Norderstedt
ISBN 978-3-7431-8149-6